T0268089

Claro de luna

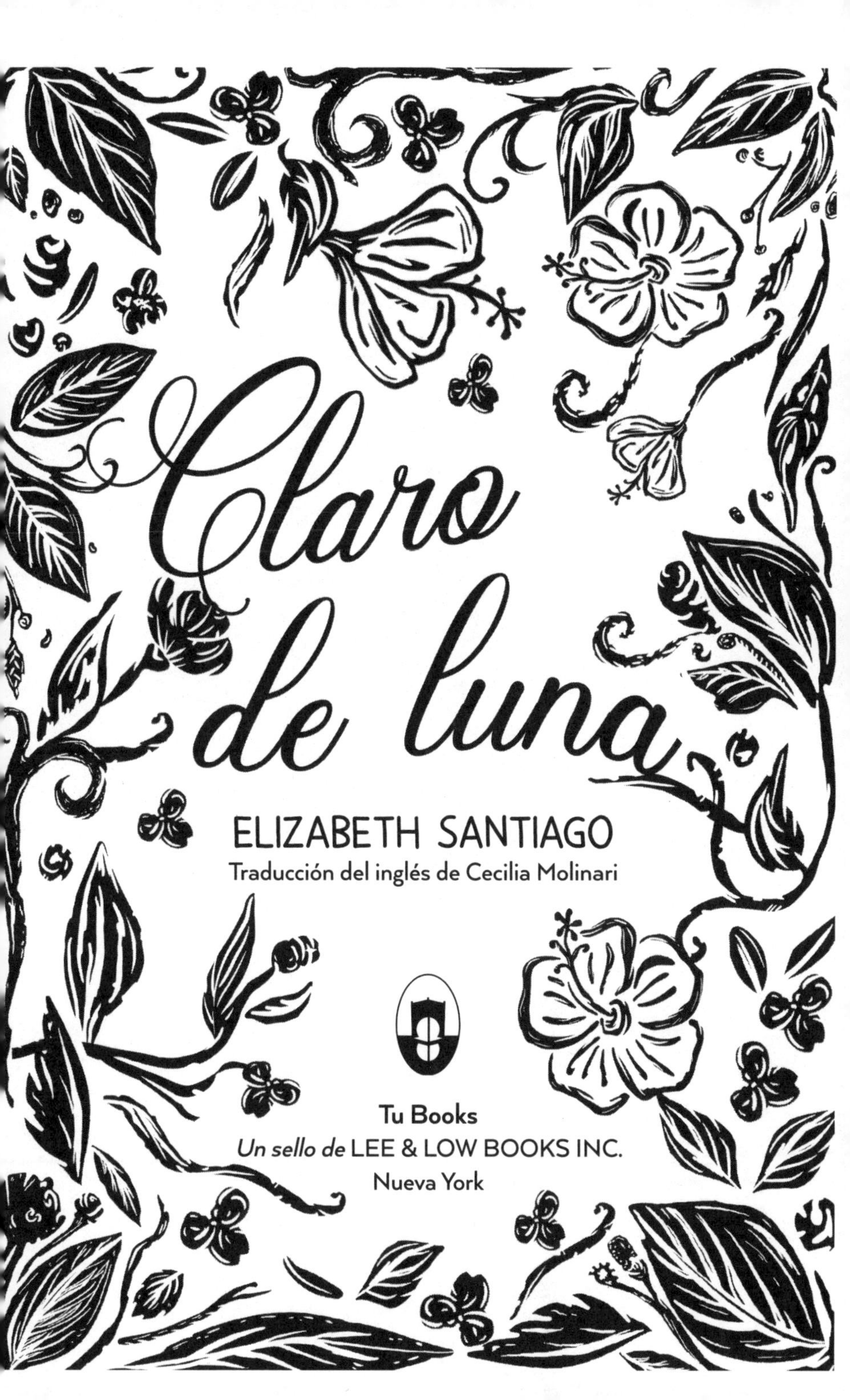

Claro de luna

ELIZABETH SANTIAGO

Traducción del inglés de Cecilia Molinari

Tu Books
Un sello de LEE & LOW BOOKS INC.
Nueva York

Tu Books, *un sello de* LEE & LOW BOOKS INC.
95 Madison Avenue, Nueva York, NY 10016
leeandlow.com

Fabricado en los Estados Unidos de América
Impreso en papel procedente de fuentes responsables

Editado por Elise McMullen-Ciotti
Diseño del libro de Sheila Smallwood
Composición tipográfica de ElfElm Publishing
Producción del libro de The Kids at Our House
Arte interior de McKenzie Mayle
Traducción del inglés de Cecilia Molinari

El texto usa la fuente Perpetua

10 9 8 7 6 5 4 3 2
Primera edición

Library of Congress Cataloging-in-Publication Data
Names: Santiago, Elizabeth, author. | Molinari, Cecilia, translator.
Title: Claro de luna / Elizabeth Santiago ; traducción del inglés al español de Cecilia Molinari.
Other titles: Moonlit vine. Spanish
Description: Primera edición. | New York : Tu Books, an imprint of Lee & Low Books Inc., [2023] | Audience: Ages 14-18. | Summary: Told with interstitial historical chapters, fourteen-year-old Taína (Ty) must draw from the strength of her Taíno ancestors to bring her family and community hope and healing after a devastating incident.
Identifiers: LCCN 2022045943 | ISBN 9781643796512 (hardcover) | ISBN 9781643796789 (ebk)
Subjects: CYAC: Single-parent families—Fiction. | Family problems—Fiction. | Gangs—Fiction. | City and town life—Fiction. | High schools—Fiction. | Schools—Fiction. | Puerto Ricans—United States—Fiction. | Taino Indians—Fiction. | Spanish language materials.
Classification: LCC PZ73 .S31495 2023 | DDC [Fic]—dc23

Este libro está dedicado a mi madre,

Isaura Gil y Pérez de Santiago.

Isaura perdió a su madre, mi abuela,

Luisa Pérez y Aquino de Gil, cuando tenía ocho años.

Aunque han pasado más de setenta y cinco años desde la muerte de mi abuela, mi madre sigue llorándola y continúa compartiendo su historia —su calidez y su lucha— con sus nueve hijos. Fue así como mi madre me enseñó el amor abnegado, no sólo por sus hijos, sino por su madre y su abuela, y a respetar a mis mayores y quererlos como si aún estuvieran con nosotros. Con profundo respeto y admiración, dedico *Claro de luna* a ella y a todas nuestras madres, las que ya no están físicamente con nosotros pero que nunca serán olvidadas.

Anacaona
Higüamota

Prólogo

Jaragua, 1496, isla caribeña de Ayiti

(actual Haití)

HIGÜAMOTA ESTABA PARADA donde la arena se unía al océano, dejando que el agua cálida acariciara sus pies descalzos. La diosa de la luna no tardaría en aparecer ahora que el sol había comenzado su misterioso descenso bajo el azul inmenso. Las lágrimas caían con tanta soltura por su pequeño e inocente rostro que su pueblo podría haberla confundido con Boinayel, el dios de la lluvia.

Una mano tocó su hombro desnudo, sobresaltándola. Al darse la vuelta, se encontró con la oscura mirada de la mujer más poderosa del mundo, Anacaona. Higüamota se secó la cara en vano. Sabía que su madre ya había visto su muestra de emoción.

—Lo siento —dijo Higüamota—. El sonido de las olas me hizo llorar. —Era una explicación endeble, pero esperaba que su madre le mostrara empatía, sobre todo hoy.

—Amor mío —dijo Anacaona, mirando al cielo y observando la aparición gradual de la luna—. No tenemos tiempo para el duelo.

En la luz menguante, Higüamota pensó que el rostro de su madre se parecía a los rostros de los ancianos grabados en las paredes de la cueva. Anacaona significaba "flor de oro" y siempre había recibido a los visitantes con una gran cantidad de carne, pescado, maíz, yuca, yautía y tabaco. Algunos la consideraban demasiado generosa, demasiado libre, pero Higüamota también había visto a su madre como una guerrera feroz, que utilizaba su lanza para infundir miedo a sus enemigos. Durante los actos ceremoniales, su voz atraía deprisa a su gente mientras interpretaba areítos, canciones y poemas que recitaba de memoria o improvisaba en el acto.

Casi siempre, Anacaona colocaba una flor de jamaica, su favorita, en su espesa y larga cabellera. Pero hoy su pelo colgaba sin adornos, y su cara estaba embadurnada de pintura roja. El rojo era el color de la guerra y la sangre, un recordatorio y un símbolo del asesinato que había ocurrido unas horas antes. Caonabo, el querido padre de Higüamota, había sido ejecutado por los extraños hombres que habían llegado de lejos.

Un sollozo se le escapó a Higüamota, y la hizo desviar la mirada, avergonzada.

—Lo sé, madre —dijo Higüamota, anticipando la desaprobación de su madre—. Sólo quería tomarme un momento para honrar la pérdida de mi padre.

—No estamos seguras a la intemperie —dijo Anacaona, apartándose del agua y dirigiéndose de nuevo hacia su yucayeque, su aldea—. Volvamos a la protección de los otros guerreros.

Higüamota la alcanzó a los saltos.

—Madre, ¿por qué nos tienen en la mira? —preguntó Higüamota—. ¿Nos odian? ¿Qué fue lo que hicimos?

Anacaona continuó su marcha sin dar muestras de haber escuchado las preguntas de su hija pequeña. Al cabo de un rato, respondió:

—No sé si nos odian. Sus motivos son diferentes a los nuestros. Les dimos la bienvenida y comerciamos con ellos, dándoles todo lo que teníamos porque pensábamos que querían construir en nuestra hermosa tierra y ser nuestros vecinos. Pero los impulsa la codicia y destruirán la tierra y la vida por la riqueza. Tienen armas más poderosas y han perfeccionado la astucia; por eso se creen superiores. Pero no son mejores ni en mente ni en cuerpo. Deben utilizar la fuerza bruta para conseguir lo que quieren. Buscan conquistarnos, destruirnos, pero nunca lo harán. ¿Me entiendes?

Higüamota guardó silencio.

Cuando llegaron al refugio de su bohío, Anacaona se detuvo, se volvió hacia Higüamota y colocó sus brazos sobre los hombros de su hija. Se miraron fijamente.

—Tienes que entenderlo: no ganaremos esta guerra.

Nos superan en número y son crueles. Nos llevaría demasiado tiempo entender sus costumbres, y tiempo es algo que no tenemos. Ahora escúchame bien —dijo, arrodillándose y haciéndole un gesto a su hija para que se acercara a ella.

Higüamota se arrodilló junto a su madre, quien sacó dos objetos de una bolsa que colgaba de su cinturón: un cemí y un amuleto de oro. Los cemíes, como el que sostenía Anacaona, eran representaciones talladas de los dioses y constituían objetos sagrados para su pueblo. Este cemí en particular era triangular y estaba esculpido en la forma de una rana, símbolo de la fertilidad. Las patas de la rana habían sido cinceladas a lo largo de los lados hasta entrelazarse en uno de los puntos del triángulo. En el lado opuesto había un rostro, no el de una rana, sino un rostro humano con una boca grande y abierta. El amuleto de oro se encontraba al final de una cadena de pequeñas cuentas de piedra perfectamente redondas. En la parte delantera del amuleto estaba grabada la figura de Atabey, la diosa de la vida.

—Si vives y eres capaz de transmitir tu conocimiento sobre quiénes somos, nuestro pueblo nunca morirá. —Anacaona le entregó el cemí a Higüamota. Resonó en su mano y sintió que iba a desgarrar su palma—. Tan pronto como secuestraron a Caonabo, mandé hacer esto en forma de una rana para representar la fertilidad, pero con un rostro humano para representar la dignidad y la sabiduría de tu padre. Después de que lo ejecutaron, fui a los chamanes y les pedí que le incorporaran parte de mi sangre vital como símbolo de nuestra lucha.

Anacaona colocó el amuleto en las manos de su hija. Era como si tuviera un latido.

—Sé que el amuleto es un poco diferente, pero estos no son tiempos normales. Hay una forma de abrirlo con este pequeño broche de aquí, pero no lo abras a menos que sea necesario. Debes prometérmelo. Les pedí a los chamanes que extrajeran mi propia fuerza y la de todos los guerreros que me han precedido para colocarla dentro del amuleto. Mantenlo a salvo y pásaselo a tu hija. Los ancianos me dicen que sólo mis hijas podrán desatar nuestra protección, pero deben hacerlo cuando no haya otra alternativa; de lo contrario, el poder no será tan fuerte.

Todos los esfuerzos de Higüamota por mostrar fuerza emocional le fallaron.

—¿Cómo sabré cuándo usarlo? —gimió—. ¿Cómo lo sabrán ellas?

—Lo sabrás —respondió Anacaona—. Puede que no lo veas ahora, pero un día serás una mujer adulta, tendrás una hija y tu hija tendrá una hija. Debes asegurarte de que este cemí y el amuleto se mantengan a salvo y se leguen a cada una. Todas deben aprender de nuestras costumbres, porque tú y ellas tendrán que ocultar quiénes son.

—No... —Higüamota comenzó a protestar.

—Es la única manera que tenemos para sobrevivir ahora —le dijo Anacaona, interrumpiéndola—. Debemos escondernos, asimilarnos, aprender. Debemos guardar nuestro poder para cuando llegue el momento.

Anacaona cerró los ojos, dejando que la luminiscencia

de la luna llenara y exaltara sus facciones. Cuando abrió los ojos, los fijó en su única hija. Una sensación de paz llenó a Higüamota al absorber la mirada de su madre y el amor que reflejaba.

Anacaona descansó sus dedos sobre la mejilla de Higüamota y le dijo:

—Dile a tu hija que nuestro pueblo es la luz que hace brillar el cielo nocturno. Somos la música que calienta el corazón y bendice el alma. Amamos con orgullo y amamos con intensidad. Este es nuestro poder. Dile a tu hija que nunca renuncie a este poder, porque un día nos levantaremos y prosperaremos de nuevo. De esto estoy absolutamente segura.

Anacaona tomó a Higüamota y la envolvió en sus brazos. La suave brisa las sostuvo y, por un momento, no hubo amenazas, ni odio, ni codicia: sólo el amor de madre e hija que sabían que su propia existencia estaba en sus manos y en las de sus futuras hijas.

Capítulo 1

La luna abandonó a Ty. La buscó a través de la ventana de su cuarto, pero estaba escondida detrás de las nubes, y sólo se asomaba de vez en cuando para mostrar un atisbo de sí misma. En todas sus formas, colores y tamaños, la luna siempre había reconfortado a Ty, y ahora la necesitaba más que nunca.

Su padre y su hermano mayor se habían ido y, por lo que veía Ty, no iban a volver, gracias a su madre. Ty se secó las lágrimas que le corrían por la cara. Odiaba llorar y esta noche no era una excepción.

La puerta de su cuarto se abrió, interrumpiendo sus pensamientos. Su madre, Esmeralda, estaba de pie en el umbral con las pequeñas manos apoyadas sobre sus anchas caderas, aún vestida con el uniforme de seguridad del aeropuerto: una chaqueta de poliéster y pantalones de color canela. La placa falsa y el cinturón de cuero no impresionaban a Ty. Pensaba que su madre llevaba la negatividad igual que ella llevaba espejuelos.

Cruzando los brazos contra su cuerpo delgado, Ty enarcó una ceja y dijo de manera desafiante:

—¿Qué? —Era la misma mirada y postura que había visto adoptar a muchas de las mujeres de su familia cuando las molestaban. Era como gritar: "¿Me estás tomando el pelo?". O preguntar en silencio: "¿Crees que soy estúpida?". La interpretación dependía de la situación.

—No me vengas con esa actitud, Ty —dijo su madre, entrando al cuarto.

Ty rechinó los dientes y puso los ojos en blanco. Tenía mucha más actitud que mostrar, a pesar de que ya llevaban una hora discutiendo.

—Mira, Ty —dijo su madre, ignorando los mensajes no tan sutiles de su hija—. No voy a discutir más sobre esto, ¿de acuerdo? Ahorita mismo, Alex está mejor con su padre que aquí con nosotras. Quizá su padre logre comunicarse con él. Ya tiene dieciséis años y debe aprender que no puede ir por ahí metiéndose en peleas. Por suerte, sólo lo suspendieron, pero quién sabe —dijo, levantando las manos—. Podrían expulsarlo de la escuela y tal vez deberían hacerlo para darle una lección.

—¿Lo dices en serio, mamá? —gritó Ty, sacudiendo la cabeza y haciendo que su espeso y largo pelo castaño cayera delante de sus espejuelos. Lo apartó, pero le volvió a caer sobre la cara—. ¡Alex se estaba defendiendo! —Alex aún no había compartido todos los detalles con ella, pero Ty confiaba en él; además, nunca se metía con nadie—. No puedes permitir esto. ¡No puedes dejar que expulsen a Alex por algo que ni siquiera fue su culpa!

Una voz lejana dijo:

—¡Así es, Taína! ¡Lucha por tu hermano!

Ty sintió ganas de sonreír, pero se contuvo. Su abuela era su defensora y Ty lo apreciaba, pero no estaba dispuesta a sonreír delante de su madre. Eso la haría pensar que ya no estaba enfadada con ella y Ty seguía furiosa.

Esmeralda puso los ojos en blanco.

—¡Mami! —gritó hacia la voz—. Por favor, ahora no. —Se volvió hacia su hija—: Ty, ya no hablaremos más del asunto.

Ty enderezó la espalda. Le llevaba unos diez centímetros de altura a su madre y le encantaba hacer que tuviera que inclinar la cabeza hacia arriba para hablarle.

—Sé que dijiste que no le creías, pero no sé por qué no le crees.

—Alex ha estado faltando a clases —dijo Esmeralda, midiendo sus pasos—. Y así es como se empieza. Falta a clase y luego se mete en peleas. Y luego, de buenas a primeras, terminará detenido por algo. No quiero ese ejemplo aquí en casa. Tu hermanito Luis necesita modelos positivos, ¿tú me entiendes? Sólo tiene siete años.

Ty sintió que una pequeña vena le palpitaba cerca de la frente y cerró los ojos para intentar calmarse. Alex no había faltado a clases, como decía su madre. Había faltado a una clase, lo cual era un error, y se había disculpado. Ahora, al parecer, eso lo convertía en un criminal. Ty no podía soportarlo.

—Entonces, ¿lo enviaste a lo de mi papá? —soltó Ty—. ¡Papá, a quien aún no has perdonado!

Esmeralda se paró en seco y entornó los ojos hacia su hija.

—Ten cuidado.

Mientras Ty contemplaba si debía continuar con el delicado tema de su padre, Esmeralda se quedó en silencio, mirando hacia la ventana, más allá de Ty.

—¡Nos necesita! —gritó Ty, esperando recuperar la atención de su madre. Más lágrimas amenazaban con aparecer. La verdad era que *ella* necesitaba a Alex. No podía imaginarse viviendo en la Dent sin él. Yendo a la escuela sin él. Cuidando a su abuela y a Luis sin él.

—Deberías comer algo antes de irte a la cama —dijo Esmeralda, poniendo fin a su discusión—. Mañana es viernes y tienes escuela. Recuerda que ahora estás en la secundaria. Es mucho más trabajo que la primaria. —Y con eso, salió del cuarto y Ty cerró de un golpe la puerta tras ella. Normalmente, una acción como esa iniciaría una nueva discusión, pero su madre no regresó.

De vuelta a la ventana, Ty por fin encontró la luna antes de que la ocultara un alto edificio a la distancia. Pero el rápido avistamiento le brindó poco consuelo. Lo único que de veras le daría paz sería tener a Alex a su lado.

Capítulo 2

Ty estaba absorta en el balanceo continuo del director Callahan en su silla. Los constantes movimientos del cuerpo la arrullaban con una calma que no debería sentir, en especial ahora, pero estaba cansada. Había dormido poco la noche anterior y le había costado llegar a la escuela. Por desgracia, las palabras de su madre sobre Alex la habían perseguido durante el día entero; y en la clase de Inglés, cuando la maestra Neil había dicho cosas malas sobre uno de sus compañeros, le había sido imposible permanecer en silencio. Había tenido la sensación de que no sólo estaba defendiendo a su compañero de clase, sino también a Alex, lo cual no tenía mucho sentido ahora, pero sí en aquel momento.

El director Callahan acababa de pedirle a Ty que fuera a disculparse con la maestra Neil. Esperaba inquieto. Pero ella seguía pensándolo. Ty había cumplido catorce años en junio y su abuela le había dicho que la secundaria era el lugar donde prosperaría y accedería a su poder. Su abuela rara vez se equivocaba. Sin embargo, tras tan sólo seis semanas de su primer año de la secundaria City Main, Ty se sentía más impotente que nunca y no tenía a Alex para ayudarla.

—De acuerdo, míster Callahan —dijo por fin, derrotada—. Me disculparé por insultar a la maestra Neil, pero no me disculparé por llamarle la atención cuando le dijo a Beatriz que tenía que aprender a hablar inglés, cuando sólo estaba haciendo una pausa para pensar su respuesta. Eso no está bien, y usted lo sabe. —Ty estaba presionándolo al límite, pero estaba harta de que siempre la hicieran sentir que estaba equivocada. Necesitaba saber que a veces tenía razón.

El director Callahan dejó de moverse y asintió:

—De acuerdo —dijo—, hablaré con ella al respecto.

Eso parecía una tregua, así que Ty también asintió. Mientras se ponía de pie para irse, un pensamiento cruzó su mente.

—Míster Callahan —dijo Ty—, ¿va a llamar a mi madre para contarle lo que pasó? —Ella esperaba que no, pero tenía que saber con qué se encontraría al llegar a casa.

El director Callahan negó con la cabeza.

—¿Por qué no vas y te disculpas con la maestra Neil? Si lo haces, no veo la necesidad de decírselo a tu madre.

—Gracias —dijo Ty, sonriendo, y se dirigió a la oficina principal, donde contempló su siguiente paso. Todavía quedaban varios minutos antes del timbre final, y necesitaba ese tiempo para preparar su disculpa.

Un folleto azul en el tablón de anuncios de la oficina principal le llamó la atención. Tenía el dibujo de una mano que sostenía un bolígrafo y escribía en un diario. "Espero que sea un club de escritura", pensó, y lo quitó del tablón. El folleto describía un nuevo programa extraescolar centrado en la escritura creativa. Comenzaba dentro de dos semanas y la inscripción costaba cien dólares. Pero había una línea en la parte inferior que decía que había ayuda financiera para las familias que cumplieran ciertos requisitos. "Si hay una familia que reúne los requisitos para recibir ayuda financiera —pensó Ty, doblando el volante y guardándolo en su bolsillo—, es la mía".

Capítulo 3

TY SE DIRIGIÓ al baño más cercano al salón de la maestra Neil. El pasillo de la escuela estaba flanqueado por casilleros y puertas cerradas de clases que aún estaban en sesión. Lo único que se oía eran las suelas de goma de los tenis de Ty chirriando sobre el brillante suelo de linóleo. Las paredes eran de color gris claro, los casilleros, de color gris oscuro, y el piso alguna vez había sido blanco o de algún otro tono de gris. "La secundaria City Main no tiene nada de personalidad", pensó por enésima vez. Para empeorar las cosas, las luces del techo nunca se mantenían encendidas de manera uniforme. Algunas funcionaban bien y otras parpadeaban, dando a los pasillos una sensación de abandono.

El motivo gris continuaba en el baño de las chicas. Al menos las paredes estaban decoradas con escritos y dibujos de chicas que querían alegrar el lugar o dejar su huella. Incluso había una pregunta escrita en letras rosas y azules: "Deena, ¿quieres salir conmigo?". Ty siempre sonreía cuando veía eso. No sabía cuánto tiempo llevaba allí, pero esperaba que se le hubiera cumplido el deseo a quien fuera que le había pedido salir a la tal Deena.

Mientras se acercaba a un espejo empañado, un alarido salió de uno de los retretes. Ty no quería meterse en los asuntos de nadie, pero odiaba la idea de los sollozos solitarios, el tipo de llanto que uno suelta sólo cuando cree que nadie lo está viendo. El tipo de llanto que es real.

—Oye, ¿estás bien? —preguntó Ty.

Alguien se sonó la nariz.

—Todo bien —dijo una voz apagada.

Ty reconoció el ligero acento y al mirar por debajo de la puerta, vio un par de botas negras de tacón alto conocidas.

—¿Beatriz? ¿Eres tú?

—¿Taína? —La puerta del retrete se abrió y allí estaba Beatriz Machado—. Lo siento. Estaba esperando el timbre.

Beatriz era mucho más baja que Ty y los tacones le daban una altura extra, pero no era alguien que destacara de ninguna manera. Rara vez hablaba en clase, rara vez hacía contacto visual con alguien y, en general, no hacía nada que llamara la atención.

—Yo también estoy esperando el timbre —dijo Ty, mientras Beatriz se secaba rápidamente la cara—. ¿Estás llorando por la maestra Neil? —le preguntó Ty, ignorando el hecho de que Beatriz estaba tratando desesperadamente de componerse—. Mira, ella no vale la pena.

—Ya lo sé —dijo Beatriz.

—Está loca de remate —agregó Ty.

—Ya sé, ya sé —repitió Beatriz—. Es que me dio vergüenza. *She embarrass me* —dijo en su inglés entrecortado. Se dirigió al espejo y entrecerró los ojos para ver su cara en el cristal viejo y sucio.

El timbre sonó antes de que ella pudiera responder, provocando una cacofonía de sonidos. Pasos, voces fuertes y risas llenaron el aire cuando la puerta del baño se abrió y otras chicas entraron al espacio. Beatriz salió disparada del baño, con la cabeza inclinada, y se mezcló en silencio con la multitud.

Ty trató de sofocar su enfado. "¿Cómo voy a superar esto?". Se le vino un recuerdo de su abuela a la mente: sus rasgos suaves, un afro abundante y blanco, una gran sonrisa de dientes separados. Abuela asintió con esa mirada sabia y astuta que solía llevar y dijo: "M'ija, a veces hay que aguantar las estupideces de la gente para mantener la paz, pero nunca dejes que te dominen. Tienes demasiada fuerza para mantenerla oculta". Con determinación, Ty salió del baño decidida y comenzó a dirigirse rápidamente hacia el salón de la maestra Neil.

A medida que se acercaba a su destino, Ty empezó a ponerse nerviosa. Desaceleró el paso y se apoyó en unos casilleros. "No quiero hacer esto", pensó, bajando la cabeza y dejando que su largo y oscuro pelo cubriera los lados de los espejuelos que llevaba.

Un fuerte olor a colonia la envolvió.

—Hola, Ty.

Ty levantó la vista para ver a Vincent Gordon acercándose a ella. No pudo evitar sonreír.

—Hola, Vin —le respondió—. No pensé que te vería después de la escuela. Sueles irte en cuanto suena el timbre para encontrar a la bella Imani.

Ty sólo bromeaba a medias. Ella y Vin habían sido muy unidos hasta que llegó Imani, y Ty tenía muchos sentimientos al respecto. Solía tener a Vin todo para ella hasta que él se dejó crecer el cabello hasta los hombros y se hizo trenzas rastas durante el verano y se tatuó una espada en el antebrazo. Desde ese momento, todas las chicas del barrio querían conocerlo. Luego apareció Imani, lo cual hizo que estuviera demasiado ocupado para salir como solían hacerlo antes del pelo largo y el tatuaje.

—Qué gracioso —dijo Vin, frunciendo los labios—. Tampoco es que estemos siempre juntos. —Ty le clavó la mirada. Él rechinó los dientes—. Está bien, últimamente hemos estado mucho tiempo juntos. —Ty continuó con la mirada—. Ya sé, ya sé, siempre prometimos que estaríamos disponibles y como que yo no lo he estado.

Ty permaneció en silencio, disfrutando de la incomodidad de Vin.

Vin cambió rápidamente de tema.

—¿Qué pasó con míster Callahan? —Sus horarios de clase eran idénticos, así que él había estado presente cuando Ty había tenido su arrebato en la clase de Inglés.

—Tengo que disculparme con miss Neil y ya me había armado de valor, pero ahora no quiero hacerlo. —Ty negó con la cabeza—. ¿Cómo voy a decirle que lo siento cuando no lo siento, ya tú sabes?

Vin asintió.

—Siempre dice algo ignorante. ¿Recuerdas el poema?

¿Cómo podía olvidarlo? La primera vez que la enviaron al despacho del director Callahan fue por un poema que Vin escribió en clase. La maestra Neil le había preguntado a Vin si había escrito el poema él mismo. Ty no pudo evitar preguntar quién más podría haber escrito el poema, ya que Vin había estado sentado allí todo el tiempo. La maestra Neil había respondido que el poema era demasiado bueno para haber sido escrito por un alumno de *esta* escuela. Incapaz de frenarse, Ty se apresuró a replicar que tal vez la maestra Neil debería hacer un mejor trabajo de enseñanza, entonces.

—¿Por qué nunca puede disculparse con nosotros por las estupideces que dice? —le preguntó Ty.

—¡Porque no funciona así! —Vin hizo una pausa—. Tenía tantas ganas de decirle que podía escribir ese poema en inglés y en español.

—Tal cual —dijo ella, asintiendo con la cabeza para puntuar sus palabras. Todas las tardes que habían pasado en casa de Ty cuando eran más pequeños lo habían expuesto al español y ahora lo hablaba con bastante fluidez.

—Ojalá no te hubieras metido en problemas por mi culpa —dijo Vin.

—Nada de eso —dijo Ty, agitando las manos para descartar la idea—. No te preocupes. Es que no podía dejarlo pasar. Si no, creen que está bien hablarnos así. —Ty odiaba cuando los maestros usaban su autoridad contra ella y los estudiantes que se parecían a ella. Hasta ahora sólo había una maestra en City Main que le parecía *cool*, que les hablaba como si los viera como buenos chicos, miss Carruthers, su maestra de Historia. Pensar en ella le recordó a Ty su proyecto de Historia.

—¿Comenzaste el proyecto de Historia de miss Carruthers? —le preguntó Ty. Vin la miró confundido—. Ya tú sabes, el que nos dio la semana pasada sobre elegir un tema que sólo habíamos estudiado un poco en la primaria y profundizar en él.

Vin sacudió la cabeza, recordando.

—No. Todavía no. No sé en qué enfocarme, pero me gusta la idea del proyecto.

—A mí también —respondió Ty—. Miss Carruthers no nos trata como si fuéramos tramposos. Me gustaría que miss Neil fuera más como ella, ¡porque, en general, el Inglés es mi asignatura favorita!

—Lo sé —dijo Vin, y volvió al tema principal—. Mira, todo lo que tienes que hacer es ir, pedir perdón e irte. Eso es todo.

Ty frunció el ceño.

—Me preocupa qué más va a decir, y que me nazca responder otra cosa que me meta en más problemas.

—Te entiendo —dijo Vin—. Como he dicho, todo lo que tienes que hacer es pedir perdón e irte. No te metas en una conversación larga ni nada por el estilo.

"Tan cierto", pensó Ty. Deseó que Alex estuviera allí.

Como si le hubiera leído la mente, Vin dijo:

—Me enteré por un par de chicos que Alex estaba defendiendo a Eddie cuando se metió en esa pelea.

Al escuchar el nombre de Eddie González, el mejor amigo de Alex, un enjambre de mariposas se apoderó de su estómago. Antes de todo lo que había pasado con Alex, habían surgido sentimientos por Eddie que ella no podía controlar.

—No lo sé —dijo en una voz demasiado alta.

Vin no insistió en el tema.

—¿Estarás por aquí más tarde? —le preguntó, dominando una trenza rasta caprichosa.

En ese instante, ella se dio cuenta de que era viernes. En general, su madre llegaba a casa con una enorme lista de cosas para que Ty hiciera durante el fin de semana. A Ty le gustaba saber primero lo que le esperaba antes de hacer planes.

—¿Te puedo avisar más tarde? Tengo que ver qué pasa en casa.

—Claro. —Vin asintió y se dirigió al pasillo.

—Espera —dijo Ty, antes de que se alejara demasiado—. He visto este folleto en la oficina. —Sacó el papel azul del bolsillo y se lo entregó. Él lo leyó y sonrió.

—Qué *cool* —le contestó—. ¿Quieres que nos apuntemos juntos?

—Sabes que sí —dijo Ty—. Pero no sé si mi madre estará de acuerdo. —"O si tenemos el dinero", pensó Ty.

Vin asintió.

—Está bien, puedo apuntarme y si tú también puedes, genial. Será como en los viejos tiempos, cuando escribíamos juntos.

La vez que más se había divertido Ty en la escuela fue cuando había trabajado en un proyecto sobre un libro con Vin, en cuarto grado. Así se habían hecho amigos.

—Listo —dijo Ty, dándose cuenta de que tenía que llegar a la clase de la maestra Neil antes de que se fuera—. Déjame ir a hacer esto.

—Échame una llamadita luego —dijo Vin antes de marcharse.

Ty observó a su fornido cuerpo arrastrar los pies por el pasillo. Sus holgados vaqueros azules le colgaban por debajo de la cintura, lo que le dificultaba caminar con elegancia. Ty se obligó a darse la vuelta para enfrentarse a su destino: la maestra Neil.

Capítulo 4

La puerta del aula 121 parecía estar cerrada herméticamente. "Es como una caja fuerte", pensó Ty, agarrando la manija de metal fría y abriendo la puerta de un tirón. La maestra Neil estaba de espaldas a Ty, limpiando la pizarra mientras tarareaba para sí misma. Ty no pudo evitar sentir un poco de amargura. "Aquí anda miss Neil tarareando, mientras Beatriz se encuentra en algún lugar secándose los ojos". No era justo, pero Ty estaba aceptando poco a poco que los maestros siempre tenían la razón, al menos en el edificio de la escuela.

¡Bum! Tanto Ty como la maestra Neil saltaron cuando la puerta se cerró de golpe. La maestra Neil se aferró a su

fino collar de oro, pero no hizo más nada para reconocer que tenía una visita. Reanudó con tranquilidad la limpieza de la pizarra.

Al ser ignorada, Ty se preguntó si debía marcharse, pero una pequeña paila de plástico llena de limpiadores y desinfectantes le llamó la atención. "¿Será que miss Neil se queda hasta tarde todos los días para desinfectar su aula contra los gérmenes de la juventud?" se preguntó Ty.

Los ojos de Ty se fijaron en un póster plastificado recién colgado, que describía las normas de la clase que la maestra Neil había decidido priorizar.

Levante la mano antes de hablar.
Tenga respeto propio y por los maestros.
Lea los clásicos y, sobre todo, siga las reglas.

Junto a ese póster había otro, lustroso, que contenía una cita:

LOS QUE NO APRENDEN DE LA HISTORIA ESTÁN CONDENADOS A REPETIRLA.
WINSTON CHURCHILL

—¿En qué la puedo ayudar? —preguntó la maestra Neil.

—Miss Neil —dijo Ty, acercándose con cautela y colocando su mochila a sus pies—. Quería hablar con usted sobre lo que ocurrió hoy.

La maestra Neil abrió el cajón superior de su escritorio, metió el borrador de la pizarra y lo cerró con llave.

—Claro —dijo, haciendo un gesto para que Ty se sentara en una de las sillas cercanas a ella. La maestra Neil cruzó las manos sobre el pecho y esperó. Era mayor que la madre de Ty, y parecía tener aún más años con sus labios fruncidos y sus ojos entrecerrados detrás de unos gruesos espejuelos. Tenía el pelo rubio recogido en un moño severo y no llevaba maquillaje.

Ty soltó:

—No era mi intención insultarla. Lo siento. No fue lo correcto. —Decidió dejarlo ahí, siguiendo el consejo de Vin de limitarse a pedir perdón y largarse. Pero Ty tenía la sensación de que no iba a lograr irse así de pronto.

La maestra Neil esperó unos instantes antes de responder:

—No, no lo fue. —Se sacó una pelusa invisible de la manga de su cárdigan lila—. Has estado en la escuela apenas dos meses y ya he tenido que enviarte a la oficina del director dos veces. No es una buena manera de empezar el año escolar.

—No estoy tratando de meterme en problemas —dijo Ty, esperando que la honestidad ayudara—. A veces veo cosas que no están bien, y no me puedo quedar callada, ¿entiende lo que le digo?

—¿Si entiendo lo que estás diciendo? —dijo la maestra Neil, redoblando las palabras de Ty—. Bueno, los alumnos tienen que aprender cuándo deben hablar y cuándo deben callar. Siempre se meterán en problemas si les gritan a los maestros o son irrespetuosos.

Ty asintió levemente para indicar que estaba escuchando, pero tenía muchas ganas de rebatir que la propia miss Neil podía ser muy irrespetuosa. En lugar de eso, inspeccionó sus tenis, notando el opacado brillo de la lona negra alrededor de la parte superior. Luchó contra el impulso de lustrarlos.

—Acepto tus disculpas esta vez, pero si vuelves a hablar en clase, te enviaré de nuevo al despacho del director Callahan.

—¿Si hablo en absoluto? —preguntó Ty.

La maestra Neil inclinó la cabeza hacia un lado y parpadeó, haciendo que Ty sintiera que había preguntado la cosa más idiota que una nena de catorce años en noveno grado podría pedirle a un maestro.

—No quiero que interrumpas la clase, Ty-na, así que sí, tendrás que guardarte tus opiniones.

"Vaya", pensó Ty. En primer lugar, su nombre no era Ty-na, sino Taína. En segundo lugar, no era como si estuviera vociferando sus opiniones e interrumpiendo la clase todo el tiempo. Era una clase, lo que significaba que a veces tenía que opinar sobre el material para demostrar que estaba aprendiendo. ¿Debía permanecer sentada y no decir nada? Quizá no debía hacer el tipo de preguntas que inquietaban a la maestra Neil como: ¿Por qué no podría hablar bien inglés?

"Esto es simple y llanamente una trampa", se dijo Ty. Se estaba calentando, y su corazón empezó a latir a todo dar: los signos reveladores de que estaba a punto de decir algo que los demás pensarían que no estaba bien. Tenía que relajarse. No podía volver a estallar contra la maestra Neil, no después de la semana que estaba teniendo.

Cerró los ojos y respiró hondo antes de responder:

—Lo intentaré. —Luego, como su lengua tenía mente propia, añadió—: Sólo quiero asegurarme de que la entiendo. ¿Me está pidiendo que no vuelva a hablar en clase? ¿Que no diga nada en absoluto? ¿Y si alguien me pide mi opinión? ¿Cuáles son las reglas? —Ty pensó que eran preguntas razonables, pero la maestra Neil negó con la cabeza, levantando las manos.

—Las reglas son las mismas de siempre. No hables a menos que te llame. No compartas tu opinión a menos que te la pida. ¿Te resulta difícil seguirlas?

Ty le contestó a la maestra Neil con su mirada que decia "¿Me estás tomando el pelo?", que se produjo de forma involuntaria, como si tuviera que rascarse un picor.

La maestra Neil se puso de pie y dijo:

—Y tampoco aprecio ese tipo de lenguaje corporal o expresiones faciales.

Las manos de Ty, que estaban apoyadas sobre sus piernas, empezaron a cerrarse en puños, lo que era difícil de conseguir con sus largas uñas de acrílico azul. Se le formaron lágrimas calientes en los ojos y le costó tragar.

—Está bien —dijo Ty, recogiendo su mochila del suelo. La acción logró mantener sus emociones bajo control. Prefería ser suspendida junto con su hermano Alex a dejar que la maestra Neil la viera llorar—. Sin opiniones y sin lenguaje corporal. Comprendido.

Tanto Ty como la maestra Neil permanecieron en silencio durante unos diez segundos antes de que la maestra Neil dijera:

—Perfecto. Ya te puedes ir.

Ty salió de un tiro del aula y se dirigió al desolado pasillo, avanzando a toda velocidad hacia la salida. Deseó que alguien le explicara todas las reglas porque no era fácil saber qué estaba prohibido. Bueno, claro que insultar a los maestros siempre era malo, pero ¿por qué señalar las palabras hirientes que una maestra le decía a otro alumno era algo malo? ¿Por qué estaba mal defender a alguien? Era casi como si le pidieran que aceptara que algunas personas no importaban, que debía mantener sus sentimientos escondidos porque no tenía derecho a quejarse. A Ty le resultaba difícil aceptarlo.

Sumida en sus pensamientos, salió corriendo del edificio de la escuela y se apresuró por la calle Main, donde se encontraba la secundaria City Main. Estaba a unos ochocientos metros de la calle de Ty, la calle Denton, o "la Dent", como la llamaban. Ty se preguntó por qué había otro café más en su camino. Este se llamaba Pour Me y las palabras "Gran inauguración" aparecían en un lugar destacado entre una larga fila de clientes. "¿Quiénes son estas personas, —se preguntó— y por qué necesitan tomar tanto café?". Ya había tres cafés en la calle principal.

Hacía sólo cinco años, tiendas familiares como M&S Discount Furniture, La Botánica Pura y Super Dollar Heaven abundaban en esa calle, y ella las visitaba a menudo con su madre y su abuela. Esos negocios habían sido reemplazados por una papelería, estudios de yoga y cafés como Pour Me. Cuando aparecieron estos nuevos locales, su madre y su abuela dejaron de comprar en esa calle. No es que no bebieran café o no quisieran probar el yoga, sino que en general las hacían sentir que no eran bienvenidas.

Había gente por doquier en la calle Main, pero ninguna se parecía a ella ni a nadie de su familia. En su lugar, había trotadores con atuendos de colores neón que movían sus delgados miembros al son de sus auriculares, mujeres que empujaban carritos de bebé que parecían más pesados que los carros eléctricos estacionados delante de los parquímetros y hombres que tomaban sorbos de bebidas calientes en envases para llevar que olían a café tostado y caramelo. "¿Sabrán que soy de la Dent?", se preguntaba. ¿La verían siquiera? ¿Importaba? De todos modos, Ty no estaba segura de querer ser bienvenida. Todo parecía tan diferente a lo que estaba acostumbrada en la Dent.

Como para demostrarlo, un cuervo negro se posó en el techo del nuevo café cerca de su calle. Ty lo miró fijo y luego apartó rápidamente la vista. Su abuela creía que ciertos pájaros traían noticias, y ella tenía la sensación de que estos cuervos no eran portadores de amor y felicidad, ni criaturas que te daban la bienvenida a un lugar. "De todos modos, ¡no quería entrar ahí!", pensó Ty.

Ty giró hacia la Dent, esperando no toparse con los Denton Street Dogs o los Night Crawlers, que dominaban el parque de Denton. Con sólo una milla de longitud, la calle parecía un mundo dentro de otro mundo, porque una vez que se giraba hacia ella, la calle Main se convertía en un recuerdo lejano.

Ty echó los hombros hacia atrás. “La Dent no es del todo mala”. Había una comunidad y una familiaridad en la Dent que Ty apreciaba. Y estaba el mercado Atabey, un punto de referencia de la calle Denton, que era lo más lejos a lo que podían llegar los forasteros. Para Ty, el mercado Atabey era sólo el principio. Le encantaba pasar el rato con los propietarios, José e Hilda, y como no estaba preparada para volver a lo que la esperaba en casa, se dirigió hacia ahí.

El aroma a fritura le dio la bienvenida antes de que abriera la puerta del mercado. José e Hilda hacían las mejores alcapurrias del barrio. La masa de plátanos verdes y yautía bien condimentados se rellenaba de carne y papas, y luego se freía hasta alcanzar una crujiente perfección… “Espera —pensó—. ¡Tengo cinco dólares!”. Ty buscó en su bolsillo el dinero que le había dado su tío. La última vez que había comprado alcapurrias costaban un dólar cada una, ¡tenía suficiente dinero para un festín!

Dentro del mercado, el sonido a merengue y el olor a sazón, una mezcla de especias que hace que muchos platos puertorriqueños sean sabrosos y coloridos, la golpearon de inmediato. Ty no siempre apreciaba la salsa, el merengue y la bachata de las islas, pero escucharla sin reservas la llenaba de orgullo. Como si perteneciera a ella. Al entrar, la gente que se encontraba en el mostrador dejó de charlar en voz alta por encima de los ritmos.

—¿Qué? —preguntó Ty, pensando que quizá tenía algo en la cara o en el pelo.

Hilda Martínez, la dueña, aplaudió en respuesta.

—Ay, muchacha, ¿qué tal? —preguntó desde detrás del mostrador—. ¿Cómo está la familia?

Ty pasó por delante de los curiosos, que reanudaron su charla, y se apoyó en el mostrador.

—Mi familia está bien —le contestó.

Hilda asintió:

—El escritorio de la trastienda está limpio si quieres usarlo para hacer tus tareas.

Ty sonrió en señal de agradecimiento. A veces ella o Alex se quedaban allí para hacer las tareas, pero en general había demasiado ruido para concentrarse. En lugar de eso, la mayoría de las veces pasaban el rato comiendo, escuchando las charlas de sus vecinos y, tal vez, echando un vistazo de vez en cuando a uno de sus libros.

—Gracias, pero vine por la comida —dijo Ty.

Hilda volvió a aplaudir y se movió para mostrar parcialmente una pizarra detrás del mostrador con la lista de ofertas del día. Ty la escaneó hasta que vio lo que buscaba.

—¡Sííí! —exclamó Ty—. Cinco alcapurrias, por favor.

—¿Sólo cinco? —preguntó Hilda—. ¿Para ti y toda tu familia? —Hilda negó con la cabeza—. Te daré seis porque necesitas comer más de una, cariño, estás demasiado flaca.

En ese momento, apareció el marido de Hilda, José, y dijo:

—Déjala, no necesita ganar peso. Está bien.

Hilda lo despidió con su mano gruesa.

—Siempre dice lo contrario a lo que yo digo. Creo que sólo le gusta discutir conmigo. —Puso los ojos en blanco y añadió—: Déjame agarrar tus alcapurrias antes de empezar con él.

José se rio, frotándose las manos, como si la pequeña discusión entre él e Hilda estuviera a punto de ponerse buena. José e Hilda habían abierto el mercado Atabey mucho antes de que Ty y su familia se hubieran mudado al barrio, y cocinaban los tan apreciados manjares puertorriqueños como empanadas, bacalaítos y, por supuesto, alcapurrias. Las estanterías estaban repletas de coloridos productos enlatados y en el mostrador había pan fresco de una panadería de otro pueblo.

José se agachó para recoger algo del suelo, dando a Ty una vista completa de la pizarra. Alguien había dibujado lo que parecía una mujer con una corona, en cuclillas con las piernas abiertas. No era ofensivo, sólo un poco caricaturesco.

—Esa es Atabey —dijo José, siguiendo sus ojos.

—Ah, ¿de donde viene el nombre del mercado? —preguntó Ty.

—Sí, la diosa taína de la vida.

—¿Diosa taína? —repitió Ty. Ella se llamaba Taína por el pueblo originario de la isla de Puerto Rico, los taínos. Pero nunca había oído hablar de la diosa de la vida.

Hilda gritó desde la cocina.

—¡Ay, me quemé!

José corrió hacia ella.

—¿Está todo bien? —gritó uno de los hombres del frente.

En respuesta, Hilda le gritó a José:

—¡Por eso no quiero que estés aquí atrás!

—¿Ahora es mi culpa? —dijo José, volviendo al frente mientras los otros hombres empezaban a burlarse:

—Ahora sí que estás en problemas, mano.

—Discúlpate, hombre, así te salvas.

José negó con la cabeza:

—Toma, Taína —dijo, dándole las alcapurrias a Ty. Estaban en una bolsa de papel marrón por la que ya se filtraba aceite.

Ty agarró la bolsa y extendió el brazo para apartarla de su cuerpo y con la otra mano le dio a José el billete de cinco dólares.

José rechazó el dinero.

—Llévatelas.

—Qué bien, ¡gracias! —dijo Ty—. Hilda está bien, ¿verdad? —preguntó mientras otro cliente entraba a la tienda.

José sonrió:

—Por supuesto. Está bien. Sólo estaban muy calientes las alcapurrias. Deja que me ocupe de este tipo de aquí. —José le dio al tipo que acababa de entrar un gran apretón de manos como si estuvieran chocando los cinco, seguido de un abrazo lateral con un golpecito de hombros.

Afuera, Ty encontró el carro del tipo aparcado delante del mercado, con las ventanillas bajas y la bachata sonando al mayor volumen posible, como si fuera una minidiscoteca. Rápidamente rodeó el carro y cruzó la calle hasta llegar a una hilera de casas adosadas que conformaban los apartamentos de la calle Denton.

Un grupo de niños más jóvenes corrió en dirección contraria y entró al parque gritando sus nombres y riendo a carcajadas. Ty vio a la distancia a dos personas vestidas de negro.

Se paralizó, preguntándose si debía decirles a los niños que se fueran de ahí, pero volvieron a salir por su cuenta, corriendo hacia la mitad inferior de la calle Denton. Los Night Crawlers se vestían de negro. Hasta los niños evitaban a aquellos que sólo usaban ese color.

Ahora las alcapurrias goteaban aún más, haciendo que su mano se empapara de grasa. Tenía que ponerse en marcha o se terminaría manchando.

La bachata del carro seguía sonando a la distancia mientras Ty abría la puerta de su apartamento. Colgó las llaves en el gancho del pequeño recibidor y entró a la sala. Ahí estaba sentada su madre. Con el rostro muy quieto, como si estuviera tallado en piedra, y los brazos cruzados sobre el pecho. Ty conocía bien esa mirada y nunca era buena.

—¿Qué? —preguntó Ty.

—Acabo de hablar por teléfono con tu maestra, miss Neil, y me ha dicho que le habías contestado de manera insolente. ¡¿También quieres que te suspendan?!

Capítulo 5

"MÍSTER CALLAHAN dijo que no llamaría", Ty se enfureció. "¿Pero miss Neil? ¡Como si necesitara entrar en una nueva discusión con mi madre cuando aún no hemos terminado la de Alex!".

Antes de que ella pudiera responder, Luis entró corriendo y le abrazó la cintura. Era la viva imagen de su padre y de Alex. Pelo oscuro y grueso, ojos castaños oscuros y unas pestañas largas más que bonitas. También era moreno y delgado como ellos, pero Luis tenía los hoyuelos de su madre, que estaban en pleno efecto cuando levantó la cara para sonreírle. La soltó y miró hacia la puerta de entrada como si esperara que apareciera Alex; luego se dio la vuelta y desapareció en el cuarto que compartía con su hermano mayor.

A solas con la bola de ira sentada en el sofá, Ty optó por una tregua alimentaria.

—¿Alcapurria? —le dijo a su mamá, levantando la bolsa de papel marrón manchada.

—¿De Atabey? —preguntó Esmeralda, mirando bien la bolsa como si buscara una prueba.

Ty asintió, esperanzada.

Esmeralda sacudió la cabeza, sin aceptar la tregua.

—¿Esa Hilda hizo muchas preguntas? Ya sabes que siempre se mete en los asuntos de los demás. —Esmeralda se quitó la cinta que sujetaba su largo y espeso pelo negro, lo sacudió y lo volvió a recoger en una tupida masa en la parte superior de su cabeza.

Ty se encogió de hombros.

—Sólo preguntó cómo estaban todos, ma. Ya sabes, como hace la gente normal. —Ty colocó la bolsa sobre la mesita de sala.

—¡No pongas esa porquería grasienta en mi mesa! —dijo Esmeralda levantándose de un salto, agarrando la bolsa y dirigiéndose a la cocina. Ty se apresuró a limpiar con la mano cualquier mancha que pudiera haber quedado. No estaba dispuesta a recibir el sermón de que, aunque fueran pobres, no tenían por qué tener las cosas sucias y rotas. De seguro ya vendrían otros sermones.

Ty miró a su madre a través de la ventana recortada que separaba la cocina de la sala, observando cómo colocaba los platos de papel sobre la mesa de la cocina. Ty supuso que su abuela estaba en su cuarto, como de costumbre. Con las puertas de todos los cuartos cerradas, Ty sabía que estaba sola. De mala gana, se unió a su madre en la cocina, tomando rápidamente una de sus delicias fritas favoritas.

—¿Lo llamo a Luis? —preguntó mientras masticaba. Lo quería de vuelta, como amortiguador.

Esmeralda negó con la cabeza.

—Ya comimos pizza y no hables con la boca llena. Seguro que está jugando con el *nuevo* iPad que le regaló su padre. —Agitó su pequeña mano en el aire con cierto desprecio cuando pronunció la palabra *nuevo.* Esmeralda estaba convencida de que el iPad era robado, a pesar de que Ty había visto a su padre comprarlo en la tienda y se lo había dicho a su madre más de una vez. No parecía importar. Esmeralda estaba decidida a creer lo peor de él.

—Entonces —dijo Esmeralda golpeando con los dedos la mesa de la cocina—, ¿quieres contarme qué pasó esta vez? Espera —ordenó antes de que Ty pudiera responder—. Déjame adivinar. La maestra dijo algo con lo que no estabas de acuerdo y sentiste la necesidad de corregirla.

—Ma —dijo Ty, limpiándose las manos en los pantalones—. Hablas como si estuviera superfuera de control o algo así. No lo estoy. En. Absoluto.

Esmeralda levantó las cejas, lo que en sí mismo era un desafío.

—Además, me pasé todo el día preocupada por Alex —siguió Ty, con la esperanza de recordarle que había problemas más importantes que la maestra Neil—. Estaba cansada, y no podía quedarme sentada y dejar que miss Neil se burlara de Beatriz porque el inglés no es su primera lengua. No puedo respetar eso. ¿Me entiendes? —Ty le explicó todo el incidente, incluyendo la ida a la oficina del director, su disculpa y cómo el director Callahan le dijo que no había necesidad de llamar a sus padres si se disculpaba—. ¿Por qué me habrán mentido? —se preguntó en voz alta.

—No te preocupes por ellos —dijo Esmeralda—. Me habría encabronado si no me hubieran llamado para decírmelo. Necesito saber qué pasa contigo en la escuela, Ty. Tú… —hizo una pausa, señalando la cara de Ty—. Te tienes que preocupar por ti misma.

—Pero —suplicó Ty—, ¿no crees que está mal que nunca pueda defenderme o defender a los demás? Como… como si, pase lo que pase, ellos fueran los únicos que pueden tener la razón. —Ty se molestó consigo misma por tropezar con sus palabras. Pensó que si podía decir las palabras correctas, tal vez su madre lo entendería.

—No seas boba, m'ija —dijo Esmeralda—. Nadie quiere escuchar tu opinión ni la mía. Sólo quieren que hagamos lo que nos dicen y que no nos metamos en medio. Bah, si yo pensara como tú, reaccionara como tú, estaría metida en peleas todo el día, todos los días. No puedo permitirme hacer eso. Necesito mis dos trabajos de guardia de seguridad.

Ty cruzó los brazos sobre su pecho.

—Ma, si tengo que ser así entonces… qué importa, ¿para qué molestarme?

Esmeralda negó con la cabeza.

—No entiendes nada. La gente como nosotros está sola. A nadie le importa. Somos lo único que tenemos. Tengo que ser así, si no ¿qué? ¿Vivimos en la calle?

—Ma, no estamos...

—Y tú —continuó—, terminarás la escuela o acabarás como yo. Yo dejé la secundaria, así que ahora estoy atrapada. —Hizo una pausa, tomando un trocito de alcapurria—. El trabajo de seguridad en la oficina está bien, supongo, pero, mano —dijo, riéndose con amargura—, ese trabajo de seguridad en el aeropuerto es... —sacudió la cabeza—. Ty, ni siquiera te lo imaginas. Pero sé que tanto a ti como a Alex les puede ir mejor. —Esmeralda se quedó mirando la comida en su plato de papel—. Sólo tienes que ir a la escuela, hacer tu trabajo, mantener la cabeza baja y eso es todo. No te va a matar hacer eso.

"Tal vez me mate", pensó Ty.

—Ma, no quiero ser así, ser invisible. Esa no soy yo. —Ty hizo una pausa esperando que le vinieran las palabras adecuadas, pero no llegaron. Sólo añadió—: Soy más como mi abuela, ¿sabes? Ella no tiene miedo de decir lo que siente, de ser como es de verdad.

—Bah —respondió Esmeralda—, no tiene miedo porque no está en su sano juicio.

Eso le dolió a Ty. Ya había llegado al límite. Salió corriendo de la cocina.

—¡No quise decir nada con eso! —gritó Esmeralda tras ella, pero era demasiado tarde. Ty llegó a su cuarto y cerró de un portazo.

Estaba parada en medio de su cuarto, mirando su póster

de Bad Bunny. "¿Por qué la gente siempre dice 'no quise decir nada con eso' cuando realmente quieren decir algo?". Bad Bunny no respondió.

Sacó su teléfono del bolsillo y le envió un mensaje a Alex:

¿Cómo estás?

Silencio. Ninguna respuesta.

Ty pensó en Eddie. "Todavía eran amigos, ¿verdad?". Habían sido amigos durante años cuando, un día, Ty lo sorprendió mirándola fijamente, lo que provocó que ella se sonrojara. Fue una sensación extraña porque, por lo que ella tenía entendido, él no gustaba de ella. Pero, después de eso, las cosas se volvieron incómodas, ninguno de los dos parecía saber qué hacer cuando estaban juntos. Ty había estado desenmarañando sus sentimientos cuando ocurrió la pelea con Alex.

Se armó de valor para enviar un mensaje de texto y escribió:

Alex se metió en una pelea y todo el mundo piensa que estás involucrado. ¡Contéstame!

Después de un minuto, Eddie escribió:

Lo siento.

Ty le contestó enseguida:

¿Por qué lo sientes?

Esperó cinco minutos, pero Eddie no respondió. Entonces le envió un mensaje a Beatriz para preguntarle cómo estaba, pero de nuevo: silencio.

"Espera. Vin". Le había pedido que lo llamara. La llamada fue directo al buzón de voz. Frustrada, Ty tiró el teléfono al otro lado de la cama, donde aterrizó colgando del borde como si estuviera a punto de saltar.

La puerta de su cuarto crujió. Ty se dio la vuelta y vio a su abuela, Isaura Ramos, de pie en el umbral, con una alcapurria en la mano.

—Ay, qué rico —dijo dando un mordisco. Su afro blanco flotaba con libertad sobre su cabeza como una suave nube.

—Hola, abuela —dijo Ty—. No te van a caer mal, ¿verdad?

Isaura se tragó el bocado y sacudió la cabeza.

—Mira, tengo problemas de cabeza, no de estómago. —La grasa goteaba por su mano venosa y delgada, y se la limpió con una servilleta.

Ty soltó una risita. Su abuela vivía con ellos desde que el abuelo de Ty había fallecido. Había mantenido en secreto el diagnóstico de Alzheimer de su abuela hasta su muerte, pero pronto se había hecho evidente que Isaura estaba sumida en una enfermedad incurable. Aun así, Ty apreciaba su presencia, en especial en momentos como este.

—¿Cómo estás hoy? —preguntó Ty.

Isaura dio otro mordisco a su bocadillo y cerró la puerta tras ella.

—Bien —dijo, chupándose los dedos—. Me enteré un poco de la pelea que tuviste con tu madre. No puedes dejar que la gente te pisotee. Tu madre no te entiende. Tiene miedo. Tú no seas así, ¿me entiendes?

—Está bien, abuela —dijo Ty—. Es que ella cree que soy muy bocona. —Ty pensó que eso provocaría una reacción y así fue.

—M'ija —dijo Isaura, poniendo los ojos en blanco—. Muchas mujeres de nuestra familia tuvieron que cerrar la boca para que tú pudieras ser bocona. Ha llegado el momento de ser audaces. Ya lo verás.

Ty no estaba segura de lo que quería decir con "ya lo verás", pero Isaura cambió de tema.

—Sabes, la infancia de tu madre no fue fácil —dijo, sentándose junto a Ty en la cama.

—¿En serio? —dijo Ty, esperando que le diera alguna pista. La vida de su madre hasta ahora había estado velada en el secreto como un tesoro bajo llave.

—Bueno —continuó Isaura—, tu madre tuvo una infancia confusa. Viajamos bastante a Puerto Rico cuando ella y tu tío Benito eran niños. Benito era extrovertido y todo el mundo lo quería, pero tu madre era más sensible. Creo que nunca sintió que pertenecía a ningún sitio. La gente de la isla no la aceptaba porque era callada, y decían que era muy orgullosa y engreída. En Estados Unidos no la aceptaban porque era morena y hablaba con acento. No le gustaba tener que ser dos personas, así que con el tiempo se convirtió en "nadie".

Ty se dijo a sí misma que debía anotar lo que su abuela le acababa de compartir. Desde los seis años, escribía en un diario las historias y los dichos de su abuela.

—Creo que esperaba ser aceptada en algún sitio, pero en la vida no puedes esperar a que los demás te acepten. Primero tienes que aceptarte a ti mismo. —Isaura acarició la mano de Ty—. Tú lo entiendes, Taína. Prefieres ser tú misma que cualquier otra persona y eso te hace fuerte. Sin embargo —dijo, poniéndose más seria—, como eres puertorriqueña, esa fuerza tiene un precio. Tienes que usar tu fuerza sabiamente.

Isaura recorrió el cuarto de Ty con la mirada, como si lo estuviera viendo por primera vez. Las finas líneas a lo largo de su rostro le recordaron a Ty la miríada de líneas en las palmas de sus propias manos.

—¿Quién demonios es ese? —preguntó Isaura señalando un cartel en la pared.

—Ese es Bad Bunny —dijo Ty—. Es un cantante que me gusta. —No tenía muchos pósteres; tenía algunos de Rihanna y Cardi B, pero su abuela se fijó en el de Bad Bunny recortado de una revista. Estaba frente a El Morro, un famoso monumento puertorriqueño en San Juan.

—¿Es puertorriqueño? —preguntó Isaura.

Ty asintió.

—Los puertorriqueños luchan por tantas cosas… —Isaura hizo una pausa—. Sabes, nunca lo había pensado así, pero el español era la lengua de nuestros colonizadores originales. Ahora estamos luchando por mantenerlo, porque hemos sido tomados por los Estados Unidos. Nosotros, como pueblo, ya hemos renunciado a mucho, así que luchamos por nuestra cultura y nuestra lengua, como debe ser. M'ija —dijo, dirigiéndose a Ty con una mirada confusa, como si tratara de resolver una ecuación en su mente—. ¿Dónde está Alejandro, tu padre?

El padre de Ty no vivía con ellos desde hacía casi tres años, y su abuela lo sabía, pero, de nuevo, algunos recuerdos estaban más presentes que otros.

—Abuela, él ya no vive con nosotros. Vive en otro pueblo. —Su abuela seguía con una expresión perpleja—. ¿Te acuerdas, abuela? Estuvo dos años en la cárcel, salió el año pasado y ahora vive en otro lugar.

—¿Prisión? —dijo Isaura—. Bah, siempre fue un bueno para nada.

—Abuela —advirtió Ty—, está intentando mejorar. Es difícil conseguir un trabajo con un historial de prisión.

Isaura dejó de escucharla, como si hubiera decidido quedarse sólo con el recuerdo de cómo habían encerrado a su padre. Los recuerdos de Ty eran más complejos. Siempre había sido el mejor padre que podía ser. Cuando ella le había preguntado, él le había dicho que sólo necesitaba más dinero, que su trabajo no había sido suficiente. No había sido lo correcto, pero no era una mala persona.

—¿Y Alex? —preguntó Isaura—. No lo he visto en todo el día.

—Alex se está quedando con papá hasta que pueda volver a la escuela. —Ty hizo una pausa para ver si su abuela estaba escuchando. Parecía que sí—. ¿Recuerdas que Alex fue suspendido de la escuela por pelearse? Pero se encuentra bien —añadió.

—Qué ridículo —espetó Isaura—. Alex debería estar en casa con su familia. Se metió en una pelea por defenderse. ¡Qué ridículo!

"Cien por ciento así", pensó Ty. Sabía que cualquiera que fuera la razón que Alex tenía para pelear, tenía que ser buena.

—Yo también quiero que vuelva a casa —dijo Ty.

—Claro que sí —dijo Isaura con convicción—. Voy a hablar con tu madre ahora mismo y le diré que traiga a Alex a casa. Ya es demasiado. *Too much is too much.*

Ty sonrió. A ella y a Alex les encantaba que su abuela dijera esa frase en inglés en vez de la correcta que es "*Enough is enough*". Y cuando decía eso, se sabía que hablaba en serio.

Isaura se levantó y salió del cuarto sólo para volver unos minutos después con otra alcapurria.

—Ay, qué rico —dijo y se metió en su propio cuarto.

Guanina
Higüamota

Amoná, 1530

(actual isla de la Mona)

"Diosa, cacique, guerrera, madre
una belleza fuerte como ninguna
luna bendecida con calidez en su mirada
recibiendo a los invitados con yautía y maíz
corazón y mente abiertos
no encontrarás mejor humana
la adoramos en Ayiti y Amoná
la flor de oro Anacaona"

El areíto que Higüamota cantaba a su nieta arrullaba a la pequeña mientras la hamaca se balanceaba entre dos palmeras que se mecían con la cálida brisa.

Los recuerdos de su querida madre inundaron los pensamientos de Higüamota. Casi olvidó que su única hija estaba sentada a su lado hasta que Guanina le tendió la mano.

—Madre —le dijo Guanina, alentándola—, ¿me vas a contar más historias de Anacaona?

A lo largo de los años, Higüamota le había contado a Guanina cómo Anacaona había sido una cacique y una guerrera que luchaba por su pueblo. Había sido doloroso para ella compartir más. Pero ahora Guanina era una mujer y una madre. "¿Habrá llegado la hora de que conozca su deber?", se preguntó Higüamota. Siempre había mantenido el amuleto y el cemí cerca de ella. La hacían sentir como si su madre siguiera a su lado. Tal vez había llegado el momento de dejarlos ir.

Alguien se acercó.

Ambas mujeres se pusieron de pie para saludar a la figura bronceada que se acercaba. Era delgado y de hombros anchos; una pintura negra se extendía por su frente y sus ojos.

—Guaybana, me alegro de que hayas venido. ¿Puedes quedarte aquí con Casiguaya? —preguntó Higüamota, señalando a la niña en la hamaca—. Me gustaría entrar a las cuevas con Guanina a solas.

Guaybana asintió y se sentó en el suelo junto a la hamaca y se apoyó en una de las pequeñas palmeras que la sostenían.

Higüamota se adentró con elegancia a la cueva más cercana a ellas, posando los pies descalzos sobre el terreno arenoso y, a su vez, rocoso. Tuvo cuidado de no tocar las paredes de la cueva que consideraba sagradas, aunque podría haberse apoyado en ellas para equilibrar sus movimientos. Guanina la seguía de cerca, con los brazos abiertos para mantener la estabilidad.

Higüamota se detuvo ante una abertura casi imperceptible en la pared de la cueva. Las sombras hacían que esa entrada pareciera una simple grieta en la roca, pero a medida que se acercaban, se abrió a una cámara más pequeña. La luz procedente de una brecha en el techo de la cueva reveló que se trataba de un sitio que otros habían visitado. Los dibujos grabados en las paredes contaban una historia.

—Estas benditas cuevas —comenzó Higüamota—, llevan aquí más tiempo que nuestro pueblo y se dice que fueron hechas por el océano y el viento. Nunca te conté cómo llegamos a esta isla ni lo que le ocurrió a Anacaona porque perder a mi madre y nuestra tierra fue un dolor demasiado grande para mí. Pero ya es hora de que sepas la verdad sobre quién eres.

Higüamota se adentró en el espacio y se arrodilló junto a un grupo de tallas en la pared del fondo. Cuando Guanina se unió a ella, comenzó:

—Somos de Jaragua, que fue donde gobernó mi madre, tu abuela, Anacaona. Era una guerrera feroz y muy querida por su pueblo. —Higüamota parpadeó para ahuyentar las lágrimas mientras Guanina la tomaba de la mano—. Fue asesinada por los hombres de los barcos, los belicistas de los que nos escondemos aquí en esta isla. Me he enterado de que estos demonios vienen de un lugar llamado España y quieren nuestra tierra y cualquier riqueza que puedan cosechar de nuestro hogar. Anacaona trató de comunicarse con ellos y compartir lo que pudo de las riquezas de la isla, pero no la vieron como líder. —Higüamota hizo una pausa—. Creo que ni siquiera la veían como humana, ni a ninguno de nosotros tampoco. Si no, ¿cómo podrían hacer las cosas que hicieron?

Higüamota puso la mano en el suelo, dejando que sus dedos jugaran con la aspereza del piso de la cueva bajo ellas.

—¿Cómo fue asesinada? —preguntó Guanina.

—La colgaron.

Guanina se quedó sin aliento.

—Por suerte, no lo presencié, pero en cuanto ocurrió, tu padre, Guaybana, vino a buscarme y huimos a pie hacia la inmensa selva de Ayiti. Sentí que habían pasado muchos soles y lunas antes de que llegáramos al otro lado de la isla, a una playa. En esa playa había otros taínos que habían fabricado canoas y estaban dispuestos a arriesgarse en las aguas abiertas. Guaybana y yo nos unimos a ellos, y terminamos aquí, en Amoná.

Higüamota se reacomodó en su posición agachada y continuó:

—Guaybana y yo encontramos este espacio aquí dentro de las cuevas y nos escondimos hasta que sentimos que estábamos a salvo. —Suspiró—. No sé si alguna vez estaremos realmente a salvo, pero parece que estamos bien protegidos en este lugar. Tiempo después, Guaybana y yo tallamos la imagen de Anacaona aquí mismo. —Higüamota recorrió con sus dedos las líneas en la pared de roca—. Elegimos este lugar porque ya había otros grabados aquí que eran significativos para nosotros. Mira —Higüamota señaló un dibujo—. Aquí hay un murciélago, mira sus alas. Y aquí hay unos búhos. Ambas son criaturas de la noche, y se dice que si ves un búho o un murciélago, estás viendo un espíritu difunto. La noche que llegamos, un búho nos saludó a la entrada de la cueva y cuando entramos, había un murciélago junto a esta abertura. Cuando el sol volvió al día siguiente, encontramos este lugar y estos dibujos de murciélagos y búhos ya aquí. Lo tomamos como un presagio y tallamos aquí también la imagen de Anacaona.

Guanina clavó su mirada en la pared.

—¿Esa es Anacaona, mi abuela? —preguntó, señalando la única talla de lo que parecía ser un rostro humano.

Higüamota asintió. Mientras Guanina seguía estudiando el retrato, Higüamota metió la mano en un bolsillo secreto de su taparrabos y sacó el cemí y el amuleto.

—Guanina —dijo Higüamota—, hay algo que debo legarte…

Capítulo 6

ALREDEDOR DE LA MEDIANOCHE, Ty se cansó de estar despierta en su cama, así que se levantó y buscó la luna por la ventana. Pero la luna no estaba visible, por lo tanto, se conformó con ver fotos. Sacó una vieja caja de zapatos de debajo de la cama, donde guardaba algunas de sus cosas favoritas, incluidos viejos cuadernos y fotos.

Ty recordó que había tomado increíbles fotos de la luna en Puerto Rico. Hace cuatro años, ella y Alex habían ido allí con su tío Benny a visitar a su tía abuela Juana en Mayagüez. Era la única vez que Ty y Alex habían estado en Puerto Rico y Ty recordaba dos cosas. Primero, las hamacas que la tía Juana había instalado entre los árboles de su patio. Se parecían a grandes hondas, por lo que Alex había intentado catapultar a Ty con una, pero Juana los había detenido. Se utilizaban para columpiarse, dormir o descansar, había dicho. Además, según la tía Juana, había una mujer en el pueblo que las tejía a mano con soga de colores brillantes. Fue mientras estaba tumbada en una hamaca que presenció lo segundo: la luna llena más radiante y grande que había visto alguna vez. Ty se había emocionado tanto que había corrido a buscar al tío Benny para pedirle que la fotografiara.

Ty encontró las imágenes en su caja y las contempló durante un momento, antes de agarrar un libro que tenía cerca y que le había sugerido la señorita Mary, la bibliotecaria de la biblioteca de la calle Main. Era un libro de mitología griega y Ty recordó que contenía el mito de Selene, la diosa griegade la luna.

Selene le recordó a Ty las historias que su abuela solía contar sobre una diosa de la luna, que fue cuando Ty se hizo amiga del cielo nocturno. Quería saber más, pero su abuela sólo le había compartido lo justo y necesario. Muchos de sus cuentos tenían un aire fantástico y los había compartido con Mary, que le había dicho que eran como otros mitos y cuentos populares, como los griegos que estaba leyendo.

Ty dejó el libro a un lado y abrió su diario en el que había anotado todas las cosas que su abuela le había contado sobre la luna. Había descripciones que decían: “La luna es mágica y omnisciente”; así como consejos: “Si quieres saber cómo resolver un problema, pregúntale a la luna”. Incluso había una nota sobre cómo la diosa de la luna tenía el poder de dar y quitar vida. Ty tomó un lápiz y creó su propio mito:

La diosa de la luna es vieja, sabia y fuerte. Cada noche, antes de que un ser humano o un animal dé su último aliento, ella eleva sus almas al cielo.

Cuando recoge un alma, utiliza su último aliento para expandirse de manera más y más radiante hasta que está llena y completa, haciendo brillar la luz de las almas sobre el mundo.

Cuando está llena, libera la luz y exhala el aliento hacia los seres vivos de la Tierra, haciéndose poco a poco más pequeña hasta que no es más que una astilla en forma de medialuna.

La diosa de la luna se expande de nuevo, reuniendo más almas, más últimos alientos hasta estar llena.

Luego libera de nuevo. hasta hacerse pequeña.

Este es el ciclo de la luna,

luz y oscuridad, la vida y la muerte.

Satisfecha con su mito, Ty dejó el cuaderno y el lápiz a un lado y buscó el par de *jeans* que llevaba antes y que ahora se encontraba apilado en el suelo. Sacó el folleto azul del bolsillo y lo releyó. "Sería genial poder entrar en el programa de escritura", pensó. "¿Quizá a mamá le parezca bien que solicite la ayuda económica?".

Suspiró. Su madre *nunca* le permitía pedir ayuda económica, así que Ty imaginó que esta vez no sería diferente.

Una vez Ty le había preguntado por qué. La cara de Esmeralda se había endurecido, y entonces le había hablado de la oficina de asistencia social.

—Tuve que tragarme mi orgullo cuando solicité un apartamento en este complejo de viviendas asequibles. Sólo lo hice porque quería acoger a la abuela y cuidarla y no teníamos espacio en nuestro antiguo apartamento, pero me pidieron que hiciera malabares. —Esmeralda sacudió la cabeza con disgusto—. Tuve que morderme la lengua porque esa trabajadora social, que supuestamente estaba allí para ayudarnos, nos trató como si no fuéramos humanos. Nos preguntó por qué no podíamos conseguir más trabajos, como si fuéramos vagos o algo así. Me molestó mucho. Le había explicado que la abuela tenía Alzheimer y todo eso, pero me hizo sentir como si tuviera que rogarle. Estuve a punto de irme, pero no lo hice porque necesitábamos el apartamento. —Ty recordó que los ojos de su madre se llenaron de lágrimas que trató de prevenir—. Sólo lo soporté esa vez, pero cuando me fui, me prometí que nunca más me pondría en una situación similar.

"¿Tal vez el tío Benny?", se preguntó Ty, volviendo a doblar el papel y dejándolo a un lado. Pero sabía que su madre también se enfadaría por eso. Ty quería al tío Benny. Siempre estaba ahí cuando lo necesitaba, pero su madre se negaba a aceptar su ayuda. Nada de ayuda de la beneficencia. Nada de ayuda del tío Benny.

Ty se recostó, mirando sus pósteres, deseando poder descansar. Mañana era sábado e iba a ser un día superocupado. Sin Alex, y con su madre en el trabajo, como todos los sábados, tendría que cuidar de Luis y de su abuela ella sola. Esperaba que el tío Benny y su prima Isabella pasaran de visita.

A veces deseaba tener un día libre. Si estuviera libre, podría ir a dar un paseo y quizá encontrarse con Eddie. Desde que lo sorprendió mirándola, Ty había empezado a soñar con estar con él, tomarlo de la mano, abrazarlo. Nunca había sentido algo así por nadie, así que era desconcertante. Últimamente, tenía la sensación de que Eddie se mantenía alejado o la evitaba, pero no sabía si estaba siendo paranoica. La última vez que vio a Eddie, parecía triste y le dijo que la echaba de menos. Ella le dijo que también lo echaba de menos y él le dio un rápido abrazo. Luego se alejó a toda velocidad y ella no lo había visto desde entonces.

Pronto Ty se dejó adormecer por los pensamientos de Eddie así como el movimiento silencioso y la suave respiración de la diosa de la luna.

Capítulo 7

Ty estaba soñando. Un carro estaba encima de ella, la tenía atrapada. Desesperada por respirar, abrió los ojos y se encontró con dos sonrientes ojos marrones que la miraban fijo y un cuerpo de siete años que se agitaba salvajemente encima de ella, riéndose.

—¡Ay, dios mío, Luis! —dijo Ty—. Estaba soñando que tenía un carro encima de mí y eres tú. —Abrazó al gusanito con fuerza alrededor de su delgada cintura para que dejara de moverse.

—Me estás aplastando —dijo Luis mientras intentaba escapar de sus brazos. Ty lo apretó más mientras Luis se retorcía y reía, y los dos cayeron de la cama con un batacazo.

Luis se rio histéricamente mientras Ty se frotaba los ojos y miraba el reloj. Siete y media de la mañana. "¿Quién necesita un despertador cuando tienes un hermano menor hiperactivo?", reflexionó.

—Tengo hambre —exclamó Luis, levantándose del piso de un salto y saliendo por la puerta hacia la cocina.

Ty se sentó en el piso aceptando el hecho de que lo poco que había conseguido dormir se había acabado. Ty sacudió la cabeza para librarse de las telarañas del sueño, se puso los espejuelos y siguió a Luis por el apartamento hasta la cocina.

Mientras Ty buscaba algo para hacer el desayuno, Luis divagaba con entusiasmo sobre un juego que había visto en YouTube y que tenía que enseñarle de inmediato.

—Ya vuelvo —dijo, corriendo hacia su cuarto.

Ty no estaba segura de cómo alguien, de siete o setenta años, podía ser tan hablador a primera hora de la mañana. Su cerebro aún intentaba distinguir los colores y las figuras, ni hablar de formar frases completas.

Ty encontró los dos últimos *bagels* y los metió en la tostadora. Mientras esperaba a que estuvieran crujientes, como a ella y a Luis les gustaba, vio una nota de su madre sobre la mesa de la cocina. Era una lista de compras y unos cuantos billetes de veinte dólares.

Luis regresó y comenzó una exposición sobre el juego que había descubierto. Todo el juego consistía en tirarse pedos. Cada vez que se producía un nuevo sonido de pedo, Luis se reía, lo que, a su pesar, hacía sonreír a Ty. El tiempo que pasaba con Luis hacía que Ty echara aún más de menos a su padre y a Alex, pero nunca podía ponerse demasiado melancólica con los hoyuelos de esa sonrisa. Después de diez minutos de juego mientras comían, ya había llegado al límite de ternura por una mañana.

—¡Basta de pedos! —gritó, limpiando la mesa—. Vamos a vestirnos.

Ty siguió a Luis a su cuarto y se quedó de pie en el umbral de la puerta, observando el panorama. Alex sólo había estado fuera dos noches, pero Luis se había apoderado del cuarto por completo. Había cientos de Legos sueltos por doquier, así como libros, ropa, papeles y figuras de acción desparramadas por el piso desde las dos camas. Ty se puso seria.

—Luis —dijo, examinando el desorden—. ¡Parece que un huracán hubiera golpeado este cuarto! ¿Qué pasó? —Era una pregunta retórica que Luis no se molestó en responder—. Ven —dijo Ty—. Vamos a ordenar.

Abrió las cortinas para que entrara la luz del sol. Desde la ventana se podía ver un nuevo mural pintado en el lateral del mercado Atabey. Hacía apenas un mes, el amigo de Alex, Eric Williams, había quedado atrapado en medio del fuego cruzado de pandillas y había muerto en el acto. El afectuoso monumento conmemorativo representaba a un Eric sonriente con una gorra de béisbol y una camiseta de Malcolm X, haciendo el signo de la paz con los dedos. Unas elaboradas alas de color violeta, azul y rosa se alzaban detrás de él y un halo flotaba sobre su cabeza. La imagen la hizo detenerse, pero algo más le llamó la atención. Era un cuervo sentado en lo alto de un poste de luz. "¿Es el mismo de ayer?", se preguntó Ty. "¿Qué quiere?".

—¿Por qué tenemos que guardarlos? —dijo Luis, sentándose en el piso y alcanzando una figura de acción—. Iba a jugar con ellos hoy.

Ty se apartó de la ventana, sacudiendo la cabeza.

—No, esto no puede quedar así. —Ty agarró un contenedor verde y empezó a echar Legos en él—. Me sorprende que ma haya dejado pasar esto.

—A ma no le importa —dijo Luis bruscamente, lanzando una figura de acción que dio un golpazo contra el piso.

"Uy", pensó Ty, "está enojado". Tampoco lo culpaba ni nada.

—¿Cuándo va a volver Alex? —preguntó, agarrando otra figura de acción y haciendo girar uno de sus brazos.

Ty se sentó en el piso junto a Luis y se encogió de hombros.

—No lo sé, Luis. Espero que sea pronto. Yo también lo echo de menos. —Ty extendió la mano y tocó el pelo de Luis. Él clavó su mirada en los ojos de ella durante un breve segundo antes de mostrarle sus hoyuelos. Ty le devolvió la sonrisa mientras él reanudaba el lanzamiento de artículos a los contenedores, pero esta vez hacía ruidos de cohetes mientras los juguetes se impulsaban en el aire.

Menos de una hora después, las camas parecían camas, las figuras de acción y los Legos estaban guardados y Luis llevaba una camiseta de Minecraft y unos vaqueros.

El reloj junto a la cama de Luis marcaba las 9:37 de la mañana.

—Ya puedes ver el iPad —dijo ella, levantando la mano para chocar los cinco, que él devolvió mientras le arrebataba el aparato electrónico.

—¡Yupi! —dijo Luis, mirando la pantalla.

—¿Yupi qué? —preguntó Ty.

—Alex envió un mensaje de texto diciendo que iba a venir. —Luis le mostró el mensaje.

—Buenísimo —dijo Ty, saliendo del cuarto mientras los ruidos de los pedos se apoderaban del espacio. Se preguntó si Alex también le habría contestado el mensaje después de que se durmiera anoche. Estuvo tentada de ir a comprobarlo, pero se dio cuenta de que la puerta del cuarto de su abuela estaba ligeramente entreabierta.

Ty se acercó y llamó a la puerta, pero no hubo respuesta. Abrió la puerta por completo y entró. Su abuela estaba sentada en la cama con su manta adornada y miraba por la ventana hacia el parque de la calle Denton. Era la misma vista que tenía Ty en su cuarto. Sumida en sus pensamientos, su abuela tenía los ojos fijos en la ventana.

—Abuela —dijo Ty, entrando de lleno al cuarto—, ¿tienes hambre?

Isaura negó lentamente con la cabeza.

Siguiendo la mirada de su abuela, Ty se acercó a la ventana para ver qué estaba mirando. ¿Tal vez un árbol? Su abuela le había dicho una vez que los árboles tenían historias que contar si te permitías escucharlos. Ty lo había intentado una vez, pero otros sonidos habían interrumpido la comunicación. Un carro circulaba por la calle con sus ruedas zumbando al pasar, o una bocina sonaba a lo lejos, o una voz bramaba, lo que hacía que obtener información del follaje fuera todo un reto.

Un objeto sobre la cama llamó la atención de Ty. Junto a su abuela había una caja extraña y ornamentada. No era del estilo de la estatua de la Virgen María que se alzaba orgullosa y acogedora sobre la mesita de noche de su abuela, ni del gran crucifijo que cubría buena parte de la pared sobre su cama. Esto era de madera oscura y desgastada y tenía algo grabado en la parte superior, un rostro tal vez. Ty se acercó para ver mejor, pero Isaura rápidamente movió la caja bajo la almohada sin decir nada. Estaba prestando más atención de lo que Ty pensaba.

"Listo... —pensó— Abuela quiere estar sola".

De regreso en su cuarto, Ty se decepcionó al ver que Alex sólo había enviado un único mensaje diciendo de que iba a venir a buscar unas cosas.

"Gracias por responderme, Alex", pensó Ty, furiosa. Tampoco tenía ningún otro mensaje. "¿Dónde estaban Vin y Eddie?", se preguntó Ty.

Tras una ducha veloz, Ty se vistió con unos *jeans*, una camiseta blanca y un par de tenis altos. No era una chica muy a la moda, prefería la comodidad de sus *jeans* y camisetas a los zapatos con tacones y las camisas formales. Se recogió el pelo en un moño sobre la cabeza y se encogió de hombros en el espejo. Estaba tan preparada como podía estarlo.

El teléfono de Ty sonó. Era Isabella. Ella sí que era una fashionista. Tenía quince años y estaba obsesionada con la ropa, las joyas y el maquillaje. Aunque a Ty no le gustaba todo eso, sí le gustaban las uñas largas, cosa que Isabella hacía por ella. Su prima tenía una colección de puntas de uñas y esmaltes que Ty codiciaba.

—Aló —respondió Ty.

—Hola, Cuatro —dijo Isabella, llamándola por el apodo familiar. La mayoría de la gente la llamaba Ty, pero su familia también la llamaba Cuatro (abreviatura de "cuatro ojos") debido a los espejuelos que tenía que llevar desde los tres años.

—Hola, Izzy.

—Estamos en camino, ¿okay?

Ty sonrió. "¿Tengo alguna opción?".

—Okay —respondió Ty—. ¿Quién viene? —preguntó; quería estar preparada por si la madrastra de Izzy, Milagros, también formaba parte de la comitiva del día.

—Vamos todos —dijo Izzy—. Estaremos allí en unos veinte minutos. Nos vemos pronto.

Ty sostuvo el teléfono en su mano, viendo cómo la pantalla parpadeaba, haciéndole saber que la llamada había terminado.

"Genial, —pensó—, viene toda la banda". El tío Benny, hermano de su madre, era súper *cool*. A Ty le gustaba pasar tiempo con él. Su prima Izzy, la hija del primer matrimonio de Benny, también estaba bien, pero Milagros era prejuiciosa y engreída. Cuando el abuelo de Ty había fallecido y todos se habían enterado del estado de Isaura, Benny había ofrecido albergarla porque tenía una casa grande en un barrio cercano. Seis meses después, Benny les había contado que Isaura desaparecía durante horas, se alejaba de la casa y vagaba por los parques.

Benny pensó que era el Alzheimer, pero la madre de Ty pensó que Isaura simplemente no quería estar cerca de Milagros. Fue entonces cuando Esmeralda se tragó su orgullo para solicitar la vivienda asequible en la que estaban ahora. Esto provocó una ruptura entre las familias que molestó mucho a Ty. Ella quería gritar: "¡Acaso no nos podemos llevar bien todos!".

Ty se dirigió de nuevo a la cocina donde su abuela estaba buscando algo.

—¿Y el café? ¿Dónde está?

Ty había movido la cafetera cuando sacó la tostadora para hacer los *bagels*. Menos mal que lo había hecho, porque su madre no quería que la abuela cocinara ni hiciera nada en la cocina.

—Siéntate, abuela —dijo Ty, alcanzando la lata de Café Bustelo en el armario—. Yo te lo preparo.

Mientras Ty preparaba y luego servía la bebida caliente y aromática en una taza para su abuela, dijo:

—El tío Benny viene con Izzy. Estarán aquí pronto.

—¿Sólo ellos dos? —preguntó Isaura.

—No —respondió Ty—. Milagros también viene.

—Ave María —dijo Isaura—. ¿Sabes que esa mujer lo mete todo en el microondas? Es un milagro que no tengan todos dedos de más con toda esa comida microcalentada dentro de ellos…

—¿En serio? —dijo Ty, soltando una risita y esperando más chismes, pero Isaura no dijo más nada. Ty sacó el queso Babybel de su envase de cera roja y se lo dio a su abuela para que lo tomara con el café. No había nada del pan que le gustaba, pero a Isaura eso no parecía molestarle. Disfrutó del queso y del café en silencio.

De repente, Isaura se rio y dijo:

—Una vez oí a Milagros decirle a Isabella que tenía pelo bueno. —Colocó su taza de café sobre la mesa mientras su cuerpo se estremecía de diversión—. Me senté ahí bien tranquila y calladita, ya tú sabes. Pensaron que estaba sufriendo la enfermedad, pero la verdad es que estaba escuchando todo lo que ella decía. —Abuela sacudió la cabeza—. Se puso a hablar del "pelo bueno" pensando que tal vez yo no podía entenderle. ¡Qué ridícula! Oigo de lo más bien, y ella dijo que yo tenía pelo malo.

—Abuela —dijo Ty sonriendo—. Un afro también es pelo bueno.

—¡Es verdad! —exclamó su abuela, asintiendo—. Pero sabes que ella no piensa así. Para ella el pelo bueno es el pelo liso, todo lo que se acerque a los colonizadores, ¿no? —Isaura volvió a reírse—. Ay, mira, la dejé hablar un rato y luego le grité: "¡Yo también tengo pelo bueno!".

Ty se imaginó la mirada horrorizada de Milagros al ver a Isaura gritar: ¡Yo también tengo pelo bueno!

—Yo no tengo ese afro —dijo Ty, tocando su propio pelo largo.

Su abuela dio un último sorbo a su café y sonrió.

—Tu pelo es como el de nuestros otros antepasados.

Ty esperó a que su abuela se explayara, pero no lo hizo de inmediato. Isaura se levantó y colocó su taza en el fregadero y luego se dirigió hacia la puerta. Antes de salir, se giró y dijo:

—Los puertorriqueños están formados por los colonizadores que vinieron de Europa, los africanos que vinieron encadenados y los taínos que eran los pueblos originarios de la isla. —Hizo una pausa y sonrió—. Tú te pareces a los taínos —y salió de la cocina para volver a su cuarto.

—Abuela —dijo Ty, siguiéndola—. ¿Qué era esa caja que tenías en la cama?

—¿Cuál caja? —preguntó Isaura.

—Vi una caja a tu lado, en tu cuarto, y cuando intenté mirarla, la moviste y la escondiste bajo la almohada, como si no quisieras que la viera.

Isaura se detuvo ante la puerta de su cuarto, con el rostro endurecido.

—No hay ninguna caja —dijo, entrando con determinación a su cuarto. Cerró la puerta tras ella y dejó a Ty sola con sus preguntas.

Capítulo 8

—HOLA —DIJO EL TÍO BENNY, sonriendo y abrazando a Ty cuando entró a la sala.

La mujer de Benny lo siguió.

—¡Taína! ¿Cómo estás? —dijo Milagros.

—Bien —respondió Ty, intentando mantener un contacto ligero pero sin éxito. Milagros agarró a Ty y la abrazó de modo que su aroma a fruta y vainilla asaltó sus fosas nasales. Ty movió la cara hacia la puerta abierta para tomar aire fresco. Por suerte, el prolongado e incómodo abrazo fue interrumpido por Izzy que se abrió paso a través de la puerta. Milagros por fin se movió hacia dentro, permitiendo a Izzy espacio para entrar.

No importaba si llevaba tenis o tacones, *jeans* o un vestido, Izzy se hacía notar dondequiera que fuera.

—Hola, prima —dijo Izzy, pavoneándose como si estuviera en una pasarela. Izzy era la viva imagen de su madre, la primera esposa de Benny, con piel, pelo y ojos claros. Pero aunque Benny era más oscuro, no había duda de que Benny era el padre de Izzy debido a lo parecidos que eran en todos los demás aspectos, desde la forma del cuerpo hasta los gestos e incluso la voz. Ambos eran altos, ágiles y elegantes.

Milagros, en cambio, era bajita y fornida. Llevaba el pelo largo y oscuro recogido en la parte superior de la cabeza, lo cual acentuaba los grandes aretes pendientes que llevaba y el elaborado maquillaje. Ty pensó: "Le debe de haber llevado horas mezclar los seis colores que se puso en los párpados". El lápiz de labios era impecable, las cejas estaban dibujadas de forma perfectamente simétrica. Milagros era peluquera y maquilladora, y estaba claro que era buena en su trabajo. "Se ve bonita", odiaba admitir Ty.

—¿Dónde está Luis? —preguntó Benny—. Tengo algo para él —dijo, levantando una bolsa en sus manos. El tío Benny era el origen de muchos de los juguetes que había por todo el piso de Luis.

—Está en su cuarto —respondió Ty—. Voy a buscarlo.

—No, yo iré —dijo Izzy, escabulléndose. El hecho de que a su prima Izzy le gustara la compañía de Luis hacía que Ty perdonara las muchas cosas despistadas que hacía y decía a menudo. Milagros, por su parte, estaba sentada examinando la sala de estar con lo que Alex llamaba su "cara de asco permanente", como si siempre oliera algo malo.

—¿Cómo va la escuela? —preguntó Benny, dándole una excusa para dejar de examinar a Milagros.

—Bien —fue lo único que se le ocurrió decir a Ty. La verdad era demasiado complicada.

Benny no sabía qué había pasado con Alex, pero antes de que Ty pudiera decírselo, Milagros interrumpió:

—¿No hay muchas peleas y armas en esa escuela? —lo dijo como si fuera una pregunta educada e inocente.

—Sí que las hay —respondió Ty, sonando seria—. Ahora llevo un chaleco antibalas. Es parte del uniforme escolar.

Milagros frunció el ceño.

—¿Qué? —respondió antes de darse cuenta de que Ty estaba siendo sarcástica—. Sólo sé lo que oigo en las noticias.

—Quieres decir que Izzy va a una escuela de tu barrio que no sale en las noticias todos los días. Qué aburrido —replicó Ty, haciendo que Benny se riera.

—Siempre tienes una respuesta ingeniosa —dijo Benny, quitándose la chaqueta y colocándola para que quedara bien doblada en el respaldo del sofá—. Igual que tu abuela —añadió, ignorando la cara de asco de Milagros, que ahora se había acentuado. Benny se acercó al viejo equipo de música de abuela con sus mandos, palancas y luces. Jugó con uno de los mandos hasta encontrar la lejana emisora de radio en español. Era difícil de escuchar y estaba llena de estática, pero a Benny no le importaba. Necesitaba que sonara salsa en todos los sitios a los que iba, como música temática.

—¿Cómo está tu madre? —preguntó frotándose la cabeza. También había heredado el afro de sus antepasados, pero el suyo era castaño y estaba pegado a la cabeza. A Ty le encantaba que Benny tuviera un carácter sencillo, bondadoso y genuino. Nunca se tenía la sensación de que ocultara nada o de que intentara ser algo que no era. Era simplemente Benny.

—Ma está como siempre —dijo Ty.

Benny asintió.

—¿Y Alex? —continuó—. ¿Salió con sus amigos?

Ty negó con la cabeza y luego soltó:

—Se está quedando con papá unos días.

Las cejas de Milagros se alzaron sorprendidas. Antes de que Benny pudiera hacer más preguntas, Izzy y Luis volvieron corriendo.

—Luis me enseñó un juego de pedos muy divertido —dijo Izzy, imitando ruidos de pedos con la boca.

—Ay, muchacha —dijo Milagros—. No hagas eso.

Izzy se detuvo pero puso los ojos en blanco, molesta.

Tras correr a los brazos de Benny, Luis agarró la bolsa que contenía su regalo. Adentro encontró un juego nuevo de miniautos y dio un chillido de alegría.

—¿Puedo ir a jugar con ellos? —preguntó, corriendo antes de obtener respuesta.

Milagros lo vio alejarse y preguntó:

—¿Tiene TDAH o algo así?

—¿Qué? —replicó Ty, poniendo los ojos en blanco.

—Me encanta su energía de nene de siete años —dijo Izzy con una risita y luego se puso seria—. ¿Cómo está la abuela? ¿Se está olvidando cada vez más?

Ty sacudió la cabeza como si tratara de liberar la pregunta de su mente.

—No —dijo—. No es que empeore cada día o algo así. Es como si algunos días fueran buenos y otros no.

Sin inmutarse por el tono de Ty, Izzy continuó:

—Todavía estoy aprendiendo sobre esa enfermedad de los ancianos —dijo pasándose los dedos por su largo pelo castaño claro—. Y es realmente mala.

—Nena, ¿estás bromeando? —preguntó Ty—. No es la enfermedad de los ancianos. Es la enfermedad de Alzheimer, y sí, ha estado mal durante mucho tiempo. —Ty también quería preguntarle: "¿Recién ahora te estás dando cuenta?".

—Bueno pues, no tienes que decirlo así —espetó Izzy, parpadeando rápidamente—. Sólo estoy preguntando. —Ella y Ty se miraron largamente como si estuvieran enfadadas, pero luego rompieron a reír.

—Nena, eres tan dramática —dijo Ty. Por mucho que Ty disfrutara de Izzy, no podía evitar sentir que Izzy conseguía ignorar a la abuela mientras que Ty no tenía ese privilegio. Ella era la cuidadora de su abuela cuando su madre trabajaba, que era todo el tiempo. A veces, Ty se preguntaba cómo era ser Izzy. A ella se le permitía ser una adolescente normal con responsabilidades normales de adolescente, mientras que Ty tenía que cuidar de los demás antes que de sí misma.

—Izzy —dijo Benny—, ¿por qué no vamos a saludar a la abuela? —Miró a Ty—. ¿Está bien?

—Por supuesto que está bien —afirmó Milagros—. Eres su hijo, ¿verdad? —No era tanto una pregunta, sino más bien una afirmación de lo obvio. Ty deseaba que se le reconocieran las veces que *no* perdía los estribos porque ahorita mismo estaba usando todas sus fuerzas para no mandar a Milagros pa'l carrizo como había hecho con la maestra Neil.

—Milagros —dijo Benny, volviéndose hacia ella—. Ty está aquí con ella todos los días y sabe mejor que nadie si es un buen día o no. Por eso le pregunté.

—Creo que está bien —respondió Ty, deseando poder aprender a manejar las situaciones como él lo hacía: con calma. Benny no parecía irritado ni molesto ni nada—. Estaba de un humor un poco raro esta mañana. —Ty recordó cómo había escondido la caja—. Pero ha estado hablando.

Benny asintió mientras hacía un gesto a Izzy para que lo acompañara, dejando a Ty con Milagros.

—Entonces —preguntó Milagros—, ¿por qué se está quedando Alex con su padre?

"Vaya, fue directo al grano", pensó Ty.

—Eh, necesitaba un cambio —respondió vacilante, mirando hacia el cuarto de su abuela, preguntándose si podría escapar y unirse a Benny e Izzy.

Milagros hizo una pausa, asimilando la información.

—¿Tu padre está trabajando? —preguntó.

—Sí —dijo Ty—. Ha estado trabajando.

—¿De veras? —Milagros asintió lenta y continuamente mientras fruncía sus labios rojos perfectamente pintados—. Es difícil de creer. ¿Dónde?

Ty quería dar una respuesta que se pareciera más a lo que podría decir el tío Benny, pero eso le estaba llevando demasiado tiempo, así que simplemente preguntó:

—¿Por qué es difícil de creer?

Milagros se encogió de hombros y dijo:

—No quise decir nada con eso.

Ty pensó: "Ahí va, otra vez la mentira de 'no quise decir nada con eso'".

—Sé que a tu padre le ha costado encontrar trabajo con sus antecedentes y todo —continuó Milagros—. Así que me sorprendió. Eso es todo lo que quise decir.

—Tal vez deberías haber dicho *eso* de buenas a primeras —espetó Ty.

Guanina
Casigaya

Borikén, 1550

(actual Puerto Rico)

GUANINA REZÓ en silencio a la diosa suprema que gobernaba el océano y a la luna para que siguiera iluminando su camino. No sabía qué encontrarían al llegar a Borikén, pero el compañero taíno que conducía la canoa le aseguró que la mantendría a salvo. Más valía que la apuesta de Guanina diera resultado porque junto a ella estaban su hija, Casiguaya, su hijo, Daguao, y los valiosos objetos que su madre, Higüamota, le había regalado tiempo atrás. Guanina pensó en su marido, Cacimar, que había sido asesinado en Amoná. Cacimar había intentado llevar una vida tranquila, manteniéndose alejado del peligro en la medida de sus posibilidades. Lo único que quería era garantizar la seguridad de su mujer y sus hijos. Pero hace un mes, un grupo de hombres con chaquetas con flecos y sombreros había intentado esclavizarlo. Se defendió y al hacerlo perdió la vida.

"Sólo será cuestión de tiempo que vengan por mí y por los niños", pensó Guanina. Se le cruzaron por la mente su madre Higüamota y su abuela Anacaona, y se sintió impulsada por un profundo deseo de preservar su legado. Los objetos eran el vínculo no sólo con su existencia, sino también con la de Cacimar. Si los objetos se destruían o no se transmitían como correspondía, la verdadera historia de su pueblo podría borrarse para siempre.

Tras el asesinato de Cacimar, Guanina había oído de su guía y compañero de viaje que había otras personas como ella y sus hijos en el gran pueblo de Yagüeca, en Borikén, que habían resistido a los extranjeros con cierto éxito, y que él planeaba encontrarlas. Guanina le había rogado que la acompañara y, al final, él había accedido a llevarla.

El día antes de partir, Guanina estudió el dibujo rupestre que su madre había tallado de Anacaona. Quería copiarlo para que sus hijos y los hijos de sus hijos pudieran ver su parecido, pero con las herramientas que tenía a su disposición, no se le ocurría cómo plasmarlo. En lugar de ello, pasó cada momento que pudo memorizando cómo se sentía cada grabado en la piedra bajo sus largos dedos. El rostro estaba tallado en un círculo que se extendía en la parte inferior para mostrar un fuerte mentón. Había dos gruesos cortes donde habría habido cejas y marcas ovaladas donde habría habido ojos. Al cerrar sus ojos, vio el retrato en su mente y supo cómo debía sentirse si alguna vez tenía la oportunidad de recrearlo.

Guanina sintió el peso de su circunstancia. Se dirigían a lo desconocido. Necesitaba la fuerza, la ayuda y la guía de Anacaona. Con todos los miembros de la canoa mirando hacia delante, ansiosos por vislumbrar tierra o avistar algún enemigo, Guanina buscó el cemí, lo sacó de una bolsa que llevaba y lo colocó en su regazo. Luego buscó el amuleto y elevó una oración silenciosa a su abuela Anacaona para que la protegiera y la guiara. Cuando se enteró de la muerte de Cacimar, no había tenido tiempo de abrir la reliquia e invocar a sus antepasados, pero ahora los necesitaba más que nunca. Con cuidado, abrió el amuleto y de inmediato sintió calma. Al abrir los ojos, unas nubes sombrías se separaron por encima de ellos, y la radiante luna y lo que parecía un búho se dirigieron hacia ellos. El búho voló adrede hacia el conductor del timón, llamó su atención y luego voló en una dirección ligeramente diferente. Los taínos que dirigían la canoa ajustaron su trayectoria para seguirlo.

Guanina se asomó y vio tierra en su línea de visión. Estaban cerca y sus hijos se volvieron para sonreírle. El búho regresó, pasando por delante de ella una vez más, y Guanina pudo verlo con más claridad bajo la luz del cielo nocturno. Era blanco y posiblemente el más grande que había visto nunca. Recordando lo que su madre le había contado aquel día en Amoná sobre cómo un búho los había saludado a la entrada de la cueva en la que había dibujado la imagen de Anacaona,

Guanina se preguntó si este búho blanco los estaría saludando al entrar a Borikén. El pensamiento la reconfortó mientras la canoa se acercaba a la orilla de una playa. Guanina cerró el amuleto y lo devolvió junto con el cemí a su bolsa. "Gracias, madre", susurró mientras se adentraban en el salvaje follaje de su nuevo hogar.

Capítulo 9

MILAGROS SE LEVANTÓ e ignoró el comentario de Ty.

—Necesito una taza de café —dijo—. Me prepararé una. Tienes café de verdad, ¿no?

Ty estaba a punto de darle otra respuesta acalorada cuando apareció Izzy.

—Ven al cuarto de la abuela —dijo, agarrando rápidamente el brazo de Ty mientras Milagros se dirigía a la cocina—. No te metas con Milagros. No vale la pena, prima.

—Pero... —comenzó Ty.

—Déjala, nena —dijo Izzy, arrastrándola al cuarto de Isaura.

Le prestó atención a Izzy pero no entendía por qué Milagros estaba siendo así con ella hoy. "Diantre —pensó Ty—, ella siempre era así". Quitó a Milagros de su mente y se unió a los demás en el cuarto de su abuela.

Su abuela estaba sentada en la cama con la espalda apoyada en la cabecera mientras Benny, sentado frente a ella, le contaba sobre un incendio de siete alarmas que había combatido. Isaura había visto el incendio en las noticias y se preguntaba si él había estado allí; el incendio había afectado tres edificios y él le estaba contando algunos de los detalles. Benny rara vez hablaba de su trabajo como bombero; decía que prefería dejar las cosas que había visto en el cuartel. Ty e Izzy permanecieron al pie de la cama, escuchando el final de la historia.

—Nos llevó horas, pero conseguimos controlarlo antes de que se hiciera de noche y ayudamos a algunas familias a encontrar lugares donde alojarse —compartió Benny, y luego cambió de tema—. Te ves bien, mami —dijo.

—Claro que sí —dijo la abuela, agitando la mano quitándole importancia—. ¿Por qué no?

Benny se rio y luego se inclinó hacia delante, inspeccionando su rostro con ligereza.

—La tía Juana me llamó ayer para decir hola.

Isaura hizo una mueca.

—Lo sé, mami —dijo Benny—. Sé que tú y ella han estado alejadas, pero preguntó por ti y quería que supieras que está pensando en ti.

—Si estuviera pensando en mí, entonces estaría aquí.

—Mamá —replicó Benny—, si básicamente le dijiste que nunca te visitara.

Isaura rechazó la idea con la mano.

—Yo nunca dije eso —insistió—. Le dije que estamos muy lejos de Puerto Rico, así que debería permanecer donde está. Ella sabe que podría visitarme si realmente quisiera —Isaura hizo una pausa—. ¿Sabes qué? —continuó como si recordara algo importante—. Hace poco tuve un sueño con ella. Estaba de pie en la playa con las manos en alto, así —la abuela levantó los brazos para demostrarlo y, por alguna razón, eso la hizo reír—, como si intentara llamar la atención de alguien. Un búho voló en lo alto y ella lo siguió, así que tengo la sensación de que puede que venga a visitarnos pronto. —Ty e Izzy se miraron confundidas.

—Mamá solía decirnos que cuando ves un búho significa movimiento, cambio, finales y comienzos, ese tipo de cosas —aclaró Benny.

—Sólo asegúrate de que mi cuarto esté cerrado para que no pueda entrar a robar nada mientras esté aquí —señaló Isaura.

Ty e Izzy soltaron una risita nerviosa, pero Benny permaneció serio.

—Tía Juana no es una ladrona, mamá. —Fue paciente en su exposición porque le tenía cariño a su tía y la visitaba en Puerto Rico casi todos los años. Benny parecía querer que su tía y su madre tuvieran una relación más cariñosa y fraternal de la que tenían, pero Isaura no parecía querer ni necesitar eso.

—Bah, los amigos son como los chavos en el bolsillo, a menos que tengas un agujero. La familia puede ser peor —dijo Isaura, asintiendo con firmeza para puntuar su proclamación.

Esta vez Izzy y Benny intercambiaron miradas confusas mientras Ty sonreía. Disfrutaba de estos momentos con su familia. Sólo deseaba que Alex estuviera con ellos porque habría estado contando chistes de fondo, aportando una energía más ligera al cuarto.

El grupo se vio sorprendido por una voz en la puerta.

—Hola, Isaura —dijo Milagros. La abuela se giró ligeramente y esbozó una sonrisa tensa—. ¿Cuánto falta, Benny? —preguntó Milagros, tratando de sonar alegre, pero el esfuerzo la hizo parecer robótica.

Benny tomó la mano de su madre.

—Volveré más tarde, mami —dijo. Le dio un beso en la frente y salió del cuarto.

—Me voy a descansar un rato —dijo Isaura, cambiando las almohadas detrás de ella para acostarse con comodidad.

—Está bien, abuela —dijo Ty—. Descansa el tiempo que quieras. —Vio cómo su abuela se metía bajo la colcha blanca decorada con encajes y salió del cuarto, cerrando la puerta tras ella.

De vuelta en la sala, todos estaban de pie como si esperaran órdenes. Ty se negó a reconocer a Milagros, así que le dio la espalda y miró a su tío.

—Izzy y Milagros van a ir al centro comercial —dijo Benny—. ¿Quieres ir con ellas? Yo puedo quedarme aquí con mami y Luis.

De ninguna manera Ty iba a ir a ninguna parte con Milagros. Incluso si Milagros le hubiera ofrecido entradas en primera fila para un concierto de Bad Bunny, habría dicho que no.

—Gracias —dijo Ty—. Pero tengo cosas que hacer, como ir al supermercado. Además, Alex envió un mensaje de texto diciendo que iba a venir, así que quiero estar aquí.

Benny asintió y dijo:

—A mí también me gustaría ver a Alex. ¿Qué tal esto, entonces? ¿Qué te parece si las dejo a ti —dijo, señalando con la barbilla a Milagros— y a Izzy en el centro comercial, y luego voy a hacer las compras. Me llevaré a Luis conmigo. Tal vez él y yo podamos ir al parque primero o algo así.

Izzy negó con la cabeza:

—No, prefiero quedarme aquí con Ty. —Se sentó en el brazo del sofá y luego se deslizó y dejó caer sobre el cojín del asiento—. Además —agregó—, puedo llevar a Luis al parque. No me molesta.

—Espera —dijo Milagros—. ¿Ahora voy a ir sola al centro comercial? Izzy, pensé que íbamos a comprar zapatos.

Izzy se encogió de hombros.

—Estoy bien, Milagros. Prefiero pasar el rato con Cuatro, ya que hace tiempo que no la veo.

—Voy a buscar la lista de compras —dijo Ty, corriendo a la cocina para recuperar la lista y el dinero que su madre había dejado antes de que Milagros pudiera decir algo más sobre sus planes recién trazados. Cuando volvió, Benny no aceptó el dinero.

Ty bajó la voz:

—Benny, mira, tú sabes que mi mamá se encenderá si pagas la compra, pero… —Ty hizo una pausa. Volvió a mirar a Izzy y a Milagros, que parecían estar enfrascadas en una conversación sobre zapatos, y luego bajó la voz y agregó—: Iba a pedirte algo de dinero para apuntarme a un programa extraescolar de escritura creativa. Sabes que no te lo pediría si…

—¿Cuánto necesitas? —Benny sacó su cartera.

—Son cien dólares —dijo Ty, y añadió—: Tengo el folleto en mi cuarto, si quieres verlo.

Benny sacudió la cabeza y luego tomó el dinero de las compras de Ty y lo contó. Había tres billetes de veinte, así que le dio tres más.

—No, eso es demasiado, Benny —insistió Ty. Podía mentirle a su madre y decir que el programa de escritura había sido gratuito, pero si su madre la veía con dólares de más, Esmeralda se preguntaría de dónde los había sacado.

—No, tómalo sólo para comprar libros o lo que sea. No te preocupes —dijo, sonriendo y caminando hacia el equipo de música antes de que Ty pudiera seguir protestando. Golpeó las manos sobre la mesa al ritmo de la música que aún sonaba en la radio. Ty sonrió.

En cuanto Benny y Milagros se fueron, Ty e Izzy se sentaron juntas en el sofá.

—¿Qué te pasa, Cuatro? —preguntó Izzy—. Pareces cansada.

—Estoy cansada —dijo Ty—. Izzy, estoy muy preocupada por Alex. Se metió en una pelea en la escuela y todavía no sé todos los detalles. Ahora, mamá lo ha echado de casa. —Ty hizo una pausa mientras Izzy se sentaba erguida, como si eso la ayudara a escuchar con más atención—. Sólo han pasado unos días, pero no es lo mismo estar aquí sin él.

Izzy parecía pensativa:

—¿Por qué lo echó tu madre? Parece mucho.

—No lo sé —Ty se encogió de hombros—. Siento que se está desmoronando. Como si estuviera tan metida en su propio mundo que se olvidó de nosotros. Como si fuéramos una carga.

—No —dijo Izzy—. No pienses así. Cuando mi madre y mi padre se divorciaron, ella se mudó a Puerto Rico y ya no la veo mucho, así que me sentí como una carga, ¿sabes? —Izzy se rascó el esmalte de uñas blanco que llevaba—. Tu madre no haría algo así. Ella sigue aquí. Sólo está pasando por un mal rato.

"Es como si se hubiese ido", pensó Ty, pero no expresó esa opinión en voz alta.

—Es lo que es, ¿no? —preguntó Ty. Izzy continuó hurgando en su esmalte de uñas.

—Deja de hacer eso —dijo Ty, y luego le tendió la mano a Izzy para que la inspeccionara—. Necesito que me arregles las garras.

—Se ven bien —dijo Izzy, examinando las uñas de Ty—. Tienes otra semana con estas uñas, creo. Además, no traje mis cosas. Traeré mi equipo el próximo fin de semana. Y le pediré a mi papá que me deje y lleve a Milagros a otro sitio. —Izzy se rio—. A veces puede ser un fastidio.

—¿A veces? —preguntó Ty retóricamente—. Siento que me tiene en la mira o algo así.

—No sé —dijo Izzy—. Yo también lo veo, como si no les cayeran bien ni tú ni tu madre. Creo que Milagros se puso súper nerviosa cuando la abuela se mudó aquí. Ya tú sabes cómo es la abuela —dijo Izzy—. Odiaba la forma en que Milagros hacía todo, desde cómo cocinaba hasta cómo limpiaba y hablaba y hasta respiraba —sonrió Izzy—, y se lo decía todo el tiempo. Así que cuando tu madre vino a buscarla, Milagros se enfureció y empezó a decir de todo sobre tu madre y que tu padre era un perdedor y que ustedes se estaban mudando a un residencial… cosas tan locas como esas.

—¿En serio? —Ty lo asimiló—. Sin embargo, tu padre no se siente así, ¿verdad? —preguntó antes de poder evitarlo.

Izzy negó con la cabeza:

—¡No! Tú sabes que mi padre no es así —dijo mirando a Ty—. Lo sabes, ¿verdad? Él ama a su familia. A toda su familia. Ya ves cómo sigue viendo a tía Juana aunque todo el mundo piense que está loca.

—¡Yo no lo pienso! ¡Ni siquiera la conozco! —dijo Ty, riéndose—. Quiero decir, la última vez que la visitamos yo tenía como diez años. —Ty sonrió—. Pero… mi mamá solía decir que pasaban cosas extrañas cuando la tía Juana estaba cerca, como que de repente se veían búhos, ya tú sabes, como en el sueño de la abuela, o murciélagos o algo así. O —dijo Ty, brincando en su asiento—, veían fantasmas o visiones extrañas.

—Nena, para —dijo Izzy—. Sabes que esas historias me

asustan. Quizá por eso siempre me alejé de ella cuando venía de visita.

Ty soltó una risita. Entendía por qué Izzy la evitaba, pero Ty no podía sino interesarse por las cosas sobrenaturales o los presagios, como el cuervo que permanecía visible en el árbol de su calle. Había oído a su madre y a su abuela hablar de cosas inexplicables que habían ocurrido, sobre todo en Puerto Rico, como visiones de personas muertas o predicciones del futuro, y aunque esas historias podían poner nerviosa a Ty, también le intrigaban. Izzy, en cambio, no quería saber nada de eso.

Izzy se levantó, se estiró y dijo:

—Voy a jugar un rato al juego de los pedos con Luis. ¿Estás bien?

—Sí, tengo que ir a la lavandería —Ty dijo, viendo a Izzy escabullirse. "Ya nada parece sencillo", pensó Ty. Cuando era niña, las cosas parecían tan básicas. Ibas a la escuela, comías, veías la televisión, jugabas y te ibas a la cama. "¿Cuándo empezó mi vida a formar parte de un mosaico de historias, con historias de fondo, sentimientos, amigos, presagios y fantasmas?", se preguntó mientras la salsa abandonada sonaba heroicamente de fondo.

Capítulo 10

BENNY AGARRÓ varias ollas y sartenes de los armarios de la cocina como si fuera a preparar un festín.

—¿Qué vas a hacer para el almuerzo? —preguntó Ty mientras extendía la mano hacia una bolsa de compras. Benny le dio un golpecito en la mano en chiste.

—No —dijo—. Es una sorpresa.

Izzy y Ty intercambiaron miradas.

—Nena, espero que tengas hambre —dijo Izzy—. Papá sólo sabe cocinar para una casa llena de bomberos.

Un fuerte ruido procedente de la sala hizo que Izzy y Ty fueran a investigar. Una estatuilla de una mesa auxiliar estaba en el suelo y Luis se encontraba parado sobre ella, observando la estatua de porcelana como si fuera a levantarse y ponerse de nuevo sobre la mesa. Ty la recogió y la examinó.

—Se ve bien —dijo ella mientras Luis se tiraba al suelo dramáticamente.

—Estoy aburrido. Todavía no hemos ido al parque.

—Es mi culpa. —dijo Izzy frunciendo el ceño—. Ya podemos irnos.

—Espera —dijo Ty—. Déjame fijarme en algo—. Ty corrió a su cuarto con Izzy y Luis siguiéndola de cerca. Ty miró por la ventana de su cuarto hacia el parque. Si entrecerraba los ojos y apretaba la cara contra el cristal, podía ver hasta las barras de mono. Por lo que pudo observar, había otros niños y no había muchachos vestidos de negro—. Se ve bien. Vamos.

Afuera, mientras cerraban la puerta principal, una voz gritó:

—Por dios, ¿cuántas veces van a abrir y cerrar esa puerta hoy?

El trío miró hacia el segundo piso y encontraron a la vecina, la señora López, asomada a la ventana; los grandes rulos en su pelo hacían juego con el color de su bata de felpa celeste.

—Podemos abrir y cerrar la puerta principal tantas veces como queramos, señora —dijo Ty, haciendo que Izzy se riera—. Nosotros también vivimos aquí.

La señora López murmuró algo ininteligible en voz baja y luego cerró la ventana de golpe.

—Dios mío —dijo Izzy—. ¿Siempre es así?

—Nena, no tienes ni idea —dijo Ty mientras caminaban hacia el parque.

Era un día de octubre lleno de sol cuando cruzaron la calle. El sol amplificaba los rojos, marrones y naranjas del otoño, mientras el humo rancio de los cigarrillos y los tubos de escape de los carros se movía invisiblemente a su alrededor. El reguetón también llenaba el aire, pero Ty no sabía de dónde provenía. Hoy no había carros fuera del mercado Atabey entreteniendo a la comunidad.

—Espera —dijo Izzy, deteniéndose en la entrada del parque—. ¡Esa es mi canción!

Izzy se contoneó y sacudió, cantando a todo pulmón. Luis se unió y Ty se rio cuando Luis trató de imitar los movimientos que Alex le había enseñado. Cuando Alex hacía los pasos, se veía *cool.* Cuando Luis los intentaba, parecía que se estaba electrocutando.

Sin embargo, Ty se mantuvo firme mientras los miraba bailar. No estaba dispuesta a hacer el ridículo en público. Cuando se movió, algo crujió bajo su pie. Era un cristal roto. Ty recordaba una vez que alguien había pasado con el carro y había tirado una botella cerca de donde ella estaba. Pensó que debía haber sido una broma tonta. La botella no la había alcanzado por un chin y se había estrellado en el suelo a sus pies. Ty no sabía por qué se encontraban los restos de vidrio allí, pero una sensación de urgencia la invadió cuando se volvió hacia Luis e Izzy, que seguían sintiendo el ritmo del reguetón, y les dijo:

—Vámonos.

Cuando se acercaron al parque infantil, dos nenes que jugaban en las barras de mono llamaron a Luis. El salió corriendo para unirse a ellos.

—Diantre —dijo Izzy riéndose—. ¡Luis conoce a más gente que tú!

—¿Por qué conocería yo a alguien en un parque infantil? —replicó Ty.

Izzy siguió riendo mientras encontraba un banco. A pesar de que el cielo se encontraba totalmente despejado, había una brisa fresca, y Ty se amarró la chaqueta. Luis y sus dos amigos pasaron corriendo por delante de ella a toda velocidad metidos en una especie de juego de la mancha, y Ty se fijó en que había unas cuantas personas más en el parque. La mayoría eran niños, pero había algunos adultos de pie, hablando en voz alta por sus teléfonos o manteniendo profundas conversaciones cara a cara. Las barras de mono, los columpios y los toboganes eran una buena distracción.

—Oye, ¿por qué no quisiste ir al centro comercial? —preguntó Ty mientras se sentaba junto a Izzy, cruzando los pies por los tobillos.

Izzy se encogió de hombros y le respondió:

—Siento que ahora que soy mayor, Milagros piensa que soy su amiga o algo así. En realidad no lo soy. Quiero decir, aprecio que ella haya estado ahí para mí, ya tú sabes, pero a veces prefiero mantener mi distancia. —Izzy hizo una pausa—. Ella quiere que le cuente sobre mis amigos y si estoy saliendo con alguien, cosas así.

—Espera —dijo Ty—, es cierto. ¿Qué pasó con ese manito con el que estabas hablando? ¿Su nombre era David o algo así?

Izzy jugó con el anillo de plata que llevaba puesto.

—Todavía veo a David —dijo—. Juega al béisbol los fines de semana, así que puede que lo vea mañana —añadió. Ty sintió una punzada de algo que no podía identificar. Fue un destello de sentimientos que la dejó sin palabras. "¿Por qué no puedo tener ganas de ver a mi novio mañana? ¿Será que estoy celosa?", se preguntó, y luego apartó ese sentimiento.

—¡Qué *cool*! —dijo Ty, para que Izzy no pensara que tenía sentimientos extraños.

Un nene chilló descontroladamente por nada en particular. Parecía provenir de la alegría de correr con libertad por el césped de goma del parque infantil. Ty observó a Luis y a los demás niños jugar. Hace sólo unos años, habría estado allí jugando con él.

—¿Sigues siendo amiga de Eddie? —preguntó Izzy. Ty se erizó.

—Eh, no lo sé. —Se encogió de hombros—. Hace rato que no lo veo.

Ty estaba a punto de compartir lo que sentía por Eddie cuando Izzy la interrumpió:

—¿Ah? Porque ahí lo veo —dijo, señalando el otro lado del parque.

—No lo señales. —Ty agarró la mano de Izzy y miró en la dirección en la que el dedo de Izzy la había guiado. Allí, ligeramente oculto por las barras de mono y los cuerpos que volaban en el aire en los columpios, se encontraba un joven vestido con una sudadera negra y unos *jeans*. Estaba apoyado en la valla del parque infantil, mirando fijamente en dirección de Ty.

—Izzy —susurró—. ¿Me veo bien? ¿Está bien mi pelo? —Ty deseaba haber tenido más tiempo esta mañana para arreglarse, pero lo único que podía hacer era esperar que Izzy le mintiera.

—Estás superguapa —le dijo—. Igual ahora ya no puedes hacer más nada porque ahí viene.

Antes de que pudiera prepararse, Eddie González estaba de pie frente a ellas. La última vez que lo había visto, llevaba el pelo largo recogido en una cola de caballo, pero hoy llevaba cuatro trenzas gruesas. Tenía la piel de color marrón claro y unos dientes blancos perfectamente alineados. Era musculoso y delgado, lo cual no se notaba mucho a través de sus *jeans* holgados y la enorme sudadera con capucha que llevaba puesta. "¿Por qué anda de negro?", se preguntó Ty. "Él nunca se metería en una pandilla, entonces, ¿por qué anda vestido como un Night Crawler?".

—Hola, Cuatro —dijo Eddie, sonriendo. Cruzó los brazos contra el pecho y Ty pudo ver el pequeño tatuaje de un corazón roto en el espacio entre el dedo índice y el pulgar. Era un tatuaje que alguien del barrio le había hecho cuando murió su hermano.

Ty e Izzy se levantaron para saludarlo.

—Hola, Eddie —dijo Ty, tratando de no inquietarse,

pero fracasando miserablemente. No había forma de encontrar un lugar cómodo para colocar sus manos.

—Voy a ver qué hace Luis. Byeeee —dijo Izzy agitando los dedos.

—Vaya —dijo Eddie, mirando hacia el parque infantil—. Mira al pequeño. Está creciendo, se parece cada vez más a Alex.

Todo lo que Ty pudo hacer fue asentir en respuesta. "Contrólate y habla", se ordenó a sí misma, pero Eddie continuó.

—Me sorprende verte aquí —dijo—. Nunca pasas por el parque.

—No —respondió Ty, encontrando por fin su voz—, pero mi prima Izzy está aquí y queríamos llevar a Luis a jugar.

"Ay", pensó, "¿puedo ser más aburrida?".

—Ah —dijo Eddie, mirando en dirección a Izzy—. ahora sé quién es. Recuerdo haberla conocido hace un par de años. Creció. —Se volvió lentamente hacia Ty, y sus ojos se detuvieron en su rostro—. Supongo que todos estamos creciendo.

Ty sintió que la sangre le subía a la cara. Había algo en la forma en que lo dijo que la hizo sentir cohibida, como si la estuviera mirando de una forma diferente a la que lo hacía cuando eran niños.

—¿Qué significa eso? —dijo Ty, desafiándolo. Esperaba que él se explicara por fin, pero se sintió decepcionada.

—No quise decir nada con eso —dijo Eddie en voz baja mientras se encogía de hombros.

Ty ignoró esa frase que tanto le molestaba y continuó desafiándolo:

—¿Dónde has estado últimamente? Solíamos hablar todo el tiempo. —Ty odiaba su tono, pero las palabras se le escaparon y ya no podía retirarlas.

Eddie cerró los ojos. Los abrió pero le dio la espalda a Ty y dijo:

—Ya sé.

La frustración empezó a crecer. "Así que lo sabe, ¿y qué?", pensó. "¿Y por qué no me mira? ¿Ya no quiere ser mi amigo?".

—¿Seguimos siendo amigos? —preguntó Ty.

—Sí —dijo Eddie—. Siempre seremos amigos. Sólo, sólo tengo que resolver algunas cosas —dijo, luego miró sus tenis negros—. Ya tú sabes, desde que Willie murió, he tenido que dar un paso adelante en casa y, eh, no es tan fácil, ¿me entiendes?

Ty sintió que se le erizaban los pelos del antebrazo y se lo frotó para detenerlos. Eddie nunca hablaba de su hermano, que había sido asesinado hacía unos años. Willie era mayor que Eddie, más una figura paterna que un hermano. Eddie lo quería y lo admiraba, pero Willie se había metido en cosas malas, vendiendo drogas. Llevaba un año en prisión cuando fue atacado y asesinado. Al preso que lo hizo le dieron más tiempo de cárcel, pero eso no ayudó a nadie a sobrellevar su muerte. Cuando sucedió, Eddie había estado angustiado, y parecía que sólo Ty podía consolarlo. Hasta que un día Eddie dejó de hablar de Willie, como si quisiera hacer de cuenta que nunca había existido.

Como la tomó por sorpresa, Ty se olvidó de estar enojada y dijo:

—Puedo ayudar.

Eddie extendió el brazo para tocar los dedos de Ty. Ella le agarró la mano sin pensarlo, disfrutando lo que sentía al aferrarse a una parte de él. Por fin levantó la vista hacia ella, y Ty vio algo en sus ojos que no entendió y de repente él le soltó la mano.

—Ten cuidado aquí fuera, okay. Este parque puede estar caliente.

Ty lo miró con esa expresión que con la maestra Neil significaba "crees que soy estúpida", pero con Eddie era más bien: "¿Por qué te comportas así?".

—¿Cómo está Alex? —preguntó Eddie, ignorando su lenguaje corporal. Otra voz respondió.

—¿Por qué no me lo preguntas tú mismo? —dijo Alex, plantándose delante de Eddie.

Capítulo 11

ALEX Y EDDIE estaban casi cara a cara. Aunque eran de la misma altura, Alex había enderezado la espalda y levantado el mentón para parecer más alto. Eddie, en cambio, se encogió y mantuvo la mirada fija en el suelo.

—Tengo que irme —dijo Eddie, y se escabulló por el parque infantil. Ty se quedó mirando a Eddie hasta que ya no pudo distinguir su figura.

—Aléjate de él, Ty —dijo Alex, mirándola—. No merece tu tiempo.

Ty examinó a Alex. Tenía manchas oscuras bajo los ojos y un moretón en la mejilla, sin duda una reliquia de la pelea que había tenido. Sus pobladas y oscuras cejas se encontraban parcialmente ocultas por la gorra que llevaba hacia atrás.

—¡¿Qué?! —Ty replicó—. ¿Desde cuándo? ¡¿Acaso no somos todos amigos?!

—¿Estás ciega, Ty? —preguntó Alex—. Mira lo que lleva puesto. Ahora es uno de ellos y no te quiero cerca de él.

"No", pensó Ty. "¿Por qué se uniría a los Night Crawlers?".

Negó con la cabeza.

—Alex, tienes que hablarme. ¿Qué anda pasando? ¿Por qué te metiste en una pelea? ¿Qué significa todo esto?

De repente, Luis e Izzy estaban a su lado. Ty vio cómo Alex levantaba a Luis en el aire y lo hacía girar. Alex había heredado la sonrisa de dientes separados de la abuela y la mostraba mientras reía y hablaba con Izzy y Luis. Se dirigían hacia su casa, pero Ty se quedó atrás. Ella podía ver el cansancio de Alex. "¿Qué es lo que no está diciendo?", se preguntó por enésima vez. Ty siguió con lentitud al trío, escudriñando el parque con la esperanza de vislumbrar a Eddie, pero no lo encontró por ninguna parte. Era como haberlo perdido en más de un sentido.

El fuerte aroma a pimienta, cebolla y ajo salía de la cocina y se extendía por todo el apartamento. Era el tipo de olor que se impregnaba en la ropa y permanecía ahí mucho después de alejarse de él. Ty observó el gigantesco caldero de arroz anaranjado con frijoles, una sartén llena de chuletas de cerdo y un gran plato de plátanos cortados y sin cocer.

—Milagros se está perdiendo todo esto —dijo Ty.

—Le llevaré algunas sobras más tarde. Quería terminar todos sus mandados. —Benny puso una cuchara de madera en los labios de Ty—. Toma, prueba —dijo, y ella engulló un bocado de arroz—. ¿Tiene suficiente sabor? —le preguntó, observándola con atención mientras tragaba.

—Sabe perfecto —dijo, relamiéndose los labios y dejando a Benny con sus tareas en la cocina para ver qué hacían los demás.

Ty encontró a Luis en su cuarto con Izzy jugando con figuras de acción en el piso.

—¿Dónde está Alex? —preguntó Ty.

Izzy se encogió de hombros.

—Aquí no está.

Ty revisó su propio cuarto y encontró a Alex sentado en su sillita, mirando por la ventana hacia el parque.

—Alex —dijo Ty mientras cerraba la puerta—. ¿Estás bien? *Tienes* que decirme algo.

Alex la miró y le dijo:

—¿Qué te parece? ¿Crees que estoy bien? —Apoyó la cabeza en la ventana—. Lo sé, hermana, lo siento. No eres tú. —Alex se quedó en silencio durante un segundo—. No veo por qué no puedo quedarme aquí. ¿Me entiendes?

Ty se sentó en su cama frente a Alex.

—No es lo mismo aquí sin ti —dijo Ty—. Ni siquiera pude contarte lo que pasó ayer en la escuela con miss Neil.

Alex sonrió.

—¡Mi maestra preferida de noveno grado! —bromeó—. ¿Qué pasa con ella?

—Me pidió que me fuera de su clase porque le dije que dejara de ser mala con Beatriz Machado. No aguanto a miss Neil, pero tuve que disculparme con ella de todos modos.

—De verdad —preguntó Alex, poniéndose de pie para mirarla de frente—. ¿Y eso ayudó?

—No, en realidad no —respondió Ty—. De todos modos, me metí en problemas con ma.

—Bueno, supongo que ahora somos dos. —Alex volvió a mirar las hojas que se mecían con la brisa desde la ventana—. Al menos ma no te ha echado.

—Ma no puede echarte de nuevo —afirmó Ty—. Así que deberías volver. Quédate en tu cuarto y cuando ella llegue a casa, le diré que has vuelto y ya está. ¿Qué va a hacer ella si estás ahí durmiendo con Luis? Nada.

Alex sonrió y dijo:

—De ninguna manera. Pienso irme antes de que ella llegue a casa del trabajo. Papá y yo ya hemos hablado de esto. Me dijo que viniera a buscar más ropa y que me quedara con él. Puede que no vuelva, Ty.

Ty sintió que su corazón caía al suelo.

—¡Tienes que volver! —Se puso de pie como si eso fuera a ayudar, pero Alex permaneció en silencio.

—Hermanita, lo siento —dijo Alex lentamente—. No es sólo ma, ¿sabes? Seguramente sea mejor que yo no esté tanto en la Dent.

—¿Por la pelea? —preguntó Ty. Alex asintió—. Cuéntame lo que pasó.

Alex se sentó de nuevo en la silla y comenzó a explicarle:

—Ese día de la pelea…

—¡Taína! —llamó tío Benny desde el pasillo.

Ty y Alex se levantaron de un salto, asustados, y se abalanzaron hacia el pasillo.

Benny estaba en la puerta del cuarto de la abuela con un plato de comida en la mano.

—¿Qué pasó? —Ty preguntó.

—Creo que deberíamos llamar a una ambulancia.

Capítulo 12

ISAURA RESPIRABA con lentitud y de forma superficial, como si estuviera en un sueño profundo, pero sus ojos estaban abiertos y fijos en la pared frente a su cama. A su alrededor estaban Ty, Benny y Alex.

—Mami —llamó Benny, pero ella no le respondió. Ty se acercó y le tomó el pulso. Se sentía un poco lento, pero seguía un patrón regular.

—Está bien —dijo Ty sin pensarlo. Pero cuando miró a Benny y Alex, ambos parecían preocupados, así que añadió—: Quiero decir, ¿por qué quieres llamar a una ambulancia?

Benny se quedó mirando a Isaura durante unos segundos.

—Parece un poco sin vida, ¿no crees? —preguntó Benny—, y antes estaba hablando, así que pensé, no sé, me puse nervioso.

—Ella *estaba* hablando antes —confirmó Ty—, pero quizá no quiere hablar ahora. —Había tantas veces que su abuela hablaba y luego dejaba de hacerlo. Esa era otra de las bromas que hacían Alex y Ty. Cuando la abuela no respondía, decían, "Abuela no quiere saber más nada de ti. Ya no quiere oír tu voz".

Como si recordara el mismo chiste, Alex dijo:

—Sí, a veces se pone así.

Benny miró a su madre, luego se inclinó y la besó en la frente.

—¿Cuán a menudo se pone así? —preguntó.

—No tanto —mintió Ty—. Te dije que andaba medio rara esta mañana, así que tal vez sólo necesita descansar.

Benny observó a su madre en silencio mientras Ty salía lentamente del cuarto. Ty pensó que él querría estar a solas con ella, pero enseguida la siguió.

—Estoy sirviendo toda la comida, así que dame unos minutos —dijo Benny, forzando una sonrisa.

Mientras Benny se dirigía hacia la cocina, Ty le hizo un gesto a Alex para que volviera a su cuarto.

—¿Y qué pasó? —preguntó Ty cuando volvieron a estar solos.

Alex miró hacia sus pósters y se detuvo en el de Rihanna.

—Es bien bonita —dijo.

Sin dejar de mirar el poster, Alex preguntó:

—¿Recuerdas cuando éramos pequeños, y todos íbamos a ese parque de atracciones, ya tú sabes, el que está cerca de la salida, pero tienes que esperar como una hora antes de poder bajar a esa salida?

Ty asintió recordando cómo se había subido con Luis a una atracción de una oruga voladora.

—Fue uno de los momentos más felices de mi vida. Ma y papá estaban bien. Sabíamos que todavía se querían. Luis era un bebé feliz y tú y yo nos montábamos en todas las atracciones. —Alex hizo una pausa—. Pero luego todo cambió tan rápido. El abuelo murió, la abuela se enfermó, papá fue arrestado y mamá se puso en modo robot-zombi. —Alex se rio—. Sé que nunca tuvimos dinero ni nada, pero luego nos mudamos aquí. Después de eso, fue como llegar a un nuevo nivel de estar mal. Hubo todos estos problemas con las pandillas y los chicos que matan a otros chicos y nadie parece preocuparse o hacer algo al respecto. Y podríamos caminar a la calle Main para alejarnos de todo esto, ¿verdad?, pero nadie nos quiere ahí. No pertenecemos ahí. Pertenecemos aquí, pero ¿qué significa eso? ¿Significa que merecemos ser tratados como si no fuéramos nada? ¿O significa que me olvido de la escuela? No es que esa escuela sea para nosotros de todos modos, ¿me entiendes?

—No, no dejes la escuela, Alex —dijo Ty, aunque el día anterior le había dicho algo parecido a su madre.

—¿Crees que eso es lo que quiero hacer? —preguntó Alex, volviéndose hacia ella—. Me suspendieron y eso llevó estar fregado a otro nivel. Me hace sentir que todas las cosas que dicen sobre los puertorriqueños o los chicos pobres son ciertas. Somos como un estereotipo, Ty, pero ¿qué otra cosa podemos hacer? Es como si este fuera mi destino, ¿sabes?

Ty sacudió la cabeza y le respondió:

—No, no, negativo. No dejes que lo que dice la gente se te meta en la cabeza. No tenemos nada de malo. Sólo estamos metidos en una situación.

—No lo sé, Cuatro. No lo sé —respondió Alex.

—¿Qué es lo que no sabes? —preguntó Ty—. Quiero decir, todavía eres mi hermano, y no eres una mala persona. Sólo te metiste en una estúpida pelea, y todo el mundo está actuando como si hubieras matado a alguien. Una pelea no significa nada.

Alex comenzó a caminar y luego se detuvo de repente y soltó:

—Eddie es un Night Crawler ahora, Ty, y la pelea lo involucraba a él.

Capítulo 13

"AHÍ ESTÁ", pensó Ty. "Eddie es un Night Crawler".

—¿Desde cuándo lo sabes? —le preguntó Ty a Alex.

—Bueno, ¿sabes que Jayden es un Night Crawler? —preguntó Alex.

Ty asintió. Hacía años que no pensaba en Jayden Feliciano. Hubo un tiempo en que Alex, Eddie y Jayden habían sido amigos. Para gran molestia de Ty, porque Jayden era un dolor de cabeza. Ty recordó una vez que él le puso a propósito chicle en el pelo, lo que resultó en un corte de pelo y en que ella se desquitara echándole agua en la cabeza cuando no se lo esperaba. El año pasado, Jayden había dejado de janguear con ellos y se había unido a los Night Crawlers.

—¿En qué anda ese malandro de Jayden ahora? —preguntó Ty.

—Ty, Jayden no es el mismo chico con el que solías pelear. Sabes que tuvo muchos problemas al crecer, por eso yo miraba para otro lado. Pero ahora está… —Alex hizo una pausa y suspiró—. Ahora está metido en cosas malas.

—¿Y Eddie está con Jayden? —preguntó Ty, tratando de entender qué tenía que ver Jayden con todo esto.

Alex asintió y agregó:

—Han estado jangueando durante unas semanas. Al principio no le presté mucha atención, pero luego sentí que Eddie me evitaba, así que lo enfrenté y nos pusimos a hablar.

—¿Y? —preguntó Ty, queriendo saber más detalles—. ¿Qué más? Te metiste en una pelea con Eddie, ¿verdad? ¿Jayden estaba ahí?

Antes de que Alex pudiera responder, la puerta del cuarto se abrió y allí estaba Benny, con un tenedor manchado de kétchup en la mano.

—Vamos, la cena está lista —dijo, abriendo la puerta de par en par y caminando hacia la cocina.

Alex siguió a Benny antes de que Ty pudiera detenerlo. Ty levantó las manos. "¿Me estás tomando el pelo?", pensó. Todavía tenía muchas preguntas. "¿Alex estará en problemas con los Night Crawlers? ¿Volverá a casa? ¿Regresará a la escuela? Y, por último, ¿está mal que me siga gustando Eddie?".

Ty había deseado a menudo ser una superheroína con el poder de transformar a la gente. Soñaba con chasquear los dedos y cambiar la actitud o la situación de alguien. Con un chasquido, la gente pasaría de estar triste a ser feliz o de estar enojado a ser cariñosa. Si tuviera ese poder, podría chasquear y Alex estaría de nuevo en casa y en la escuela. Su abuela estaría bien. Sus padres estarían juntos y... Ty sintió que se le formaba un nudo en la garganta y trató de disiparlo. Hacía al menos dos años que había dejado de desear que sus padres se volvieran a juntar, por lo que ese pensamiento la tomó por sorpresa.

Se sentó en la cama y apoyó la cabeza en las manos. No había tiempo para fantasías. Había cosas reales y, por mucho que deseara que fuera cierto, no poseía superpoderes. Tenía que reconocer que esa era su realidad, y ninguna ensoñación la cambiaría.

—¡Ty! —llamó tío Benny desde la cocina.

Ty se levantó de un salto y se apresuró hacia allá. Al llegar a la cocina, se sentó en la silla vacía junto a Benny. Alex, Luis e Izzy ya tenían sus platos llenos y estaban listos para empezar. "Qué no daría por tener una buena comida familiar sin preocupaciones", pensó Ty. El aroma de la sazón no contribuyó a aligerar el estado de ánimo de Ty mientras escuchaba el tintineo de los cubiertos y las bocas dando mordiscos.

—Todo el mundo está bien callado, ¿eh? —dijo Benny, haciendo una clásica broma familiar de que el único momento en que la familia estaba callada era cuando comían.

—Estamos comiendo —dijo Luis, haciendo que los granos de arroz se convirtieran en proyectiles.

—Ves —dijo Izzy tragando un bocado—. ¡Por eso no

hablamos cuando comemos! La comida sale volando de tu boca como abejas.

Por alguna razón, Luis pensó que eso era lo más gracioso que había oído y se rio sin control, provocando la risa de casi todos los que estaban alrededor de la mesa. Ty fue la única que se quedó afuera. Siguió comiendo, ignorando el tono jovial, hasta que no pudo comer más. Permaneció en silencio hasta que todos terminaron de comer y se recostaron en sus sillas, sintiendo que iban a explotar de lo llenos que estaban.

El timbre de la puerta le permitió tener una excusa para levantarse de la mesa. Ty corrió hacia la puerta principal para encontrar a su padre allí de pie.

—Papá —dijo ella, derrumbándose en sus brazos.

Alejandro abrazó a su hija y le besó la cabeza mientras la cara de Ty se hundía en su pecho.

—¿Estás bien? —le preguntó, dándose cuenta de que ella no lo había soltado tan rápido como era habitual.

Ty asintió contra su camisa y luego lo soltó, dándole espacio para entrar al apartamento. El hombre alto y de pelo oscuro entró en la sala y se detuvo. "¿Por qué siempre se detiene así antes de entrar?", pensó Ty. Ella se dio cuenta de que llevaba un enorme juego de llaves nuevo atado a una presilla del cinturón de sus pantalones, que tintineaba con cada paso decidido que daba mientras se dirigía a la cocina.

—Papá —gritó Luis, duplicando el comportamiento de Ty momentos antes. Alejandro sostuvo a su hijo menor en brazos mientras a su vez saludaba a Benny e Izzy. Ty se quedó atrás en la sala, jugueteando con la radio para ver si conseguía que la emisora de música en español se escuchara mejor.

—¿Qué pasa, hermanita? —preguntó Alex.

Ty no se había dado cuenta de que se había unido a ella, por lo que se dio vuelta, sobresaltada. Lo único que pudo hacer fue encogerse de hombros. La verdad era que no podía estar con ellos actuando como una gran familia feliz.

Su padre volvió a entrar a la sala.

—¿No tienes hambre? —preguntó Ty.

Sacudió la cabeza.

—No. Puedo comer algo más tarde. Esa comida es para todos ustedes. Además, Benny ya está limpiando y guardándola. —Alejandro miró detrás de él hacia el sofá, y luego se sentó con cuidado—. ¿Cómo estás, Ty? —Estaba muy quietito en el sofá, como si temiera que cualquier movimiento fuera a provocar un desastre. Alex, por su parte, se dejó caer en el sofá, haciendo que se cayera una foto enmarcada que había sobre una mesa auxiliar. No la arregló.

—Estoy bien, papá —dijo Ty, empujando a Alex a un lado y sentándose junto a su padre—. He oído que tienes un nuevo trabajo. ¿Te gusta?

Aparecieron profundas líneas alrededor de sus ojos mientras formaba una sonrisa.

—Paga las cuentas —dijo, poniéndose de pie y reajustando el marco que se había caído.

—¿Para eso son todas esas llaves?

Alex se acomodó, riendo.

—Papá lleva esas llaves a todas partes. Incluso puedo oírlas mientras se ducha.

Alejandro negó con la cabeza.

—A Alex le encanta bromear con las llaves —dijo, dándole a Alex un empujón juguetón. Ty se unió a las risas al principio, pero luego se quedó en silencio, dándose cuenta de repente de que estaban en tiempo prestado. Pronto la dejarían.

Benny, Izzy y Luis se unieron a ellos en la sala.

—La cocina está limpia —dijo Benny—. Tu madre nunca sabrá que he cocinado algo —dijo.

"Excepto por el olor y los montones de sobras", pensó Ty.

—También se está haciendo tarde —continuó Benny—. Así que será mejor que nos pongamos en marcha. —Benny había traído su propio Tupperware para las sobras de Milagros y metió la comida en una bolsa de plástico. Él e Izzy agarraron sus chaquetas.

Izzy detuvo a Ty mientras se dirigían todos a la puerta.

—¿Sabes que puedes enviarme un mensaje de texto cuando quieras? —susurró Izzy—. Sólo vivimos a un pueblo de distancia. No estoy tan lejos.

—Sí —dijo Ty, dándose cuenta de que acercarse a Izzy rara vez se le pasaba por la cabeza. Ty la veía casi todos los fines de semana y sus vidas eran muy diferentes, pero Izzy era *cool*—. Lo sé, Iz. Y la próxima semana, mis uñas —dijo Ty, agitando los dedos en el aire.

—Seguro que sí —dijo Izzy, siguiendo a su padre por la puerta principal.

—Bueno, nosotros también deberíamos irnos —dijo Alejandro.

—¡Pero si acabas de llegar! —gritó Ty.

—Sí, pero ma llegará pronto a casa —dijo Alex—. Así que, es mejor volar antes de que llegue.

Alejandro le dio un abrazo a Ty y a Luis antes de que él y Alex salieran por la puerta. Alex no dijo ni una palabra más, y Ty vio cómo dos personas a las que quería se alejaban de ella. Pasó un minuto antes de que se diera cuenta de que Luis estaba aferrado a su lado. Lo miró y le dijo:

—¿Quieres enseñarme ese juego de los pedos?

El nene sonrió y echó a correr hacia su cuarto.

Capítulo 14

LA LUNA se veía un poco más esta noche que la anterior y Ty no pudo evitar pensar en su inventada diosa de la luna llenándose cada vez más. Cuando cerraba los ojos, aparecían instantáneas de los acontecimientos del día que mantenían su cansada mente atenta.

Su madre había llegado a casa poco después de que todos se hubieran ido. Se fijó en la comida, pero no comió nada ni hizo ningún comentario cuando Ty salió para informarle que Benny había visitado y cocinado. A su madre no parecía interesarle la visita de Alex y no quería saber nada del nuevo trabajo de su distanciado marido. Preguntó por la abuela, que seguía desganada, y luego se metió en su escondite, el cuarto. Sólo salió para dar las buenas noches y asegurarse de que todas las cortinas estaban cerradas y las luces apagadas, y luego volvió a encerrarse.

Ty se preguntó qué podía hacer para ayudar a su madre a no hacer su "cosa de robot", como decía Alex. También pensó en Alex. No habían tenido otra oportunidad de hablar sobre los detalles de la pelea, y le preocupaba que Alex pudiera estar en problemas más graves con los Night Crawlers de lo que había mencionado. "¿Puede empeorar mi vida aún más?", pensó.

Eddie pasó por su mente. Cerrando los ojos, lo imaginó sonriendo y luego riendo a carcajadas, como solía hacer cuando Alex hacía una broma. "¿Por qué se uniría a los Night Crawlers?", se preguntó Ty. "¿Y cómo se me pudo pasar por alto? Quizá si me hubiera dado cuenta, podría haberlo evitado. ¿Todavía tengo la oportunidad de detenerlo?".

Era tarde, pero se preguntó, si llamara a Eddie, ¿respondería? Y si respondía, ¿la escucharía? ¿Podría ayudarlo a salir de esta situación? Ty buscó su teléfono cuando, de repente, la puerta de su cuarto se abrió de golpe y ella se dio la vuelta temiendo qué o quién podría estar en el umbral.

Era su abuela. Ya no tenía el aspecto frágil y lejano de hace unas horas. Ahora parecía fuerte, casi majestuosa. Dirigió su mirada hacia la luna a través de la ventana, como si estuviera embelesada por su esencia. Por un momento, Ty recordó una versión más joven y vibrante de su abuela, la que solía jugar con ella cuando era pequeña. Sintió una punzada de tristeza al recordar a esa hermosa mujer, despreocupada y divertida, enseñándole a bailar y corrigiendo su español.

Ty enseguida se acercó a su abuela.

—Abuela —dijo—. ¿Estás bien? ¿Qué pasa?

Ty tomó el brazo de su abuela para conducirla de vuelta a su propio cuarto, pero Isaura Ramos se quedó firmemente plantada en el umbral de la puerta. Ty le soltó el brazo, retrocedió y esperó. Fue entonces cuando se dio cuenta de que su abuela tenía algo en las manos.

Isaura pasó por delante de Ty y entró a su cuarto. Se sentó en la cama y colocó a su lado el objeto que llevaba en la mano. Ty pudo ver que se trataba de la caja que su abuela le había escondido esa misma mañana. La caja que había dicho que no existía. Hipnotizada por ella una vez más, Ty supo instintivamente que era importante.

—M'ija —dijo su abuela—. Necesito hablar contigo, y tienes que escuchar con atención. Es una larga historia, y no sé cuánto tiempo tenemos, pero te contaré todo lo que pueda. Tienes que prometerme que me escucharás con respeto.

Ty se sorprendió porque su abuela parecía incapaz de comunicarse hacía apenas unas horas y ahora hablaba con claridad y seguridad. Y ella nunca había sido irrespetuosa con su abuela. No estaba segura de por qué su abuela sentía la necesidad de recordarle que debía ser respetuosa, pero no estaba dispuesta a perder el tiempo discutiendo, así que asintió y se sentó junto a ella en la cama.

—Somos descendientes de los últimos grandes caciques, Anacaona y Caonabo —afirmó.

Ty estaba confundida.

—¿Caciques? —interrumpió—. ¿Qué es eso?

—Es la palabra taína para gobernante —continuó su abuela—. Nuestros antepasados eran gobernantes, reyes y reinas en el Caribe antes de que llegaran los españoles. Fueron masacrados por los colonizadores españoles bajo el dominio de Colón. Somos descendientes de grandes personas.

Ty entendía un poco la palabra *taíno* por su nombre y porque una vez le había preguntado a su abuela por qué los puertorriqueños se referían a sí mismos como borinqueños y ella le había explicado que Borikén, o Borinquén, era el nombre que los taínos le habían dado a la isla de Puerto Rico. Ty la observó con recelo. "¿Será que el Alzheimer la hace contar historias locas como esta?," se preguntó. "Supongo que no. Quizá esté alucinando", pensó Ty. Los consejeros que vinieron a visitarlos habían mencionado que a veces las personas con Alzheimer alucinan, y que era mejor tranquilizarlas.

—Abuela —comenzó Ty—. Todo va a estar bien. Puede que estés teniendo una alucinación.

—Ay Dios —dijo la abuela—. No seas tonta. Por eso he dicho que tienes que escuchar con respeto. Escucha mi historia, y luego puedes hablarme de las alucinaciones, ¿de acuerdo?

Ty apartó la mirada, avergonzada. Echó un vistazo a la caja que había entre ellas y vio que era de madera y tenía un diseño en la parte superior que no pudo distinguir.

—Colón mató a Caonabo —continuó su abuela—, nuestro tatara tatara tatara —deslizó su mano por el aire indicando que habían más tataras por decir— abuelo. Caonabo estaba casado con Anacaona, nuestra tatarabuela. Cuando él murió, Anacaona, junto con grandes líderes espirituales, colocó sus poderes mágicamente en este cemí. —Su abuela metió la mano en el bolsillo de su bata y le entregó a Ty un grueso objeto de piedra.

Ty dudó. No quería tocar la cosa, insegura de lo que podría ocurrir. Pero su abuela insistió en que lo agarrara, y por fin lo hizo.

El cemí era casi tan grande como su mano y, mientras lo sostenía, podía sentir su presencia. Estaba hecho de una piedra pesada y gruesa a la que, de alguna manera, le habían dado la forma de un triángulo. Tenía talladas unas ancas de rana que rodeaban la mitad inferior del objeto. La cara, sin embargo, era un cráneo humano con la boca abierta. Era, al mismo tiempo, la cosa más fea y fascinante que Ty había visto y, por muy extraño que fuera su aspecto, tenía una sensación inexplicable de que le pertenecía.

La abuela sacó algo más del otro bolsillo de su bata. Parecía un collar de cuentas con un colgante de oro.

—Anacaona también le dio fuerza a este amuleto —dijo, sosteniéndolo y mirándolo con solemnidad. La parte del colgante de la cadena también tenía grabada una extraña forma de aspecto humano. El diseño le resultaba familiar, pero Ty no podía ubicarlo.

—Tallada en el frente está la Diosa Divina de la Vida y la Creación —continuó su abuela—. Aquí hay una forma de abrirlo, ¿ves? —dijo, señalando el mecanismo del broche—.

Lo que me han dicho es que cuando llegue el momento de abrirlo, cuando las hijas de Anacaona y las hijas de las hijas la necesiten, el poseedor lo sabrá. —Colocó el amuleto en las pequeñas manos de Ty y luego las cubrió con las suyas, frágiles y delgadas, sosteniéndolas mientras hablaba—. Ahora te los paso a ti y sólo a ti. Tienes que guardarlos y no mencionárselo a nadie, ¿me entiendes? —Abuela hizo una pausa para acariciar el pelo de Ty—. Pásale estos objetos a tu hija o a tu nieta como he hecho yo.

Ty se liberó del agarre de su abuela. "¡Sólo tengo catorce años!", pensó. "¡No estoy pensando en hijas ni en hijos ni en nada de eso!". Se quedó mirando los extraños objetos que ahora estaban sobre su regazo y sintió una sensación surrealista de despertar, como si pudiera sentir cada pizca de aire y pudiera oír cada sonido silencioso. También sintió una extraña sensación de *déjà vu* porque acababa de imaginar a una diosa de la luna que elevaba las almas jóvenes y esta historia era tan descabellada como la que había inventado.

—¿Y la caja? —preguntó ella, palpándola junto a su pierna.

Abuela acarició la madera con cariño.

—En la caja hay una lista de las mujeres de nuestra familia que han mantenido a salvo estas reliquias durante los últimos quinientos años. Verás que yo estoy en la lista y ahora tú también. —Su abuela hizo esta afirmación con naturalidad, como si los artefactos de quinientos años se entregaran normalmente a nenas de catorce que viven en un residencial.

La luna se ocultó detrás de los árboles y el cuarto se sumió en oscuridad. "¿Era todo esto algún recuerdo enloquecido?".

Ty movió los objetos de su regazo a su lado.

—Lo que me estás diciendo es que nuestra familia proviene de gobernantes que fueron asesinados, y estas cosas son de ellos. Y han sido legadas a las mujeres de nuestra familia durante más de quinientos años.

Abuela se quedó mirando, asintiendo ligeramente para reconocer la recapitulación de Ty.

Ty lo asimiló.

—¿Por qué yo? —preguntó Ty—. ¿Por qué no le diste esto a mi mamá?

Su abuela sonrió.

—Desde el día en que naciste supe que te las iba a pasar a ti. Tu madre te llamó Taína por algo. A ella le pareció un nombre precioso, pero yo lo tomé como una señal de que algún día te conocerías a ti misma y a nuestros antepasados. —Hizo una pausa—. En cambio, creo que tu madre jamás lo entendería.

"Quizá sea yo la que está alucinando", pensó Ty. "Tiene que ser eso, ¿no?". Alargó la mano para tocar la cara de su abuela y ver si era real o un holograma que su mente había creado. La piel suave y el hueso subyacente saludaron a sus dedos tentativos, y Ty cayó al piso de rodillas cuando la enormidad de la situación la golpeó. Dejó que las emociones de los dos últimos días salieran a flote. Isaura la guio de vuelta a la cama y la abrazó.

—Lo siento, abuela —dijo Ty entre sollozos—, pero siento que te estás despidiendo.

—Taína —susurró su abuela—, no hay tiempo para las lágrimas. Debes recordar que eres una guerrera, una luchadora como Anacaona. Nuestro pueblo, el pueblo taíno, es la luz que hace brillar el cielo nocturno. Somos la música que calienta el corazón y bendice el alma. Amamos con orgullo y libertad. Este es nuestro poder. Nuestros antepasados tuvieron que esconderse para sobrevivir, pero nuestro poder nunca murió. Ha estado dentro de nosotros todo este tiempo.

Ty miró la cara de su abuela y le dijo:

—Esto debe ser un sueño o algo así porque no tengo ningún poder, abuela, y cada vez que lucho por algo, pierdo.

Su abuela la abrazó.

—Tienes poder, m'ija. Nuestro pueblo lo sacrificó todo para conseguirte estos objetos, para que su existencia, nuestra existencia, no fuera olvidada. Estos objetos y el conocimiento de tu derecho de nacimiento son tu poder ahora. Pero lamento tener que pasártelos así. Intenté esperar todo lo que pude, pero no puedo esperar más. —Su abuela se puso de pie y miró a Ty, levantando su mentón para que sus ojos se encontraran—. Recuerda que eres una joven increíble que viene de una larga línea de mujeres increíbles. Mi tiempo ha terminado, pero el tuyo acaba de empezar. —Antes de que Ty pudiera responder, su abuela exhaló un largo suspiro, la abrazó con una ferocidad que Ty no sabía que aún tenía y se fue del cuarto. Ty quiso seguirla pero se quedó paralizada.

Aunque sólo había una pizca de luz iluminando el espacio que su abuela había ocupado, Ty pudo ver con claridad la caja, el cemí y el amuleto sobre la cama. Estuvo tentada de abrir el artilugio de madera y mirar en su interior, pero no estaba segura de poder soportar más sorpresas esta noche. En su lugar, buscó la caja de zapatos que había debajo de su cama y metió en ella la caja de madera.

Una vez más, oyó el chirrido de la puerta y se sobresaltó, pensando que su abuela había vuelto para contarle algo más. Pero no era su abuela sino Luis que estaba de pie esperando que lo invitara a entrar.

—¿Puedo quedarme aquí contigo esta noche? —preguntó.

Ty le tendió la mano y Luis entró al cuarto y dio un salto a la cama. Dormir con él en su cama individual siempre era algo incómodo, pero esta noche no le importaba. Tampoco quería estar sola. Se acostó junto a su cuerpo calentito y él apoyó la cabeza en su hombro y se quedó dormido. Por fin, ella también se durmió, repitiendo las palabras de su abuela para poder escribirlas después: *Somos la luz que hace brillar el cielo nocturno. Somos la música que calienta el corazón y bendice el alma. Amamos con orgullo y libertad. Este es nuestro poder.*

Antonia
Guaynata
Timima

Yagüeca, 1634

(actual Mayagüez)

GUAYNATA SE ESTABA MURIENDO, pero no iba a decírselo a su nieta, Antonia, el día de su boda. En lugar de eso, se sentó y observó cómo Antonia colocaba con cuidado su ropa de novia sobre la cama. Antonia tenía un cuerpo delgado pero curvilíneo, pelo largo y oscuro y piel morena. Aunque ese era el aspecto de muchas de las mujeres de esta región, Antonia también irradiaba gracia y amabilidad. Esas cualidades provenían de sus antepasados, señaló Guaynata. Antonia era igualita a la madre de Guaynata, Casiguaya, desde la belleza hasta el espíritu.

Guaynata observó las palmeras meciéndose con la cálida

brisa. Reconocía la belleza que la rodeaba, pero el dolor que había sufrido en su vida ensombrecía mucho. Lo único que todavía hacía que Guaynata apreciara Borikén, o Puerto Rico como lo llamaban los demás, era cómo la luna se reflejaba en las olas del mar, haciendo que la luz ondeara con vida. Le daría una gran alegría vivir sus últimos días en las costas meciéndose con el reflejo de la luz del cielo nocturno.

En ese momento, el hijo de Guaynata, Mateo, y su esposa, Quiteria, entraron en el cuarto. Quiteria miró a su hija y empezó a sollozar, hablando de cómo Dios y María habían bendecido a su familia con una hija tan hermosa. Guaynata aún no comprendía del todo al dios y a los santos que Quiteria adoraba. Su madre, Tinima, había intentado mantener vivas las creencias taínas que había aprendido de su propia madre, Casiguaya. Guaynata temía ser la última en conocer las costumbres de sus antepasados, por lo que estaba deseando que la esposota de su hijo se marchara para poder estar a solas con Antonia.

—Madre —dijo Antonia—. Estaré lista pronto, lo prometo. —Le dirigió a su abuela una rápida mirada de reojo y luego dijo—: Me gustaría tener un momento con mi abuela, por favor. Puede que sea mi última vez a solas con ella en mucho tiempo.

Ante esa petición, el rostro de Quiteria cambió por completo. Las lágrimas enseguida fueron sustituidas por un ceño fruncido, y se volvió para mirar a Guaynata.

—Está bien —dijo Quiteria y luego se dirigió a Guaynata—. Pero no aproveche esta oportunidad para llenarle la cabeza con tonterías. No somos salvajes. Somos ciudadanos temerosos de Dios en un paraíso tropical.

Por suerte, Mateo tomó a Quiteria del brazo y enseguida la condujo hacia fuera. Le dedicó a su madre una rápida sonrisa de disculpas antes de salir, pero Guaynata negó con la cabeza.

—*¡Estúpidos!* —exclamó, para alegría de Antonia.

—Abuela —dijo Antonia riéndose—, mi madre sólo quiere lo mejor.

—Ajá —dijo Guaynata en lugar de expresar lo que realmente quería decir sobre Quiteria. Aquella mujer actuaba como si su dios la hubiera ungido en una posición de superioridad sobre los demás que creían de forma diferente—. Bueno —continuó Guaynata—, supongo que casarte con ese Hernán flaco y con cara de tonto es lo mejor a sus ojos.

—*¡Abuela!* —la regañó Antonia y luego soltó una risita—. Hernán será un buen marido, creo.

Guaynata rezaría a cualquier dios si eso hiciera que fuera un buen hombre. "Por favor, Atabey y Jesús, hagan de él un buen marido", suplicó. "Que no sea como mi difunto esposo, que intentó obligarme a olvidar a mis antepasados". Guaynata sacudió la cabeza, como si el movimiento fuera a solidificar su oración.

—Antonia, hay algo que necesito compartir contigo antes de que sea demasiado tarde.

Antonia se colocó junto a su abuela y se puso atenta.

—Por supuesto. Todo lo que desees —le respondió.

Guaynata comenzó:

—Durante muchos años, te he hablado de tu legado. Es muy importante que recuerdes de dónde vienes y que tus antepasados eran guerreros y caciques.

—Lo sé —le aseguró Antonia—. Me entristeció saber que la tatarabuela Guanina y el tatarabuelo Cacimar fueron asesinados resistiendo a los españoles —agregó.

—Sí, fue un día terrible —dijo Guaynata—. Sólo tenía trece años, pero lo recuerdo como si hubiera ocurrido ayer. La mayoría de los taínos de aquel pueblo escondido fueron asesinados o esclavizados. Mi madre, Tinima, y yo sobrevivimos, pero nos vimos obligadas a asimilarnos para sobrevivir. Mi madre se convirtió en Jimena y yo en María, pero sigo prefiriendo que me llamen Guaynata. —Sentía que María era un personaje al que emulaba, pero Guaynata era su verdadero ser. Hacía tiempo que había aceptado que nunca más sería Guaynata en público.

—Antes de que mi madre muriera —continuó Guaynata—, me legó estos objetos.

Guaynata se los presentó a Antonia, escudriñando la zona para asegurarse de que seguían solas. Le explicó qué eran los objetos sagrados, pero también tenía una caja de madera.

—Recuerdo el día en que mi madre me llevó a un lugar escondido en las montañas. En ese lugar, grabada en una gran roca, estaba la imagen de Anacaona. Por lo que me contaron, su abuela, Guanina, había tallado la imagen junto con algunas marcas para mostrar el linaje. Primero Anacaona, luego Higüamota, luego Guanina, luego Casiguaya, luego Tinima y, al final, yo. No fue hasta que aprendí a leer y escribir la lengua de los colonizadores que pude copiar las ilustraciones en un trozo de tela que mantuve escondida. —Guaynata hizo una pausa para escudriñar la zona una vez más. Al comprobar que seguían solas, continuó—: Tu padre me dijo que quería hacer algo especial para mí. Ya sabes que le encanta tallar cosas en madera. —Antonia asintió mientras Guaynata proseguía—: Bueno, enseguida supe lo que quería. Le di la tela y le pedí que tallara primero la imagen de Anacaona, y que luego la rodeara con algo que representara el crecimiento, la naturaleza, la fuerza y la belleza: eligió las vides. —Guaynata pasó los dedos por la caja—. Está muy bien tallada, ¿verdad?

Una vez más, Antonia asintió.

—Ambos son preciosos —dijo al examinar la caja y el amuleto—. ¿Pero qué hago con esto? —le preguntó a su abuela.

—Nunca dejes que nadie sepa de su existencia —dijo Guaynata—. Haz lo necesario para garantizar su seguridad.

Antonia tocó suavemente el cemí y miró nerviosa a su abuela.

—Tendré que mantenerlo en secreto hasta de mi marido. ¿Y si eso se vuelve demasiado difícil? —preguntó.

Guaynata no pudo evitar reírse. No era un sonido alegre, sino una risa amarga y reveladora que hizo que Antonia hiciera una mueca.

—M'ija —dijo Guaynata—. Siento pedirte que hagas esto, pero por favor, entiende que es importante. Los taínos, nuestro pueblo, siguen disminuyendo en número porque los colonos que han llegado aquí quieren dominar. No nos quieren aquí y quieren borrar nuestra historia. No puedo explicar por qué, pero es la situación en la que estamos. Tengo miedo de que si ven estos objetos y la caja, los destruyan. —Guaynata inhaló, dándose cuenta de que había olvidado respirar.

—Por supuesto, abuela —dijo Antonia, asintiendo enérgicamente—. Puedes confiar en mí.

—Bien —dijo Guaynata, abrazando a su nieta—. Ahora, guárdalos y recuerda que puedes invocar a tus ancestros cuando tengas una gran necesidad. —Guaynata se levantó para darle a Antonia un pañuelo para que se secara las lágrimas—. Cuando estés preparada, pásaselos a tu hija o nieta. Asegúrate de elegir a alguien que respete a los ancianos y pueda guardar el secreto. Asegúrate de decirle que nuestro pueblo es la luz que hace brillar el cielo nocturno. Somos la música que calienta el corazón y bendice el alma. Amamos con orgullo y ferocidad. Este es nuestro poder.

Antonia se lo prometió.

Ese día resultó ser uno de los mejores de Guaynata. Fue un final perfecto para la existencia, casi siempre dolorosa, que había vivido. Después de que Antonia se fuera con Hernán, y Mateo y Quiteria volvieran a su vida en el pueblo, Guaynata se quedó por fin sola. Aunque no sabía exactamente qué enfermedad tenía, sentía que el final de sus días estaba cerca. Decidió pasar cada una de sus últimas noches en las orillas de Yagüeca, dejando que las vibraciones de la luna la llenaran hasta que la diosa suprema estuviera lista para llevársela. En la última noche de su vida, Guaynata juró que oyó al océano llamarla: *Guaynata, vuelve a casa, Guaynata…*

Capítulo 15

A LA MAÑANA SIGUIENTE, Ty estaba tumbada de espaldas en su cama, mirando al techo. Luis estaba acurrucado a su lado, con la cabeza enterrada bajo su brazo, dándole calorcito. Se frotó los ojos al recordar los acontecimientos de la noche anterior. Se separó suavemente de Luis para no despertarlo y sacó la caja de debajo de la cama. Al abrirla, encontró el pequeño cofre de madera en su interior. Al levantarlo, se dio cuenta de que había esperado que todo fuera un sueño elaborado y que la vieja caja de zapatos sólo tuviera sus diarios y fotos. Pero era real, y sabía que el amuleto y un objeto de piedra tallada también estarían ahí adentro.

Miró hacia la puerta, preguntándose si debía ir a ver a su abuela, pero luego decidió no hacerlo. Quería darle espacio y sinceramente no estaba segura de estar preparada para otra lección sobre su ascendencia taína. En su lugar, agarró un diario y un lápiz y escribió:

> Somos la luz que hace brillar el cielo nocturno. Somos la música que calienta el corazón y bendice el alma. Amamos con orgullo y libertad. Este es nuestro poder.

Ty se fijó en la palabra *poder*. ¿Tenían ella o ellas poder real? ¿Qué poder tenían exactamente? No tenía sentido.

Ty cerró la caja de zapatos y la volvió a meter debajo de su cama. Luego se dirigió a la cocina para preparar el desayuno. Las llaves de su madre no estaban, lo que indicaba que ya se había ido a trabajar. Mientras sacaba la leche de la nevera, oyó unos pasos detrás de ella.

—Épale, cabezón —bromeó Ty.

—¡Épale, narigona! —exclamó Luis, como si su insulto fuera lo más divertido del mundo.

—Aquí tienes tu cereal —dijo ella, mientras Luis se acomodaba en un asiento de la mesa—. ¿Quieres un guineo? —Luis le hizo un gesto con el pulgar hacia arriba. Cortó el guineo en trozos y se sentó a su lado en estupor. Se preguntó si debía contarle a Alex lo que había pasado la noche anterior, pero ¿por dónde empezar? Si había entendido bien, los objetos se habían transmitido en secreto durante muchos años a las nenas y mujeres de su familia. No estaba segura de si estaría rompiendo con la tradición al contárselo a Alex o a cualquier otra persona. ¿Su madre conocía los objetos? Lo dudaba porque su abuela había dicho que su madre no estaba lista para recibirlos: "Creo que tu madre jamás lo entendería", había dicho su abuela, para ser exactos. "Entonces Izzy", pensó Ty. "¿Quizá podría hablar con Izzy sobre esto?". Sumida en sus pensamientos, no se dio cuenta de que su cereal empezaba a ponerse caldoso.

—¡Me voy a tirar varios pedos encima de ti!

—¿Qué? —dijo Ty al darse cuenta de que Luis le había estado hablando.

—Dije que me voy a tirar varios pedos encima de ti porque no me haces caso —le repitió, esbozando una sonrisa amplia y mostrando dos grandes dientes delanteros que le habían crecido recientemente.

Ty se rio:

—Diantre, ¿ese es el castigo por no escuchar? Porque eso suena asqueroso.

—Me voy a vestir y a jugar mi juego —dijo Luis decididamente y luego salió disparado a su cuarto, dejando un cuenco casi limpio.

Ella enseguida se comió el cereal, guardó los platos y sacó la cafetera para preparar el Café Bustelo de la abuela. Una vez hecho, Ty se dirigió al cuarto de su abuela. "¿Se acordará de lo que pasó anoche?", se preguntó.

Golpeó varias veces a la puerta antes de entrar. Su abuela estaba acostada boca arriba en la cama con las manos cruzadas sobre el pecho como las momias egipcias en sus sarcófagos.

Su posición hizo que Ty se detuviera. Al situarse a los pies de la cama de su abuela, Ty supo de inmediato que estaba muerta antes incluso de comprobar su pulso o de mirarle la cara.

Con el corazón palpitando a toda velocidad, Ty volvió a su cuarto a trompicones y se sentó, metiendo la cabeza entre las piernas como había visto una vez en una película, intentando evitar desmayarse. "¿Qué hacer, qué hacer?", se preguntó. Alex. Marcó enseguida su número, pero no contestó. "Vamos, Alex, contesta el maldito teléfono". Lo colgó y le marcó a Benny.

—¿Ty?

Ty no podía hablar.

—Taína, ¿eres tú? —Pasaron unos instantes en silencio—. Voy en camino —dijo Benny, terminando la llamada y dejándola con la mirada fija en el aparato colocado en su mano. "¿Qué hacer ahora?".

Ty se puso de pie pero luego se volvió a sentar, sintiéndose mareada. "Mamá", pensó. Ty sabía que su madre no podía atender las llamadas en el trabajo, así que tenían un sistema para enviar mensajes de texto sólo si había una emergencia. Ty escribió: "911". En unos tres minutos, sonó el teléfono.

—¿Ma? —Ty sollozó.

—¿Qué pasa? —preguntó Esmeralda.

—Tienes que venir a casa —fue todo lo que Ty pudo decir antes de terminar la llamada.

Se vistió mientras pensaba en qué decirle a Luis. Lo encontró en su cuarto, también vestido, pero absorto en algo en su iPad.

—Luis —le dijo. Él no levantó la vista—. Escucha, por favor —dijo ella con más urgencia, y él por fin la miró—. Benny y mamá están en camino. La abuela no se siente bien.

—¿Qué le pasa? —preguntó.

—Te lo diré más tarde, ¿de acuerdo? Sigue mirando eso todo el tiempo que quieras.

Luis reanudó su vídeo cuando sonó el timbre de la puerta. Ty cruzó la sala a toda velocidad para abrir la puerta. Ahí estaba Benny, solo. Al verlo, Ty dejó escapar un sollozo. Benny la abrazó mientras Ty señalaba hacia el cuarto de su abuela. Benny fue en esa dirección.

Ty cerró la puerta y permaneció ahí, congelada en su sitio, esperando que Benny volviera y le dijera que se había equivocado, que su abuela estaba hablando y riendo. Pero los gritos ahogados procedentes del cuarto le avisaron que era real. Ty sintió una creciente sensación de temor, como si hubiera hecho algo malo. "¿Habré causado yo la muerte de mi abuela?", se preguntó.

De repente, su madre abrió la puerta, casi chocando con ella. Al ver su cara, Esmeralda corrió a reunirse con Benny. Los gritos ya no eran apagados sino en estéreo. Alex había dicho que cuando se mudaron a la Dent, eso había traído un nuevo nivel de estar mal a sus vidas y que cuando lo suspendieron, fue otro nivel. Ty permaneció congelada, preguntándose qué nuevo nivel traería esto.

Capítulo 16

Ty y Alex estaban sentados en la sala. Llevaban al menos veinte minutos mirando las paredes que los rodeaban. Aunque había mucho que decir, ninguno de los dos emitía ni una palabra. Ty no sabía qué deducir de la visita de la abuela la noche anterior. "Parecía perfectamente sana y fuerte", pensó. Alex se inclinó hacia delante para decir algo, pero luego se echó atrás en su asiento en silencio.

Toda la familia estaba allí, junto con el médico de la abuela y los paramédicos. Esmeralda y Benny hablaban en voz baja fuera del cuarto de Isaura. Ty nunca los había visto en una conversación íntima y se preguntaba de qué estarían charlando.

Su padre, Alejandro, estaba con ellos, apoyado en el trozo de pared que separaba las habitaciones de Ty y su abuela, con los brazos cruzados contra el pecho y la cabeza gacha. Milagros estaba llorando en la cocina, más bien gritando y chillando, inconsolable, incluso con Izzy atendiéndola.

En el cuarto de la abuela, los paramédicos se preparaban para llevarla al hospital y determinar la hora y la causa de su muerte. Luis seguía en su cuarto. Nadie le había explicado lo que estaba pasando. Se había asomado y vio a gente extraña entrar al cuarto de la abuela, pero luego regresó a su cuarto y a su iPad, su espacio seguro. Sin preguntas ni comentarios. Ty lo envidiaba. Prefería mucho más estar en su cuarto que escuchar la histeria exagerada de Milagros. "¿Por qué estoy sentada aquí?", se preguntó, levantándose por fin y pasando a su familia fuera del cuarto de la abuela para llegar a su cuarto. Alex la siguió.

—¿Estás bien, hermanita? —preguntó, encontrando palabras.

—Eh, sí —dijo Ty—. El mejor día de mi vida. —Ty cerró la puerta tras ellos y luego susurró—. ¿Qué está haciendo Milagros? Todo ese llanto y esos gritos embusteros, como si hubiera perdido a alguien a quien quería con locura. Ella no amaba a la abuela, y *sabes* que nuestra abuela no la quería.

—Diantre —dijo Alex—. Es todo un espectáculo. —Luego se encogió de hombros—. No sé. Quizá sí le importaba la abuela.

—Uff —fue todo lo que dijo Ty en respuesta—. Sé que

la abuela falleció, pero es raro ver a todos juntos, tratando de llevarse bien. ¿Realmente tenía que morirse para que actuaran como una familia?

Ty caminaba de un lado a otro mientras Alex la observaba. Había estado triste pero ahora se estaba enojando. "¿Por qué la abuela?", se preguntó.

—Y tú —dijo Ty—. No puedo creer que no me hayas respondido. Te llamé tres veces y nada. —Ty enfrentó a Alex, con las manos en las caderas, dirigiéndole la mirada especial que guardaba para la gente que se hacía la tonta.

Alex suspiró y dijo:

—Lo siento. No sabía que era una emergencia.

Se equivocó con esa respuesta. Ty se acercó y le dijo:

—¡¿Cómo ibas a saber que era una emergencia si no atiendes mi llamada?! No debería tener que enviarte un mensaje de texto de 911 para localizarte, ¿me entiendes? Como tengo que hacer para que ma me responda.

Alex se alejó de Ty y se acercó a la ventana.

—Tienes razón —dijo y luego añadió—: Lo siento, ¿okay? No puedo cambiar lo que pasó. No puedo. Metí la pata, otra vez. Siempre meto la pata, Cuatro.

Ty no respondió.

—Es un poco raro, ¿no? —Alex continuó—. Todos aquí menos abuela. —Alex hizo una pausa—. Quiero decir, sé que todos sabíamos que este día llegaría, pero eso no impidió que sintamos este tremendo dolor. —Alex tosió y luego añadió—: Espero que ahora esté con el abuelo, contando chistes, bailando y comiendo buena comida. —Su voz se quebró mientras contenía las lágrimas.

Ty no recordaba ningún momento en el que hubiera visto llorar a Alex, ni siquiera cuando tenía doce años y se había caído intentando saltar una valla. Había entrado al apartamento, mostrando su dedo índice deformado y diciendo: "Creo que está roto". "Alex también está sufriendo", pensó ella, y eso la hizo sentirse menos enojada, bueno, al menos con él.

Uno de los peluches de Luis estaba en el suelo, y ella pensó en su carita con hoyuelos.

—¿Crees que deberíamos buscar a Luis? —preguntó, agarrando el animal morado y sosteniéndolo—. Quiero decir, no creo que él entienda lo que está pasando.

Alex asintió.

—Déjame ir a buscarlo. —Pero en cuanto Alex se dirigió a la puerta, ésta se abrió. Luis estaba allí, con el iPad en la mano, con una mirada perpleja.

—Luis, ¿estás bien? —preguntó Ty, guiándolo adentro del cuarto, cerrando la puerta y dándole un abrazo. La respuesta de Luis fue amortiguada por el abrazo de Ty—. ¿Qué? —preguntó ella, apartándose—. ¿Qué dijiste?

—Dije —Luis levantó la cara—, antes de que se fueran, oí a uno de esos hombres de ahí afuera decir que abuela probablemente murió ayer como a las diez u once de la noche, pero eso no tiene sentido porque ella estaba en tu cuarto como a las doce y media, porque vi el reloj cuando entré.

Ty se puso rígida. Miró a Alex, que tenía una mirada interrogativa.

—¿Abuela estuvo en tu cuarto anoche? —preguntó Alex—. ¿Cómo? Si ella ni se movía cuando me fui ayer.

—Sí —respondió Ty—. Y también Luis, pero es una larga historia, ¿okay? —dijo ella, volviendo su atención a Luis—. ¿La viste entrar a mi cuarto?

Luis asintió.

—¿Era un fantasma? —preguntó Luis, mirando a Alex y luego de vuelta a Ty.

Ty titubeó. ¿Qué podía decir? Miró el rostro serio de Luis y luego el confundido de Alex y decidió decir la verdad tal como la conocía en ese momento.

—Quizá —dijo Ty mientras estiraba la mano y abrazaba a Luis de nuevo. Alex se unió a ellos en un abrazo grupal. Pero el confort y el amor no duraron. Las discusiones habían comenzado en la sala.

—Sólo quiero ayudar —dijo Benny mientras Alex, Ty y Luis se dirigían hacia el resto de la familia. Ty se quedó en el pasillo, echando un vistazo al cuarto de la abuela. Estaba vacía. "Se la han llevado", pensó Ty, mientras su estómago se retorcía y daba vueltas como si se estuviera cayendo. "¿Eso es todo? ¿Ya no volveré a ver a mi abuela?". Ty por fin se reunió con todos en la sala de estar.

—No necesito tu ayuda —le espetó Esmeralda a Benny—. Dios mío. ¡Acaba de morir! ¿Podemos dejar el cuarto en paz por un bendito día?

—No tenemos que gritar —llegó una voz llorosa y fuerte. Milagros también se había unido a ellos, con un pañuelo en la mano. Izzy la seguía de cerca.

—No, no, no —le espetó Esmeralda a Milagros—. Vuelve a la cocina o a de donde sea que hayas venido y ocúpate de tus asuntos. —Esmeralda la encaró, desafiándola a responder.

Milagros dio un paso hacia Esmeralda, con el rostro duro.

—Mira...

—Espera —dijo Benny levantando las manos entre ellas—. No vamos a pelear. Ahora no. ¡Es una falta de respeto! —les gritó a nadie y a todos.

Esmeralda abrió la boca para responder, pero luego cerró los ojos para recomponerse y se fue de la sala. Todos oyeron el sonido de la puerta de su cuarto cerrándose de golpe.

—¿Qué pasó? —preguntó Alex.

—Me ofrecí a ayudar a limpiar el cuarto, eso es todo —dijo Benny, secándose los ojos—. Fue un momento estúpidamente inoportuno de mi parte. Debería haberlo sabido, pero siento que tengo que hacer algo, ¿sabes? —Se dio la vuelta y entró al cuarto de la abuela, cerrando la puerta. Milagros estaba a punto de seguirlo cuando Alejandro se adelantó.

—¿Por qué no lo dejas? —dijo—. Quizá necesite un minuto.

Si las miradas pudieran causar daño, bueno, Alejandro se habría doblado de dolor.

—Perdón —dijo Milagros—, ¿quién diablos te crees que eres para decirme lo que tengo que hacer? —Alejandro dio un paso atrás, dejando pasar a Milagros. Salió disparada por el pasillo para reunirse con Benny en el cuarto de la abuela, cerrando la puerta tras ella.

Izzy sacudió la cabeza con incredulidad.

—Vaya —dijo—. Todo el mundo está fuera de control.

—No pasa nada —dijo Alejandro, jugando con las llaves que colgaban de su cintura—. Todos se sienten mal. La gente actúa como actúa cuando está dolida.

"Tal cual", pensó Ty. ¿Qué era lo que había dicho uno de los consejeros en la escuela primaria? ¿Las personas dolidas hacen doler a las personas? Cuando arrestaron a su padre, Ty se sintió herida y se portó mal en clase. Su ira había necesitado un escape, y había tenido más arrebatos durante ese tiempo de los que quería recordar. Estaba aprendiendo a controlar mejor su dolor, pero a veces era muy difícil hacerlo sola.

—¿Te quedarás esta noche, papá? —preguntó Ty casi en un susurro, con la esperanza de poder tenerlo cerca durante más de un solo día.

—Lo siento, Ty —dijo mientras se le llenaban los ojos de lágrimas—. Sabes que no puedo. —Se acercó a Luis y le dijo—: Oye, ¿quieres jugar un rato? Puedo quedarme hasta la hora de la cena. —Su hijo menor asintió y los dos volvieron al cuarto de Luis.

Ty también se dirigió a su cuarto. Cuando Alex e Izzy intentaron ir con ella, se dio vuelta y negó con la cabeza. Ellos asintieron lentamente en señal de aceptación y se quedaron en la sala.

Una vez en su cuarto, con la puerta cerrada, Ty lloró. "Tantas pérdidas", pensó. Su padre, su madre, Alex e incluso Eddie, pero ¿cómo podría superar perder a su abuela?

Ty sacó su diario especial que tenía todos los dichos, comentarios y palabras de sabiduría de su abuela y lo abrió en una página al azar. La primera cita que vio fue: "¡Esta gente es del diablo!", y la hizo sonreír entre lágrimas. Se refería a la gente en general, pero ese día la hizo pensar en su familia y lo enojados que estaban los unos con los otros. Ty pasó a la última entrada. "Amamos orgullosa y libremente". Se preguntó si eso significaba que amaría a su familia a pesar de todo.

Sacó los misteriosos artefactos y se sentó en su cama, pensando en las palabras de su abuela. El cemí y el amuleto eran cosas reales y tangibles. Por mucho que no entendiera del todo lo que significaban, saber que existían y que se los había dado su abuela la reconfortaba.

"¿Cómo vamos a arreglárnoslas sin mi abuela?", se preguntó Ty, sentada en el borde de su cama. Ella era la razón por la que Benny e Izzy visitaban con tanta frecuencia. Ella era la razón por la que su familia vivía en la Dent, y era, según Ty, el único adulto de su familia que la comprendía y la defendía. ¿Cómo podía querer a su familia sin su abuela? Tirando su diario a un lado, Ty se tumbó en su cama, sintiendo que el miedo y la tristeza la envolvían y la arrullaban en una siesta.

Capítulo 17

AQUELLA TARDE, Ty se quedó en la entrada del parque Denton mirando sin rumbo hacia el parque infantil. Los niños corrían, saltaban y se columpiaban, pero ella permanecía inmóvil. Necesitaba aire y un respiro de todo el estrés familiar y la incomodidad que volvió a aumentar cuando Benny regresó para hablar de los preparativos del funeral. Funeral. *Funeral.* La palabra resonaba en su mente.

Luis se había quedado jugando con Alex en su cuarto. No lo culpaba. Ella también echaba de menos a Alex, pero aun así necesitaba un momento lejos del apartamento que ahora estaba lleno de familia pero vacío de su abuela.

—Ty.

Ty se volvió hacia la voz. Era Vincent. Lo abrazó de inmediato, sintiendo su fría mejilla contra la suya.

—Gracias por venir —dijo Ty. Le había enviado un mensaje de texto a Vin cuando las cosas se habían puesto demasiado complicadas en casa. Solían reunirse en el parque Denton todo el tiempo cuando cursaban el final de la primaria, pero el parque se había vuelto cada vez menos atractivo en el último año, con más y más Night Crawlers usándolo como su punto de encuentro.

—Por supuesto —dijo Vin—. Siento mucho lo de tu abuela. Recuerdo cuando mi abuela falleció. Fue un poco abrumador.

—Uff —resopló Ty—. Tienes razón. ¿Sabes que el funeral ya va a ser el miércoles? ¡El miércoles! —Ty observó a unos niños jugando a la mancha a la distancia.

—¿Por qué tan pronto? —preguntó Vin.

—Mi abuela no quería que la embalsamaran, así que todo tiene que ser más rápido de lo normal. —Ty recordó que su abuelo había hecho la misma petición. Su funeral también había sido tres días después de su muerte—. Háblame de algo normal —dijo, tras un momento de silencio—. ¿Qué hiciste ayer?

Vin se encogió de hombros:

—Jugué videojuegos, escribí un poco y rompí con Imani.

—¿Qué? —Ty se sorprendió—. ¿Por qué?

—Bueno, ella dejó de hablarme y, bueno, lo acabo de hacer oficial. —Sonrió—. Sin embargo, está bien. Más tiempo disponible para mi amiga.

—Hasta que llegue la próxima —bromeó Ty y Vincent le

dio un empujón juguetón en el hombro. El carro de su padre dobló la esquina de la calle Main hacia Denton y aparcó cerca de donde ellos estaban.

—Mira, ahí está mi papá —dijo Ty—. Fue a traer pizza. ¿Quieres acompañarme?

—Deberías estar con tu familia, Ty, pero llámame más tarde… Estoy a unas pocas cuadras.

Ty asintió y corrió hacia Alejandro.

Pronto, la familia se apiñó en la cocina: Ty, su madre y su padre, Benny, Luis y Alex. El padre de Ty no había cenado con ellos en años, y ella se alegró de que lo hiciera. Deseaba que su abuela no se hubiera tenido que morir para que pudieran sentarse a comer en familia, pero hizo todo lo posible por no enojarse, ya que todos parecían estar llevándose bien. Ty incluso había convencido a su madre para que dejara que Alex se quedara hasta el funeral y ella había estado de acuerdo, lo cual era una pequeña y necesaria victoria.

—Bueno —dijo Esmeralda, de pie, observando a todos comer, pero sin probar bocado—. Mañana llamaré a sus escuelas para avisarles que no irán hasta después del miércoles, que es cuando tenemos el funeral. Ya avisé en mis trabajos.

—No hay clases el lunes, martes *y* miércoles —aclaró Luis, sonriendo.

—Shh, muchachito —dijo Alex, antes de que alguien pudiera reprender el entusiasmo de Luis.

—Sólo puedo tomarme un día del trabajo —dijo Alejandro—. Así que vendré el miércoles para el funeral y después podré llevarme a Alex. —Alejandro miró a Esmeralda mientras hablaba, como si buscara su aprobación para el plan. Ella apenas asintió, pero nada más.

—¿Dónde estás haciendo el trabajo de mantenimiento, papá? —preguntó Ty, sobre todo en beneficio de su madre, con la esperanza de que la ablandara y aligerara el ambiente.

—Es el mantenimiento de un edificio de apartamentos —dijo Alejandro, tocando distraídamente las llaves en su cinturón—. Hace sólo unas semanas —continuó Alejandro—, así que ya tú sabes, tengo que seguir las reglas al pie de la letra.

Ty miró en dirección a su madre, esperando ver una señal de algo más que de fastidio, pero su madre permaneció arraigada y callada. Las palabras de Alejandro colgaban como uvas bajas en una vid, algo para ingerir, pero Esmeralda no picaba.

—Tú también deberías comer —dijo Alejandro, entregándole una porción de pizza a Esmeralda y rompiendo el incómodo silencio. Ty contuvo la respiración, esperando a ver si su madre aceptaría el plato o se pondría grosera. Después de mirar la pizza durante unos segundos, Esmeralda asintió, la agarró, dijo, "Gracias", se dio la vuelta y salió de la cocina. Ty soltó un involuntario chillido de alegría, pero luego trató de disimularlo con una tos. Fue un momento minúsculo de felicidad porque ella y Alex no volverían a ver a su madre esa noche.

Una vez que Alejandro partió y Luis se fue a la cama, Ty y Alex tuvieron por fin algo de tiempo a solas para hablar.

—No dejes que ma te vea con los pies así, sobre la mesa

—dijo Ty, sentándose en el sofá mientras Alex se sentaba frente a ella.

Alex rechinó los dientes y bajó enseguida los pies al piso.

—Lo sé, ¿verdad? Ella ya piensa que soy un perdedor, pero los pies en la mesa realmente la llevarían al límite.

Ty negó con la cabeza.

—Ella no piensa que eres un perdedor, Alex —le dijo—. Hoy no ha discutido contigo ni nada. —Ty pensó que para su madre eso era enorme.

—Estaba en *shock* —dijo Alex sonriendo—. Sabes que estaba fuera de sí… hasta fue amable con papá.

Ty soltó una risita.

—¡Espera! ¡No me hagas reír! Primero, la forma en que mamá trata a papá no es linda ni divertida, y abuela falleció. Me siento mal bromeando.

—No te sientas mal, Ty —dijo Alex—. A la abuela no le gustaría que estuviéramos tristes y deprimidos. —Hizo una pausa, volviendo a poner los pies sobre la mesa—. La voy a echar de menos. —Volvió a quitar los pies de la mesa—. ¿Por qué entró a tu cuarto? Luis dijo que la vio entrar y tú dijiste que luego me dirías por qué.

Ty bajó la cabeza y observó cómo los dedos de sus pies se abrían paso a través de la tela de la alfombra que había bajo la mesita de sala.

—Qué tal esto… tú me cuentas todos los detalles de lo que pasó con Eddie, y yo te diré por qué nuestra abuela entró a mi cuarto.

—Okay, *cool* —dijo, y se dirigieron al cuarto de Ty.

Alex se dejó caer en la cama de Ty, mientras ella se sentaba en la silla junto a la ventana. La noche estaba quieta. Los árboles permanecían estoicos en lugar de agitarse como solían hacerlo. "Quizá también estén de luto por la muerte de mi abuela", pensó Ty.

—Así que, dime, ¿cómo es que tú y Eddie se pelearon? —preguntó Ty—. Me parece una locura, porque todos somos amigos.

Alex se sentó.

—Okay, fue así. La mañana de la pelea, estaba pasando el rato frente a ese local de Pour Me, cerca de la escuela, cuando vi a Eddie. Llevaba una sudadera negra con capucha y le pregunté si ahora era un Night Crawler y me dijo que sí…

—¿Así de fácil? —interrumpió Ty—. ¿Lo admitió?

—Sí —dijo Alex asintiendo—. Y yo le dije, "Qué desastre. ¿Por qué haces eso?". Y me dijo que se sentía forzado a hacerlo porque necesitaba dinero y le había aceptado dinero a Jayden.

Ty apoyó la cabeza en las manos.

—¿Tanto necesitaba el dinero? —Era más bien una pregunta retórica, porque necesitaría dinero de verdad para aceptárselo a un conocido traficante de drogas y miembro de una pandilla.

—Sabes que su madre no puede trabajar y que su padre hace tiempo que no los ayuda. —Alex se encogió de hombros—. De todos modos, le dije que pensaba que estaba loco por aceptar el dinero de Jayden. Luego dijo que estaba desesperado y que le debía a Jayden tanto dinero que no había forma de devolvérselo. Por eso se sintió obligado a unirse a los Crawlers.

"¿Qué clase de amiga soy? ¡No sabía nada de esto!", se reprendió Ty.

Como si leyera su mente, Alex continuó:

—Ojalá lo hubiéramos sabido, quizá podríamos haberlo ayudado o algo así, pero ya era un poco tarde. Eddie me dijo que Jayden y ese otro chico, Ernie, lo estaban obligando a golpear a John Miller ese día en la escuela para demostrar que era duro.

—¿John Miller? —Ty se sorprendió—. ¿Ese chico flaco que no habla con nadie?

—Sí —confirmó Alex—. Estaba todo mal. Eddie podría haberle hecho mucho daño a ese chico y ¿para qué? Eddie me contó este plan, y yo no iba a dejar que sucediera, así que fui a la escuela, esperé a John fuera de la clase y le conté lo que Eddie estaba tramando. John me dijo que Eddie le había pedido que se reuniera con él en esa zona detrás de la cafetería. ¿Conoces esa puerta trasera que no tiene alarma? —Ty asintió—. Sí, bueno, John se fue temprano ese día y yo aparecí en su lugar. Lo encontré a Eddie ahí esperando con Jayden y Ernie y le dije que se enfrentara a mí en vez de a él.

Ty exhaló de tal manera que sus labios vibraron.

—Vaya —dijo ella—. ¡No puedo creer que hayas hecho eso! Sabes que Eddie no te va a pelear.

—Bueno, eso fue lo que pasó —dijo Alex—. No quería pelear conmigo, pero Ernie y Jayden lo animaron, diciéndole: "Eddie, ponte los pantalones y pelea". Cosas así. —Alex negó con la cabeza—. Eddie parecía haber visto un fantasma porque estaba paralizado. Así que les dije a Jayden y a Ernie que no iba a pelear con Eddie, pero que si querían pelear, yo estaba listo. Dos contra uno, pero, ya tú sabes, papá me ha enseñado muchos movimientos de boxeo a lo largo de los años y lo hice bien. Les gané bastante bien, pero fue entonces cuando míster Callahan vino con la policía para ponerle fin al enfrentamiento.

Por la mente de Ty se cruzaron muchos pensamientos confusos.

Alex se puso de pie y dijo:

—Creo que esto puede estar amainando, porque no he tenido noticias de Eddie ni he visto a Jayden y su banda.

Ty no estaba convencida. Lo único que podía hacer era esperar que su sensación de malestar no fuera más que el resultado de todo lo que había ocurrido en los últimos días.

—¡Guau! —dijo Alex de pie en la ventana—. ¡Mira eso! —Alex señaló hacia afuera. Ty se paró a su lado. Al otro lado de la calle, había algo posado en la valla que rodeaba el parque de la calle Denton. Ty entrecerró los ojos para ver mejor. Un parpadeo de la luz de una farola rota reveló un gran búho blanco con ojos penetrantes que parecía mirar fijamente en su dirección. Ty se quedó boquiabierta porque nunca había visto un búho, ni siquiera en el zoológico, pero aquí había uno tan claro como la noche.

—¿Es un búho? —preguntó Alex.

—Alex —llamó una voz desde la puerta. Esmeralda estaba de pie en el umbral, observándolos con una mirada cansada y vidriosa—. Es tarde. Todos se tienen que ir a la cama.

—Pero, ma —dijo Ty—. Hay un… —Ty se giró para señalar el búho, pero éste había desaparecido.

—Creo que se ha ido —dijo Alex—. Me voy a la cama. ¿Hablamos más mañana?

Ty asintió y Alex y su madre se fueron de su cuarto y cerraron la puerta. Ty apagó la luz para que su madre no volviera. Incluso en la oscuridad, no pudo evitar asomarse continuamente a la ventana con la esperanza de volver a ver a la criatura. Pero no regresó… al menos no esa noche.

Capítulo 18

EL LUNES, Ty se sentó en la sala rumiando mientras Benny y su madre hojeaban viejas fotos de sus padres en la mesita, tratando de seleccionar las perfectas para compartir con la familia y los amigos en su conmemoración. Sus propias imágenes cruzaron la mente de Ty. Sobre todo de su abuela, Eddie y Alex, y ocasionalmente los objetos que su abuela le había dado como herencia, pero la imagen del búho era la que más dominaba. Ty también recordó al cuervo que había estado posado en la esquina de las calles Main y Denton hacía unos días. "¿Tenían ambos algo que ver con mi abuela?". Ty siguió mirando por el pasillo hacia el cuarto de Isaura.

—Deberías ir y visitar su cuarto —dijo Benny, sorprendiendo a Ty.

—Déjala —dijo Esmeralda antes de que Ty pudiera responder—. Ella entrará cuando quiera.

En realidad, Ty había estado pensando en los presagios de los pájaros, pero no quería mencionarlo, así que les dejó creer lo que quisieran.

—Lo sé —continuó Benny—. Pero tu tía Juana va a volar hoy desde Puerto Rico —Benny miró su reloj—. La voy a recibir en una hora y ya sabes que va a revisar el cuarto quizá para guardar algo como recuerdo de su hermana.

—¿Vas a traer a la tía Juana aquí? —replicó Esmeralda—. Pensé que la llevabas a tu casa.

Benny se frotó la frente y le respondió:

—Bueno, pensé que querría verte a ti y a los niños, ver el cuarto de mami, ya sabes, hacer la visita como hace la gente cuando fallece alguien de la familia.

Esmeralda le lanzó una mirada advertida a Benny y dijo:

—Pero ni siquiera eran tan cercanas. Sabes que no hablaban mucho. —Esmeralda odiaba cualquier tipo de pretensión. Si dos personas no se preocupaban la una por la otra mientras estaban vivas, ¿por qué iba a cambiar eso con la muerte?

Benny tenía una opinión diferente:

—Probablemente se sienta mal por no haber estado más en contacto —dijo en un tono ligeramente más alto—. Imagínate saber que nunca podrás volver a hablar con tu hermana —añadió Benny, dejando caer algunas fotos sobre la mesita de sala.

Esmeralda se puso de pie. Llevaba su uniforme de casa: un pantalón de sudadera desgastado y demasiado grande, una sudadera suelta, nada de maquillaje y el pelo en su famoso moño desordenado.

—Diantre —dijo—, tía Juana está chiflada, y te digo que los muertos la siguen. Odiaba estar a solas con ella. Había ruidos raros y avistamientos de cosas que nunca habías visto.

Ty estaba atenta. "Avistamientos de cosas que nunca había visto. ¿Como búhos? ¡Un momento! —pensó—. Mi abuela mencionó un sueño que había tenido en el que la tía Juana agitaba los brazos como si intentara llamar la atención de alguien, pero lo único que había era un búho blanco, un búho como el que Alex y yo vimos anoche". Ahora estaba asustada.

Benny levantó las manos con desespero y dijo:

—Sigue siendo nuestra familia. Y nunca he vivido nada de eso con ella, y eso que soy el que más la visita.

Esmeralda parecía poco convencida, pero no respondió. Se subió el pantalón de sudadera antes de que se le cayera y se dirigió a la cocina.

Benny miró a Ty como preguntándole: "¿Qué?". Ty no respondió, así que se dirigió al equipo de música y empezó a toquetear las emisoras de música en español.

—Quizá debería poner esas viejas cumbias que le gustaban a mami —dijo Benny. En ese momento, Alex entró a la sala y se sentó con ellos.

—Es un día bonito —dijo Benny—. Tal vez deberían salir todos o hacer algo. —Se puso la chaqueta—. Voy a buscar a la tía Juana, ¿quieren que los lleve a algún sitio?

—Sabes —dijo Ty—. Me gustaría ir a la biblioteca e

investigar algunas cosas. —Todavía no estaba segura de que la historia que su abuela había compartido sobre sus antepasados fuera cierta, así que quería ver qué podía encontrar sobre Anacaona y Caonabo. Esperaba que Alex la acompañara, porque había querido hablarle de los artefactos y no había tenido la oportunidad. —¿Quieres venir conmigo, Alex? —preguntó Ty.

Alex se levantó del sofá:

—Claro —dijo, estirándose.

Pero Esmeralda volvió a irrumpir en la sala, habiendo oído todo desde la cocina. Señaló a Ty.

—Tú puedes ir, pero tú no —dijo, señalando a Alex con el mentón.

—Está al final de la calle —dijo Benny, pero Esmeralda giró la cabeza hacia Benny y lo miró fijamente—. ¿Qué? —preguntó Benny con inocencia—. No veo por qué no puede ir.

Esmeralda ignoró a Benny y le lanzó una mirada fulminante a Alex.

—Alex, no quiero que te metas en problemas ni que te metas en más peleas. —Negó con la cabeza—. No, tú te quedas aquí.

—Ma —empezó Ty a salir en defensa de Alex, pero él la interrumpió.

—Nah, déjalo —dijo con calma—. De todos modos, prefiero jugar con Luis. Estamos haciendo una ciudad genial con Legos. —Entonces Alex pasó lentamente junto a Ty y susurró—: ¿Ves? Vuelve a pensar que soy un perdedor —y se perdió de vista.

Ty miró fijamente a su madre.

—No empieces conmigo, Taína —dijo Esmeralda—. Tienes suerte de que te deje salir, ya que también tienes problemas en la escuela. —Ty no podía creer que ella sacara ese tema precisamente ahora.

—No creas que me he olvidado de eso —dijo Esmeralda, y luego se volvió hacia Benny—. Le gusta insultar a los maestros. —Benny pareció sorprendido—. Tienen que aprender a respetar a los demás —dijo ella, dirigiéndose al pasillo y desapareciendo en su cuarto.

—¿Qué pasó en la escuela? —preguntó Benny.

—Llévame a la biblioteca y te lo contaré —dijo Ty, agarrando su chaqueta.

En el carro, Ty le explicó a Benny toda la historia de la maestra Neil y el director Callahan. Benny encontró un lugar para estacionar frente al edificio de la antigua biblioteca y se bajó para hablar con Ty en la acera.

—Mira, Ty —dijo—, no creas que no sé cómo es. Una vez una maestra me preguntó si acababa de bajar del barco.

—¿Qué? —dijo Ty, sorprendida.

—Sí, ni siquiera sabía lo que significaba, así que dije: "No tengo un barco" —se rio Benny al recordarlo—. Los chicos de la clase se rieron y la maestra se enojó. Pensó que me estaba pasando de listo, así que me mandó al despacho del director. ¿Te lo puedes creer?

Ty negó con la cabeza.

—Cuando tu abuela se enteró, no lo toleró. Fue a la escuela y armó un escándalo, pero aun así tuve que disculparme con la maestra. —Benny se quedó en silencio, mirando hacia otro lado como si pudiera imaginar el pasado a la distancia—. De todas formas, las maestras controlan mucho, así que tienes que ser respetuosa, luego cuando llegues a casa o estés con tus amigos, quéjate.

El consejo era el mismo que le había dado su madre, y Ty se sorprendió porque su madre y Benny rara vez estaban de acuerdo en algo. Le dio un abrazo veloz a su tío y le dijo "gracias" antes de subir los escalones hacia las puertas de la biblioteca.

Ty estaba deseando perderse en la majestuosidad de la biblioteca y dejar de lado los pensamientos sobre los maestros y sus normas. Se sintió como si entrara en un viejo castillo, ya que dos leones sentados enmarcaban la entrada. Dentro del vestíbulo, detrás del mostrador, estaba Mary, la bibliotecaria principal.

—¡Taína! —exclamó Mary—. ¿Cómo estás?

Ty había conocido a Mary cuando se había mudado a la Dent hacía cinco años. No sólo era la bibliotecaria principal, sino también una vecina. Vivía en la calle Denton, a pocas cuadras de Ty. Mary era lo que su madre llamaba una bibliotecaria de aspecto estereotipado. De hecho, su madre había dicho una vez que si buscabas *bibliotecaria* en el diccionario, verías una foto de Mary. Tenía el pelo rubio y canoso que llevaba en un moño apretado, espejuelos sujetos a una cadena de oro que le colgaba del cuello y una camisa de manga larga con un gran alfiler de plata en el cuello. Se le formaban pequeñas arrugas en las esquinas de los ojos y Ty pensó que era porque sonreía mucho.

—Un poco triste —le respondió Ty, poniendo su bolsa sobre el escritorio de Mary—. Falleció mi abuela. —Las palabras sonaron huecas, como si fueran sólo ecos saliendo de su boca, en lugar de mensajes con significado.

Mary enseguida se acercó y le ofreció un abrazo.

—Lo siento mucho —dijo—. Tu abuela era una mujer tan encantadora. —Mary la apretó con fuerza y luego se apartó, fijando la mirada en Ty—. Con tu presencia, tu abuela nunca se irá. Te pareces tanto a ella. Sabia, fuerte y hermosa.

—Gracias —dijo Ty, conteniendo las lágrimas y esperando no estar armando una escena en medio de la entrada de la biblioteca. Mary regresó detrás del escritorio.

—¿Estás aquí por algo en concreto o sólo buscas perderte un rato? —preguntó Mary.

"Por qué no todos los adultos pueden ser amables como Mary", se preguntó Ty. No hacía falta mucho para ser amable, pero parecía tan difícil para algunas personas, en especial cuando tenían que ser amables con personas que se parecían a Ty.

—Tengo que investigar un poco —respondió Ty—. ¿Hay alguna computadora en la parte de atrás, o las que tienes delante son las únicas? —preguntó ella, señalando las tres computadoras que en ese momento estaban ocupadas en la recepción.

—Hay una en la sección de niños —dijo Mary—. Ah —continuó—, tengo una nueva estudiante del Canvas College haciendo un trabajo-estudio aquí y creo que te caerá bien. Es de la República Dominicana y vivía en la calle Denton hace unos quince años. Te la enviaré para que te ayude.

Ty vio a Mary alejarse y se dirigió a la sección infantil. Como era lunes por la mañana, no había ningún programa infantil en marcha, pero había un pequeño escenario de marionetas montado justo al lado de la única computadora disponible. El resto de la biblioteca estaba bastante ocupado. La gente estaba leyendo, participando en sesiones de tutoría individual y trabajando en sus propias computadoras portátiles. Mientras la calle Main se estaba volviendo muy blanca, la gente de la biblioteca parecía ser de todos los colores. Era una de las muchas razones por las que a Ty le gustaba la biblioteca.

Mientras esperaba a que la computadora se pusiera en marcha, Ty vio a una mujer joven caminando hacia ella. Tenía la piel dorada y el pelo negro, grueso y rizado, como Ty imaginaba que había sido el pelo de su abuela antes de que se volviera gris. Pero ese era el único parecido. Esta mujer llevaba un arete en la nariz y Ty estaba segura de que su abuela nunca había tenido uno de esos.

—Hola, Taína —dijo sonriendo—. Me envió Mary. Dijo que podrías necesitar ayuda con la computadora. —Mientras hablaba, Ty detectó un ligero acento.

—Estoy esperando a que arranque —dijo Ty, dándose cuenta de que estas computadoras eran probablemente más viejas que ella y tardaban mucho en ponerse en marcha.

—Soy Sofía —dijo la joven, presentándose—. Mary

pensó que tú y yo nos llevaríamos bien —dijo, mientras levantaba las cejas con una mirada cómplice.

—Supongo que porque las dos somos latinas, ¿no? —dijo Ty mientras Sofía sonreía. Ty no pudo evitar reírse. Mary era *cool* y todo, pero Ty sabía que algunas personas pensaban que todas las personas de origen hispano se conocían o se llevarían bien sólo porque tenían apellidos como Martínez o Benítez.

—¿Vas a Canvas? —preguntó Ty.

—Sí —confirmó Sofía—. Crecí por aquí pero me mudé cuando era pequeña. —Sofía puso la mano a la altura de su cintura, como para indicar lo pequeña que era entonces. Ty se dio cuenta de que tenía un tatuaje de hibisco en la muñeca—. Quiero ser periodista —continuó Sofía—. Y Canvas tiene un buen programa de periodismo.

—Qué *cool* —dijo Ty, evaluándola—. A mí también me encanta escribir.

Sofía sonrió y Ty pensó en otras cosas que quería preguntarle, pero la computadora mostraba el sitio web de la biblioteca, así que dirigió su atención hacia la pantalla.

Fue a la página de búsqueda de Google y, aunque recordaba el nombre de Anacaona, no sabía cómo se escribía —*Ana-cona* o *Ana-ca-ona*—, así que escribió lo que recordaba. Antes de apretar la tecla "entrar", oyó a Sofía decir:

—¿Anacaona? ¿Te interesa Anacaona?

Cristina
Rosas

Mayagüez, 1760

CRISTINA OBSERVÓ. Todos estaban ocupados en los festejos, y ella tuvo un inusitado momento libre para mirar y maravillarse. En sus sesenta y cinco años en la isla de Puerto Rico, nunca había visto una celebración así. Nuestra Señora de la Candelaria de Mayagüez era ahora un pueblo oficial. Aunque nadie la llamaba por ese largo nombre. Todo el mundo se refería a la ciudad simplemente como Mayagüez, lo que la enorgullecía. Ese era el nombre que sus antepasados taínos habían dado a los ríos de la zona, y había quedado grabado.

Juan, el marido de Cristina, estaba sentado detrás de un gran tambor de madera, golpeando la parte superior con sus propias manos. El latido profundo y hueco se unía al suave tañido de las cuerdas musicales y al rítmico arañazo del metal sobre la calabaza. Eran las melodías de la guitarra, un instrumento introducido por los españoles, y del güiro, un instrumento creado por los taínos, y los tres sonidos se entremezclaban y llenaban el aire.

El padre de Juan había llegado a la isla desde África, esclavizado para trabajar en los campos de caña de azúcar y tabaco. Cuando Juan era todavía un joven, su padre falleció, dejando a Juan a su suerte. Aunque estaba esclavizado, se le concedieron algunas libertades, como la de elegir con quién quería casarse, y eligió a Cristina. Ella no tenía mucho que decir al respecto, pero fue una de las afortunadas, porque con el tiempo llegó a amar a Juan, quien acabó comprando su libertad, pero siguió trabajando en el campo para ganarse la vida.

Cristina vio a Juan golpear con orgullo el tambor mientras los invitados reían y bailaban. Se podría pensar que todo era armonioso y que todos se consideraban iguales, pero Cristina sabía que no era así. Había hombres y mujeres de piel oscura que también observaban a la multitud en silencio. Se preguntaba si se sentirían igual de desconfiados que ella de este momento de celebración.

—Mami —Cristina se giró para encontrar a su hija mayor, Rosa, a su lado—. ¿De dónde ha salido toda esta gente? —preguntó Rosa, mirando a la gran multitud. Cristina se encogió de hombros.

—No lo sé —dijo Cristina—. Pero tengamos cuidado.

A veces el exceso de bebida saca lo peor de la gente. ¿Dónde están María y Luisa? —le preguntó, dándose cuenta de repente de que no podía ver a sus nietas.

—Están en la granja con Magdalena —dijo Rosa.

Cristina se sintió aliviada. Su hija menor, Magdalena, tenía sus propios hijos y era una protectora feroz. Los mantendría a todos fuera de peligro. Cristina echó una última mirada a la multitud y le susurró a Rosa:

—Ven conmigo. Quiero hablar contigo a solas mientras tengamos esta oportunidad.

Cristina caminó con decisión hacia una abertura entre una hilera de palmeras que daba a la bahía de Mayagüez, dejando que la parte inferior de su largo vestido blanco con volantes se deslizara por el suelo. A su edad, ya no podía caminar tan rápido ni tan lejos como antes, así que eligió un lugar tranquilo, lo suficientemente cerca de la fiesta como para seguir oyendo lo que ocurría, pero lo suficientemente lejos como para tener privacidad. A medida que las dos mujeres se acercaban a la arena de la playa, la música se hacía más tenue y el canto del coquí, una pequeña rana que sólo se encuentra en Puerto Rico, se hacía mucho más fuerte.

—Mami —llamó Rosa—. ¿Estás segura de que deberíamos estar aquí fuera? —Rosa miró hacia atrás para determinar si alguien las había seguido—. Nos van a extrañar.

Cristina dejó de caminar cuando llegó a la arena. Contempló las olas en su continuo avance hacia la orilla. Cerró los ojos para escuchar su arrullo.

—Ay, muchachita —dijo por fin Cristina—. No nos

echarán de menos mientras bailan y beben. Tomemos un momento para celebrar a nuestra manera, honrando el pasado y preparándonos para el futuro.

Rosa asintió con la cabeza y luego miró a lo lejos mientras Cristina observaba el perfil de su hermosa hija. Piel morena, ojos ovalados, pelo negro y espeso. Parecía una cacique taína y de la realeza africana. Cristina estaba orgullosa de ella. Sabía que era su oportunidad de compartir con Juana los elementos que su madre, Inés, había compartido con ella. Recordó el linaje en su mente: la madre de Inés era Luisa, la madre de Luisa era Antonia, la abuela de Antonia era Guaynata y así sucesivamente. Era un honor y un privilegio conocer este linaje. Ahora era el momento de compartir todo su conocimiento con Rosa.

—He oído historias de mi madre y de su madre sobre cómo nuestros antepasados viajaron a estas costas desde la isla de la Mona para establecerse aquí. Siempre que vengo a este punto de la playa, tengo la fuerte sensación de que fue aquí donde entraron.

—Estás hablando de nuestra familia taína, ¿verdad?

Cristina asintió.

—Escucha —instó—, ¿oyes eso? Eso es el güiro y es taíno. La hamaca en la que dormimos viene de nuestro pueblo y la comprensión de cómo la tierra, los árboles, la arena, el agua, las plantas y el suelo trabajan juntos para dar sustento y vida es toda nuestra.

Rosa asintió con respeto.

—El mundo está cambiando —continuó Cristina—.

Nuestra isla está cambiando. ¿Puedes sentirlo? Estamos perdiendo las viejas costumbres. Nos estamos mezclando con todas las culturas y pueblos que ahora están aquí, pero no debemos olvidar que los taínos estuvieron aquí primero y siguen aquí.

Cristina metió la mano en una bolsita cosida en los pliegues de su vestido y sacó el amuleto y el cemí.

—Los llevo siempre conmigo y ahora te los paso a ti.

Rosa estiró las manos hacia los objetos, fijando su mirada en ellos. Sin tocarlos, susurró:

—¿Qué son, mami? ¿De dónde los sacaste?

Cristina tomó las manos de Rosa y colocó los objetos en ellas.

—Vienen de nuestros antepasados. También hay una caja de madera que contiene los nombres de las mujeres de nuestra familia que los tuvieron antes que yo. Ahora todo esto es tuyo. —Mientras las dos mujeres sostenían los tesoros entre sus manos, se sintieron poderosas y tranquilas.

—Es una larga historia —comenzó Cristina—. Déjame empezar. Somos la luz que hace brillar el cielo nocturno... —Cristina compartió lo que sabía y lo que le habían contado mientras los sonidos combinados del coquí, el güiro, la guitarra y el tambor les daban una serenata a la distancia.

Capítulo 19

—¿SABES QUIÉN ES? —preguntó Ty, fijando la mirada en los ojos oscuros de Sofía.

Sofía asintió mientras acercaba otra silla hacia Ty y se sentaba a su lado.

—Sí, un poco —respondió—. Soy dominicana y Anacaona es una figura histórica de Haití y de la República Dominicana porque era una líder taína. Los taínos eran el pueblo nativo tanto de la República Dominicana como de Haití.

Ty pensó en esa nueva información. República Dominicana y Haití también están en el Caribe, donde se encuentra Puerto Rico.

—Mi familia es de Mayagüez, Puerto Rico —compartió Ty—. ¿También sería parte de la historia de Puerto Rico?

Sofía se encogió de hombros:

—Tiene sentido. Ya sabes que Mayagüez está en la parte occidental de Puerto Rico, muy cerca de la República Dominicana y Haití. Ella era una cacique o líder del pueblo taíno, que era el pueblo nativo de muchas de las islas del Caribe, así que, sí, supongo que todos estamos conectados.

"Cacique", recordó Ty. Esa era la otra palabra que había utilizado su abuela. "Cacique significaba líder", concluyó. Ty había oído hablar de los taínos, pero siempre le habían parecido gente mítica, no real.

—¿Sabes qué pasó con Ana-cao-na? —preguntó Ty, esperando que su pronunciación del nombre estuviera bien.

Sofía se encogió de hombros:

—Bueno, en realidad no. La mataron los españoles que se apoderaron de algunas islas del Caribe, pero nadie sabe realmente mucho más que eso.

—¿Sabes si tenía hijos u otra familia? —preguntó Ty.

Sofía sonrió con amabilidad:

—No sé mucho. Sí sé que estuvo casada con otro cacique llamado Caonabo. —Sofía hizo una pausa—. ¿Esto es para un proyecto para la escuela o algo así? —preguntó.

Ty asintió, porque eso era más fácil que la verdad, pero entonces recordó que tenía un proyecto escolar para la clase de historia de la maestra Carruthers. Debía elegir un tema que hubiera estudiado en la escuela primaria y profundizar en él. "En séptimo grado estudiamos la colonización", recordó.

Tal vez podría centrarse en las personas que fueron realmente colonizadas.

—Sí, estoy haciendo un proyecto para mi clase de Historia y quiero aprender todo lo que pueda.

—Bueno, vamos a ver qué más podemos averiguar —dijo Sofía, señalando la computadora.

Dirigieron su atención a la pantalla, donde Ty ya había escrito el nombre de su antepasado en una casilla de búsqueda. Sofía corrigió la ortografía de "Anacona" a "Anacaona" y Ty pulsó "entrar".

—Vaya —dijo Ty—. ¿Hay todo esto sobre ella?

Ty desplazó la página hacia abajo para ver qué había en la lista. Perdida en sus propios pensamientos, apenas oyó a Sofía decir:

—Seguro que también tenemos algunos libros sobre ella. Déjame ver si encuentro alguno que puedas sacar de la biblioteca.

Ty estaba demasiada absorta como para darse cuenta de que Sofía se había marchado. En su lugar, hizo clic en el primer enlace y leyó:

> Anacaona era una importante cacique taína. Su hermano, Bohechío, era el jefe de Jaragua, un amplio territorio que se encontraba en la isla que hoy conocemos como Haití. Cuando Bohechío murió, ella se convirtió en líder. Se casó con otro cacique llamado Caonabo, que gobernaba Maguana, un territorio vecino, y los dos gobernaron juntos. Caonabo fue asesinado por los hombres de Colón,

por lo que Anacaona fue una de los pocos gobernantes taínos que quedaron.

Anacaona fue una excelente diplomática que trabajó con sus opresores para mantener a su pueblo a salvo. Era conocida no sólo por sus habilidades diplomáticas, sino también por su belleza y talento como poeta, música y bailarina. John Williams III escribió sobre Anacaona en su obra *The Conquest of the Americas: The Discoveries of Christopher Columbus (La conquista de las Américas: Los descubrimientos de Cristóbal Colón)*:

> [Era] una hermosa guerrera adorada por sus súbditos. Era casi como si tuviera poder sobre ellos, por lo que ganársela era importante para la conquista completa de las Américas. Ella creía ingenuamente que los españoles serían fieles a su palabra, por lo que no esperaba que iniciaran una guerra. Mostró a los españoles todas sus bondades y se dice que compuso areítos, o baladas legendarias, que no sólo mantuvieron al pueblo taíno bajo su hechizo, sino que también cautivaron a los españoles. Al final, los españoles decidieron que era una amenaza y la mataron.

Anacaona y Caonabo tuvieron una hija, Higüamota, pero está perdida en la historia. No hay constancia de que Higüamota haya sobrevivido.

—Aquí tienes —dijo Sofía cuando volvió. Ty parpadeó al darse cuenta de que había tenido la cara prácticamente pegada a la pantalla.

—Encontré un libro para ti —dijo Sofía poniéndolo sobre la mesa al lado de la computadora—. Se llama *Anacaona: La vida y los tiempos de una cacique taína.*

Había un dibujo en la portada de lo que parecía ser una princesa mística y mágica. Llevaba un gran tocado y lo que parecía la parte inferior de un bikini con largas tiras de tela que colgaban de sus caderas hasta tocar el suelo. Sostenía un gran bastón y miraba a lo lejos. Ty pasó los dedos por la tapa para sentir el diseño en relieve. Cuando levantó los dedos, estaban llenos de polvo.

—Gracias —dijo Ty, limpiando vigorosamente la cubierta del libro con su manga, deshaciéndose de la evidencia de que el libro no había sido tocado en años.

—No hace falta que vayas a anotar que lo estás tomando prestado —dijo Sofía—. María sabe quién eres y lo ha hecho por ti.

Ty se quedó en silencio pensando en lo que acababa de leer. "¿Anacaona de veras era mi antepasada?", se preguntó. "¿Cómo puede ser?".

—¿Puedo hacerte una pregunta? —preguntó.

Sofía asintió.

—¿La palabra *opresores* significa personas que mantienen a otras personas abajo?

Sofía exhaló e hizo un sonido mientras el aire escapaba de su boca.

—Sí, y los opresores suelen tener poder de alguna manera, ya sea dinero, posición o armas de algún tipo, y utilizan esas cosas para evitar que otros se enriquezcan o tengan estatus.

Ty lo consideró por un momento.

—Entonces, cuando aquí dice —Ty señaló la pantalla del ordenador— que "Anacaona colaboró con sus opresores", ¿eso significa que intentó hacerles cambiar de opinión o que intentó que la dejaran en paz a ella y a su pueblo?

—Buena pregunta —dijo Sofía pensativa—. Probablemente signifique ambas cosas. —Sofía se quedó reflexionando—. Es decir —continuó después de un tiempo—, era una gobernante, una reina. No quería que su pueblo estuviera oprimido. Probablemente quería que vivieran libres y felices.

—¿No quería que los españoles mataran a su gente? —preguntó Ty sin tapujos—. La opresión también significa matar a la gente, ¿verdad?

Sofía hizo una pausa y se limitó a decir:

—Sí, a veces eso es lo que significa. Otras veces puede ser largo y tendido, como que las personas que están en el poder hacen sentir continuamente a un grupo de personas que no son tan buenas como otro grupo de personas. Porque si un grupo se siente así sobre sí mismo, es menos probable que haga algo cuando le ocurran cosas malas.

—¿Porque sienten que se lo merecen o sienten que es su *destino* ser tratados así? —preguntó Ty de forma punzante, pero Sofía no respondió de inmediato. Parecía más una afirmación que una pregunta.

—Vaya —dijo Sofía sonriendo—, ¿qué clase de proyecto es este? —Sofía parecía estar tratando de aligerar el ambiente. Ty estaba de acuerdo con eso, porque estaba empezando a sentirse abrumada.

—Gracias, Sofía —dijo Ty, poniéndose de pie.

—Por supuesto —dijo Sofía—. Cuando quieras. Y hablo en serio. Algún día tendrás que contarme más sobre el proyecto en el que estás trabajando. Estoy aquí unos días a la semana hasta fin de año.

Ty le dio las gracias de nuevo.

Mientras se dirigía a la entrada principal, se despidió de Mary, que estaba ocupada hablando con alguien en la recepción. Antes de salir, Ty vio un cartel de una reunión de la Liga Anti-Gentrificación que tendría lugar esa noche. Se detuvo para inspeccionar los detalles. Decía:

> La gentrificación es lo que ocurre cuando los entusiastas inmobiliarios ávidos de beneficios y los promotores privados ajenos a una comunidad compran viviendas y elevan el costo de vida, transformando la composición racial y económica de un barrio y obligando a los residentes más pobres a abandonar sus hogares y comunidades. Los nuevos residentes suelen ser personas blancas de ingresos moderados o altos que a menudo no conservan, apoyan o valoran la cultura de la comunidad o los residentes que han desarraigado.

Ty leyó la descripción tres veces antes de salir de la biblioteca y dirigirse a la calle Main. La gentrificación sonaba muy parecida a lo que habían sufrido sus antepasados, perder sus tierras y tener que ocultar su cultura para vivir. "¿Es así como Anacaona trabajaba con sus opresores?", se preguntó Ty. "¿Intentaba hacerles respetar quién era ella y quiénes eran los taínos?".

Mientras Ty continuaba caminando por la calle Main, escuchó a dos mujeres hablando:

Mujer 1: "Me gusta este barrio".

Mujer 2: "Sí, definitivamente es prometedor".

Ty negó con la cabeza. Entendía que *prometedor* y *gentrificación* significaban lo mismo en este contexto, pero *prometedor* hacía que las cosas sonaran positivas, como si la gente de la Dent albergara el secreto de un barrio floreciente y sin descubrir. Al recordar las luchas de sus antepasados, Ty se dio cuenta de que todo aquello parecía ser la historia repitiéndose. Una vez que ciertas personas descubrían el barrio, no querían saber nada de la gente que ya vivía allí. Era como si quisieran mudarse, tomar el control y fingir que siempre habían estado allí. Ty prefería el término del cartel: *gentrificación*. Le recordaba a la palabra *colonización*, que se parecía más a lo que estaba haciendo esta gente nueva.

Al acercarse a la esquina de las calles Main y Denton, un pequeño carro rojo pasó a toda velocidad a su lado y giró en la esquina de Denton, haciéndola saltar.

—¡Baja la velocidad! ¡Casi me atropellas! —gritó Ty a través de los restos de humo del tubo de escape, pero el carro huyó, dejándola de pie en la esquina apretando el libro sobre Anacaona contra su pecho.

—Cariño —llamó una mujer desde el otro lado de la calle—. Tienes que tener cuidado porque la gente de por aquí conduce como si fuera la única del mundo.

Ty observó cómo la mujer se apartaba de la calle y miraba el mural de Eric Williams que adornaba el mercado Atabey.

—¿Señora Williams? —preguntó Ty mientras se dirigía

con cuidado al mural. Sospechaba que era la madre de Eric, pero nunca la había conocido oficialmente. La mujer esbozó una apretada sonrisa y asintió, sin apartar la mirada del mural.

—Siento lo de Eric —le dijo Ty.

La señora Williams tocó la imagen pintada de su hijo y Ty se dio cuenta de que había flores frescas delante del mural.

—¿Lo conocías? —preguntó.

—Sí —dijo Ty—. Es de la edad de mi hermano Alex y solían janguear en la escuela.

—Todos ustedes deben tener cuidado, ¿me entiendes? —dijo la señora Williams—. Ojalá hubiera entendido lo peligroso que puede ser esto, pero esperamos lo mejor, ¿sabes? Esperamos que no les ocurra nada malo a nuestros hijos o a los de nuestros vecinos, pero pasa. Y cuando pasa, debemos asegurarnos de que no vuelva a ocurrir.

Un bocinazo las hizo apartarse del mural y girar hacia el ruido. Era un camión negro aparcado enfrente de donde estaban. Tres hombres estaban de pie fuera del carro mientras el conductor que estaba dentro mantenía la mano en el claxon. Ty no sabía por qué, pero los hombres fuera del carro parecían estar divirtiéndose, porque se reían y hablaban en voz alta.

—Supongo que la vida continúa —dijo la señora Williams, avanzando lentamente hacia el parque Denton.

Ty la vio alejarse. Se movía con rapidez pero con lentitud al mismo tiempo. Era un andar mecánico, sin alegría pero lleno de propósito, y Ty no pudo evitar pensar en sus palabras de despedida: "Supongo que la vida continúa". ¿Pero es así? —se preguntó Ty—. ¿De veras? Claro, seguimos aquí cuando otros han muerto, pero esa pérdida nos cambia para siempre". Ty se dio cuenta de que nunca sería la misma, ahora que su abuela se había ido, y la señora Williams también sería diferente.

Con la cabeza gacha, Ty cruzó la calle para volver a su casa. El carro rojo seguía allí, pero los bocinazos habían cesado. Los ocupantes del carro seguían de pie a su alrededor, pero ahora se habían calmado. Parecían inmersos en una discusión y les hacían menos gracia los sonidos que hacía el vehículo. Más cerca de su casa, la gente estaba de pie en la acera hablando, los niños jugaban en los porches adyacentes y un joven trabajaba en su carro mientras escuchaba reguetón. Toda esta vida transcurría, pero Ty se sentía extrañamente separada de ella.

Cuando entró a su casa, todos estaban en la sala, incluido Benny. Alex estaba sentado en silencio en el sofá y Luis estaba en el suelo jugando con un minicar. Caminando de un lado a otro, haciendo bailar los ojos de Ty, estaba su madre.

—¿Qué pasa? —preguntó Ty.

Alex se limitó a señalar la puerta del cuarto de la abuela.

Capítulo 20

—Tía Juana está aquí —dijo Benny, sentándose en el sofá con Luis y Alex mientras Esmeralda se paseaba por la sala de estar—. Está echando un vistazo. —Ty vio la puerta cerrada del pasillo—. Y tu madre está que se desborda.

—Es curioso —dijo Esmeralda—, sabes que esa mujer me pone los pelos de punta —dijo, agitando las manos como para quitarse lo espeluznante—. Es como si estuviera investigando o algo así. No sé qué anda buscando.

—¿Por qué te pones siempre tan paranoica? —preguntó Benny.

—Es sólo una sensación que tengo —dijo Esmeralda,

haciendo una pausa para colocar las manos en las caderas—. Además, estaba hablando con Ty. —Benny se levantó para subir el volumen de la radio y se puso a cantar con el merengue que le había llamado la atención—. Ave María —dijo Esmeralda, reanudando su marcha—, eso suena a dos gatos peleando contra una pizarra.

—Oye, yo sé cantar —dijo Benny, a lo que Luis rio, con la cabeza hacia atrás, los ojos cerrados, sujetándose el estómago.

La puerta del cuarto de la abuela se abrió de repente y todos se quedaron helados. Tía Juana salió y se unió a ellos. Era un poco más grandota que la abuela, pero por lo demás era un calco, con el pelo grueso y canoso, la piel bronceada y espejuelos con montura de oro. El oro había sido lo suyo desde que Ty podía recordar, y lo llevaba en abundancia. Un grueso crucifijo de oro le colgaba del cuello. Brazaletes de oro brillante adornaban sus muñecas y llevaba anillos de oro en cada dedo. Vestía una camisa blanca larga y holgada y unos pantalones negros anchos, junto con unos Crocs multicolores. Por un momento, sólo se quedó de pie, escaneando la sala, y luego se centró en Ty.

—Taína —dijo—, ven acá —extendió sus brazos y Ty se acercó a ella. Olía a fritura, a café y a agua salada.

—¡Déjame mirarte! —exclamó, tocando el pelo de Ty—. Vaya, estás muy grande ahora. La última vez que te vi, tenías unos seis años y me llegabas hasta aquí —apuntó con la mano hacia sus caderas, como había hecho antes Sofía.

—Ho, tía Juana —dijo Ty—. Qué bonitos tus Crocs.

—Ah, gracias —sonrió Juana—. Me los envió Milagros.

Esmeralda hizo una mueca. "O tiene un problema con Milagros o con los Crocs, o con ambos", pensó Ty. Sintiendo que los ojos de Juana se clavaban en ella, Ty trató de llenar el silencio.

—Recuerdo haberte visto una vez en invierno cuando visitamos la granja en la que creció mi abuela. Todavía vives allí, ¿verdad?

—Sí. Me gustaba cuando venían todos, pero hace tiempo que no los veo —dijo la tía Juana—. Ha cambiado un poco desde ese entonces —hizo una pausa—. ¿Recuerdas el cobertizo que había en la parte de atrás donde jugabas a las casitas?

Ty asintió.

—Bueno, eso ya no existe debido al huracán María. Ha arrasado muchas casas, pero la nuestra está bien. Sin embargo, la electricidad se sigue cortando de vez en cuando.

—Pensé que había mejorado —dijo Benny—. Ha pasado un tiempo desde el huracán.

La tía Juana suspiró.

—Sabes que la isla no tiene mucho dinero —dijo con naturalidad, sin dejar de mirar a Ty.

—Pero —dijo Ty—, ¿acaso no somos parte de Estados Unidos? ¿Por qué no se arreglan cosas como esas enseguida?

—Bah —gruñó la tía Juana en respuesta. Sonaba tan parecido a la abuela que Ty se desorientó un poco y miró hacia otro lado—. Somos ciudadanos de segunda clase —dijo la tía Juana—. Es como si quisieran la tierra pero no quisieran a la gente.

—Tía Juana, ¿quieres ir a mi casa a descansar un poco? —preguntó Benny, apagando la radio—. Milagros quiere verte y está preparando una buena cena.

—Me gustaría quedarme aquí esta noche, Benito —dijo Juana, apartando lentamente los ojos de Ty—. Iré contigo a cenar, pero me gustaría quedarme aquí en el cuarto de Isaura.

—Supongo —dijo Benny lentamente, respondiendo en nombre de su hermana—. Tenemos un cuarto preparado para ti en nuestra casa, pero…

—Bueno —dijo ella—. Iré con Benny y volveré más tarde.

Benny intentó llamar la atención de su hermana, pero Esmeralda se encontraba arrodillada en el suelo, jugando con el minicar de Luis.

—¿Alguien más quiere venir? —preguntó Benny. Todos negaron con la cabeza, así que Benny y Juana se fueron.

Esmeralda esperó unos segundos, se levantó, se acercó a la puerta de entrada, apartó un centímetro de la cortina que cubría las ventanas que formaban la mitad de la puerta y los vio alejarse.

—¿No te parece espeluznante que quiera dormir ahí? —dijo, sin dirigir su comentario a ninguna persona—. Diantre, ni siquiera hemos tenido el funeral. ¿Qué onda? —Se volvió hacia sus hijos, que la observaban en silencio.

—¿De verdad que la abuela no va a volver? —preguntó Luis, rompiendo el silencio.

Esmeralda se desplomó y exhaló.

—Lo siento —dijo—. No hablemos más de esto. —Se

acercó a Luis y le preguntó—: ¿Quieres ayudarme a hacer galletas?

Luis, Ty y Alex cruzaron miradas confundidas. "¿Mi madre haciendo galletas?", pensó Ty. "¿Desde cuándo?".

Luis parecía no saber qué hacer, pero Alex intervino señalando una bolsa de M&M's sobre la mesa:

—¿Acaso el tío Benny no te regaló los M&M's?

Luis asintió.

—Puedes ponerlos en las galletas —le dijo Alex.

Luis dio un saltito y respondió:

—¡Sí! —Salió disparado hacia la cocina aferrando los M&M's. Esmeralda lo siguió, pero se giró para lanzarles a Alex y a Ty una mirada que Ty no pudo descifrar.

Ty se sentó al lado de Alex en el sofá y susurró:

—¿Qué fue esa mirada?

Alex se encogió de hombros.

—Me sorprende que recuerde cómo hacer galletas. Fíjate. Pronto nos pedirá que nos encarguemos nosotros, ¿me entiendes? —Alex miró hacia la cocina para asegurarse de que su madre y Luis estaban ocupados, luego sacó su teléfono del bolsillo trasero de sus pantalones—. No quería que ma viera el teléfono —dijo—. Ella sabe que lo tengo, pero me da miedo que me lo quite si lo ve.

Ty asintió y le dijo:

—Alex, realmente necesito hablar contigo.

Alex asintió distraídamente y Ty miró su teléfono por encima del hombro.

—¿De quién son todos esos mensajes? —preguntó señalando la pantalla.

—Eddie —dijo Alex.

—¿Qué quiere? —preguntó Ty.

Alex se encogió de hombros.

—Que lo llame yo. Seguro que está todo bien.

Ty le dirigió su mirada especial.

—¿Cómo puede estar todo bien con todo lo que anda pasando?

—No lo sé, pero no puedo preocuparme por eso ahora. Todo va a salir bien. Todo va a estar bien.

Capítulo 21

NO FUE SINO HASTA MÁS TARDE esa noche que Ty pudo hojear el libro que había sacado de la biblioteca. Se alegró del tiempo a solas en su cuarto porque la familia había tenido una velada desastrosa. Ty había tenido que terminar de hacer las galletas, como Alex había predicho, y luego todos habían decidido jugar a las cartas. Hacía tiempo que los cuatro no se sentaban a hacer algo juntos y era como si hubieran olvidado cómo interactuar entre ellos. Luis no quería quedarse quieto. No paraba de saltar y correr por el apartamento. Alex no dijo ni mu y se lo veía taciturno. Había intentado llamar y enviar mensajes de texto a Eddie, pero no obtuvo respuesta. Su madre había permanecido de mal humor, ladrándoles y haciendo continuamente comentarios sarcásticos sobre Milagros, la tía Juana y su padre, anticipándose a su regreso. Nadie lo había pasado bien, por lo que cada uno se había escapado para encontrar consuelo en la soledad.

Ty empezaba a entender mejor a los taínos e incluso tenía muchos apuntes que le servirían para su proyecto escolar. Hasta el momento, Ty había aprendido que los taínos eran personas generosas y cariñosas, que disfrutaban de la yuca y del descanso en las hamacas que ellos mismos habían inventado. Les encantaban la música y la poesía; llamaban a sus poemas areítos y a menudo podían recitarlos de memoria. Creían que los murciélagos y los búhos eran símbolos de los muertos y que estos caminaban entre los vivos. Eso era lo bueno. Lo malo ocurrió cuando los españoles se encontraron con ellos y parecieron pensar que serían excelentes sirvientes. Los españoles hicieron todo lo posible para convertirlos en esclavos, pero mataron a muchos en el proceso. Sin embargo, lo que no tenía claro era por qué. Entendía que la isla tenía riquezas, como el oro, que los españoles querían, pero lo que quería saber concretamente era qué daba a los españoles el derecho a esclavizar y matar a otras personas. Y la pregunta más importante: ¿Por qué no se había enterado nunca de esta historia?

Ty había encontrado una sección en el libro sobre los cemíes y se había entusiasmado. Leyó que los cemíes eran comunes en la cultura taína y solían representar a un espíritu o a un dios. Las imágenes que vio eran las de los museos y reconoció emocionada que tenía un cemí real en su poder que pertenecía a su familia. La lectura de estos detalles históricos al final hizo que Ty sacara la caja de madera tallada. Mientras la agarraba, miró hacia su puerta cerrada. Todo parecía tranquilo, así que tocó la caja, aun sintiendo algo de ansiedad con la idea de abrirla.

Ty pasó la mano por la talla del rostro de una mujer que adornaba la parte superior. Alcanzó el libro sobre Anacaona y hojeó hasta llegar a las imágenes de los dibujos rupestres —impresionantes representaciones pictóricas dejadas por los taínos— que se encontraban en una isla entre la República Dominicana y Puerto Rico llamada isla de la Mona. Ty reconoció algunos de los dibujos como búhos y murciélagos, y entonces una de las imágenes le resultó familiar. El pie de foto decía que la imagen era una talla de una mujer taína. Ty volvió a estudiar el grabado de la caja y pensó que el dibujo de la cueva y el grabado eran iguales. "¿Quién es esa mujer?", se preguntó.

Con un renovado sentido de propósito, Ty por fin abrió el misterioso minicofre del tesoro. De inmediato, sacó el cemí junto con el amuleto. Debajo, notó un grueso pedazo de papel blanco doblado. Debajo de este había más papel y debajo de este había una tela doblada de color marrón. Ty sacó todo y colocó los objetos frente a ella.

En la tela había una lista descolorida de nombres. Acercó la delicada tela para verla mejor. Ty se quedó boquiabierta porque el primer nombre era Anacaona y había un tenue dibujo de ella que era idéntico al que aparecía en la portada de la caja y en la foto del dibujo de la cueva tomada de la isla de la Mona. Analizó la imagen de la portada del libro de Anacaona. La imagen publicada no se parecía al dibujo difuminado del trozo de tela ni a la talla de la caja. Estaba claro que el libro se tomaba libertades, imaginando el aspecto que podría tener Anacaona. Alguien se había tomado la molestia de tallar una imagen en una cueva y luego transferirla a la caja.

Ty revisó el siguiente nombre: *Higüamota*. Ese nombre, Higüamota. Ty recordó que apareció en la página web que había estado leyendo. Era la hija de Anacaona que supuestamente se había perdido en la historia. Sólo que no estaba perdida. Estaba en esa lista de nombres, lo que significaba que había sobrevivido y había llegado a Borikén, a Puerto Rico.

La tercera, *Guanina*. La cuarta, *Casiguaya*. La lista continuaba, *Guaynata 1567*, *Antonia 1615*, *Luisa 1638*, *Inés 1665*, *Cristina 1695* y así sucesivamente hasta llegar al día de hoy. Ty encontró el nombre de su abuela, *Isaura 1950*, lo que significaba que las fechas eran años de nacimiento. Debajo del nombre de su abuela, Ty vio su nombre, *Taína 2004*.

De repente, Ty cayó en cuenta: estos eran los nombres de todo el linaje femenino de Anacaona y ella, Taína, estaba ahí. Aunque su abuela le dijo lo que encontraría en la caja, le pareció más abstracto hasta que lo vio por sí misma. "Estas mujeres, mis antepasadas", pensó Ty, "mantuvieron estos objetos ocultos durante cientos de años mientras luchaban contra sus opresores. Mis antepasadas deben de haber sido brutales".

Sostuvo la tela con el dibujo de Anacaona para volver

a examinarla. Ty deseaba poder preguntarle cosas como: ¿Cómo era ser gobernante? ¿Cómo pasó estos elementos a su hija, Higüamota? ¿Cómo sobrevivió Higüamota? ¿Anacaona realmente tuvo estos objetos en sus manos? Ty estaba tan inmersa que apenas oyó los golpecitos. Cuando se dio cuenta de que había alguien a su puerta, trató de ocultar todo, pero era demasiado tarde. La puerta se abrió y allí estaba la tía Juana.

Juana contempló la escena y sonrió.

—Tenía el presentimiento de que Isaura te los había regalado —dijo.

Capítulo 22

—No te preocupes, m'ija —dijo Juana—. Nunca le diré a nadie sobre esto. Ahora te pertenecen y no dejes que nadie se los lleve. —Juana miró hacia los objetos—. ¿Puedo verlos? —preguntó. Cuando Ty se movió para dejarle espacio a Juana en la cama, Juana se sentó junto a Ty y acarició los objetos con sus elegantes manos, diciendo cosas como, "Dios mío" y "Ay, bendito", mientras colocaba cada objeto suavemente en el lugar donde lo encontró. Cuando leyó el registro de sus antepasadas, se emocionó.

—¿Sabes qué es todo esto? —preguntó, secándose los ojos.

—Sólo lo que me contó mi abuela —respondió Ty—. Pero ¿cómo sabes de ellos? Mi abuela me dijo que eran un secreto.

Juana parecía pensativa y luego respondió:

—Había muchas cosas en nuestra casa que debían ser un secreto, pero nada lo era, en realidad. —Juana alcanzó el cemí y lo sostuvo en sus manos—. La única razón por la que sé de esto —continuó—, es porque escuché cuando mi madre le dio a Isaura los objetos. —Juana hizo una pausa—. Las vi caminar hacia el cobertizo de atrás y las seguí, escuchando su conversación desde la puerta. —Juana hizo otra pausa—. Estaba furiosa. Ay, Dios mío, yo era la hija mayor, así que no entendía por qué me saltaba a mí y eligió a Isaura. —Le entregó el cemí a Ty y se levantó para mirar por la ventana—. Sentí que mi madre había elegido una favorita —continuó Juana—. Y estaba molesta, así que intenté quitarle los objetos a Isaura.

Ty se levantó de inmediato y empezó a recoger los objetos, pero Juana se apartó de la ventana y sacudió la cabeza.

—Por favor, no te preocupes —dijo Juana—. No volvería a intentar llevármelos. Aprendí hace mucho tiempo que no es así como funciona.

Ty continuó empaquetando todo, pero preguntó:

—¿Qué quieres decir con que aprendiste que no es así como funciona? ¿Cómo funcionan?

—Em —dijo Juana, acomodando sus espejuelos—. No sé mucho, pero cuando le pregunté a mami por qué Isaura y no yo, me dijo que no se trata de favoritismos o rangos en una familia, sino de un sentimiento. Un sentimiento de que la mujer elegida se tomará la responsabilidad en serio. —Juana hizo una pausa—. Isaura era la persona adecuada. Ahora lo sé. El hecho de que intentara robarlos era la prueba de que yo no entendía. —Antes de que Ty guardara el amuleto, Juana lo alcanzó—. ¿Sabes quién es? —preguntó, tocando ligeramente la talla en la parte delantera del amuleto.

Ty negó con la cabeza.

—Es Atabey, una diosa taína. La diosa suprema —dijo besando el amuleto.

—¡Eso es! —exclamó Ty; los recuerdos le regresaron a la mente de golpe—. Sabía que me resultaba familiar. Hay un mercado Atabey al otro lado de la calle y, no sé, pero creo que José o Hilda dibujaron esta misma imagen en la pizarra de su tienda.

—¿Mercado Atabey? —Juana se rio—. Ay, qué cosa. Deben ser taínos.

—Sí, supongo que tanto Hilda como José —dijo Ty con asombro. "¿Por qué no lo sabía?", se preguntó.

Todo estaba guardado, de nuevo en la caja de zapatos bajo su cama, pero Ty tenía curiosidad por algo.

—¿Así que mi abuela te perdonó por tratar de robar sus cosas?

Juana negó con la cabeza:

—No, m'ija, no lo hizo, aunque después hablamos y todo pareció estar bien. —Juana hizo una pausa, jugando con el crucifijo que colgaba de su cuello—. Creo que los llevaba a todas partes hasta que se casó con tu abuelo. Cuando se mudó, se los llevó con ella, y nunca los volví a ver.

"Ahora entendía por qué mi abuela no había sido tan

cercana a Juana", pensó Ty. "Probablemente nunca la perdonó por intentar hacer eso".

—Tía Juana —dijo Ty—, dijiste que sabías que ella me los pasaría. ¿Por qué dijiste eso?

—Eres segura de ti misma y sabia —dijo Juana.

Ty le lanzó una mirada dubitativa.

—Lo eres —insistió ella—. No tienes miedo. Ella debe de haber visto eso y decidió que eras la opción correcta. —Juana volvió a mirar por la ventana y añadió—: Y nuestras antepasadas dejan señales...

—Espera un momento, ¿qué? —intervino Ty.

—A veces puedo verlas, y una vez tuve una visión en un sueño en la que todas nuestras antepasadas estaban de pie en un círculo alrededor de ti. Me desperté entendiendo que tú serías la siguiente en recibir los objetos.

Antes de que Ty pudiera entender lo que decía la tía Juana, la puerta de su cuarto se abrió de nuevo, pero esta vez entró Esmeralda.

—Me pareció verte entrar aquí —dijo Esmeralda, mirándolas—. ¿Qué pasa?

—Nada —dijeron Juana y Ty al unísono, haciendo que Esmeralda les dirigiera una mirada aún más interrogante.

—Ay, Benny y Milagros quieren despedirse antes de irse —dijo Esmeralda.

Juana besó a Ty en la frente y se fue de su cuarto. Esmeralda cerró la puerta y preguntó:

—¿Qué diantres fue eso?

—Nada —dijo Ty, alejándose de su madre y dejándose caer en su cama—. Quería saber qué me pasaba.

Esmeralda se dirigió a la pequeña silla junto a la ventana y se sentó en ella.

—¿Te habló de una visión que tuvo? —preguntó frotándose los ojos, y Ty sintió que su estómago daba un vuelco.

—¿Qué quieres decir? —preguntó Ty, incorporándose de inmediato.

—Relájate —dijo Esmeralda—. Si te ha dicho algo así, no le hagas caso. Está loca. —Su madre suspiró—. Acho —dijo, dejando de hablar de visiones—. Estoy muy cansada y mañana vuelven Benny y Milagros. No sé si voy a poder soportarlo.

Ty no estaba segura de cómo responder. Su propia mente seguía dando vueltas alrededor de la tía Juana. "¿Ella podría realmente ver a sus ancestras en un sueño?".

—Y si esa Milagros hace otro comentario estúpido, voy a agarrar el viejo equipo de música de la abuela y se lo voy a zumbar. —Esmeralda sacudió la cabeza.

—Vaya, ma —dijo Ty, esperando que su madre estuviera bromeando—. ¿Qué anda diciendo ahora?

—Está enojada, creo —continuó Esmeralda—, porque Juana no quiere quedarse con ella. Se lo toma todo como algo personal, como si se tratara de ella. Cree que yo tengo algo que ver con que Juana quiera quedarse aquí, como si hablara de ella a sus espaldas. Ty, por favor, primero —contó con los dedos—, ni siquiera quiero a Juana aquí. Y segundo, no estoy pensando en ella para nada. Además, si a Milagros le importara Juana en absoluto, no le habría enviado esas Crocs horribles.

Esmeralda miró hacia la puerta del cuarto de Ty y luego dijo:

—Ya deben de haberse ido, ¿no?

—¿Quieres que me fije? —preguntó Ty.

Esmeralda frunció el ceño.

—No —dijo, dirigiéndose ella misma a la puerta y escuchando con atención—. No oigo nada ahí fuera, así que me arriesgaré.

—Mamá —la llamó Ty antes de que se fuera.

—¿Qué? —preguntó Esmeralda, con la oreja aún pegada a la puerta.

Ty quería hablarle de los objetos, de lo que ella y Juana habían hablado de verdad, de la presión que sentía para mantener la familia unida, de lo mucho que quería que Alex volviera a casa para siempre, de lo mucho que quería que papá volviera a casa para siempre y, por último, pero no menos importante, de lo mucho que quería que su abuela volviera. Pero no dijo nada de eso.

—Buenas noches —dijo, mientras su madre abría lentamente la puerta y salía disparada del cuarto.

Capítulo 23

—CUATRO, TENGO que hablar contigo —dijo Alex, irrumpiendo en el cuarto de Ty sin golpear a la puerta.

—Ay —saltó Ty. Eran sólo las nueve de la mañana, pero por suerte ella había terminado de vestirse y se estaba apartando el pelo de la cara—. ¿Por qué intentas asustarme así?

—Lo siento —Alex se dio vuelta y cerró la puerta en silencio. Ya estaba vestido con *jeans* y camiseta, el moretón de la mejilla casi invisible.

—Hablé con Eddie a última hora de la noche o primera hora de la mañana, como quieras verlo, y me dijo que no estoy seguro aquí.

Ty observó a Alex mientras empezaba a caminar de un lado a otro en el cuarto.

—¿Qué? —dijo Ty—. ¿Por qué? ¿Jayden?

Alex asintió.

—Eddie me dijo que todos han estado hablando de vengarse de mí por lo que hice. Ty, ahora me siento como un blanco andante.

—No —dijo Ty, un poco demasiado alto, y luego bajó la voz—. Tenemos que hacer algo. ¿Qué tal si llamamos a la policía o vuelves a casa de papá? —Odiaba tener que hacer esa sugerencia, pero "¿qué otra posibilidad queda?", se preguntó,

—¿Qué va a hacer la policía? No, ya llamé a papá y le dije que pase a recogerme cuando salga del trabajo. Mañana, iremos directo al funeral, luego volveré con él.

—Odio esto —dijo Ty—. No puedes esconderte el resto de tu vida. Además —Ty empezó a atragantarse—, se supone que tienes que estar aquí conmigo. —Se dio la vuelta para esconderle sus lágrimas, pero él las vio.

—Quiero estar aquí, Ty —susurró—, pero... —Se detuvo y respiró profundamente—. Saldremos bien de esto. Pasemos primero por el funeral, luego podemos pensar en algo.

Alex siempre intentaba ser positivo, pero Ty no podía entender cómo podía serlo ahora.

—¿Qué vas a hacer hoy? —preguntó Ty, componiéndose.

Alex se encogió de hombros.

—Pasar desapercibido. Quedarme dentro hasta que llegue papá, y luego irme tan rápido como pueda.

—¿Eddie te dijo algo más? —Ty no pudo evitar preguntar—. ¿Te dio algún consejo o te dijo lo que debías evitar?

—Nah, porque le dije de todo —compartió Alex—. Todo esto es su culpa, ¿sabes?

Ty asintió. Era todo lo que podía hacer por ahora, aunque su mente iba a toda velocidad. Alex tenía razón. Esto era culpa de Eddie, pero Ty no podía enojarse con él. Se sentía como si todos ellos fueran forzados a una especie de juego loco como *Survivor*. Tenía que haber algo más que pudieran hacer.

La familia Pérez era una imagen sombría. Esmeralda y sus hijos estaban sentados en silencio en la sala de estar, todos absortos en sus propios pensamientos. Incluso Luis estaba inusualmente quieto junto a Ty, dejando que ella le acariciara el pelo. El timbre de la puerta sonó y todos saltaron para atenderla, pero Luis fue el más rápido. Cuando la abrió, allí estaban el tío Benny y Milagros.

—Hola —dijo Benny. Había traído café y rosquillas para todos, que Esmeralda dejó que colocara en la mesita de sala.

Juana, que aún no había hecho acto de presencia ese día, salió del cuarto de la abuela y saludó a todos con un beso. Llevaba un atuendo similar al del día anterior, pero en lugar de una camisa blanca y vaporosa, vestía una oscura con pantalones oscuros y tenis deportivos, junto con sus joyas típicas.

Izzy, que se había quedado atrás de los demás, se acercó a Ty y le susurró:

—Oye, nena, tengo un mensaje para ti.

—¿Un mensaje? —Ty preguntó—. ¿De quién?

Izzy miró a su alrededor para asegurarse de que nadie la escuchaba antes de continuar.

—Eddie. —Ty sintió que su estómago golpeaba el suelo mientras Izzy continuaba—. Está afuera y me pidió que te dijera que lo siente. —Izzy frunció el ceño—. ¿Qué es lo que siente? —preguntó.

Ty se levantó tomando la mano de Izzy y caminó con ella hacia la puerta principal.

—¿Dónde está? —preguntó Ty.

—Estaba en la esquina hace un minuto —dijo Izzy.

Ty miró hacia su familia mientras conversaban en el centro de la sala. "¿Cómo puedo escaparme?", se preguntó. Como si leyera su mente, Izzy le dijo:

—Cuentas conmigo —y luego se volvió hacia el resto del grupo—. Papá —dijo Izzy—, ¿me darías las llaves del carro? Dejé el bolso ahí. —Benny le pasó las llaves—. ¿Sales conmigo un minuto, Ty?

—Gracias, Izzy —dijo mientras salían por la puerta principal.

—Sabes que —dijo Izzy—, en verdad dejé mi bolso, así que no mentí.

Ty había dejado de escucharla mientras buscaba a Eddie. Caminó unos pasos y notó lo inquietantemente serena que se sentía la Dent. No había música, ni risas, ni niños gritando.

Era como si todo el vecindario hubiera decidido quedarse quieto junto con la familia Pérez. Ty creyó ver algo moverse cerca de un árbol en la esquina de su calle.

—Vuelvo enseguida —le dijo Ty a Izzy, encontrando a Eddie apoyado en el árbol, con los brazos cruzados.

—Hola, Ty —dijo cuando se acercó.

—Hola —respondió ella, notando las profundas ojeras de Eddie. Tenía un aspecto desaliñado, como si hubiera dormido con la misma ropa durante días.

—Eh, mira, sólo quería decirte que siento lo de tu abuela —dijo—. Sabes que estuviste a mi lado cuando murió mi hermano y quería intentar estar aquí para ti, pero... debería irme. No deberías ser vista conmigo en este momento.

—Sé que no debería —confirmó Ty, y luego añadió rápidamente—, pero aquí estoy y necesito saber qué te pasó. ¿Cómo te convertiste en un Crawler? ¿Y por qué nunca nos hablaste de ello?

—Metí la pata, ¿okay? —Eddie negó con la cabeza—. Odio pensar que crees que soy un mal tipo o algo así.

Ahora le tocó a Ty negar con la cabeza.

—No creo eso, pero estoy preocupada por Alex. ¿Cómo vamos a salir de esto, Eddie? —suplicó.

Una nueva voz entró en la conversación.

—Eddie, mano —dijo, llegando por atrás de ellos. Ty se giró y encontró a un joven que reconoció de la Dent. Era Ernie Santos, uno de los dos Crawlers con los que Alex dijo que había peleado.

—¿Quién es? —preguntó Ernie, mirando a Ty. Al

acercarse a ella, Ty pudo ver en su rostro moretones viejos y desvanecidos. “Alex le dio una buena paliza”, pensó Ty.

—Nadie —dijo Eddie, alejándose.

Ty sabía que tenía que irse cuanto antes, pero cuando se dio la vuelta para partir, oyó una voz familiar que decía.

—Esa es la hermana de Alex, mano.

Era Jayden Feliciano.

Jayden se puso al lado de Ty, mirándola de arriba abajo de forma lenta y deliberada.

—¿Qué lo que hay, Ty? —dijo, sonriendo, aunque el saludo de amistoso no tenía nada—. Cómo has crecido —agregó, deteniendo la mirada en sus caderas y pechos.

—Jayden —respondió Ty, cruzando los brazos contra su pecho—, tú también has crecido. Esa sudadera negra grande y holgada no puede ocultar esa barriga.

Eddie y el otro chico que estaba con ellos se rieron, pero Jayden les dirigió una mirada sombría, haciendo que se enseriaran de inmediato. Fue entonces cuando Ty se dio cuenta de que Jayden también tenía manchas negras y azules descoloridas en la cara.

—Tú, siempre la reina de las respuestas ingeniosas —dijo Jayden, acercándose a Ty y prácticamente tocándola con su protuberante estómago—. Pero va a llegar un día en el que te vas a quedar sin palabras, ¿me entiendes?

Capítulo 24

—¡VAMOS, TY, tenemos que irnos! —gritó Izzy, acercándose al grupo. Jayden dio un paso atrás, lo que permitió a Izzy agarrar el brazo de Ty y tirar de ella hacia el apartamento. Una vez dentro, Izzy pasó su brazo por el de Ty y la condujo hacia su cuarto.

—¿Qué fue eso? —preguntó Izzy—. Eddie es lindo y todo, pero esos otros dos, no, simplemente no. Son un problema.

—Lo sé, Izzy, lo sé —dijo Ty mientras se soltaba de su agarre. No quería hablar de lo que acababa de pasar. La verdad era que estaba furiosa. No importaba lo que Alex dijera de Jayden, siempre sería ese nene torpe que molestaba a las nenas con bromas pesadas y crueles. Sin embargo, parecía hacer temblar de miedo a Eddie y a Ernie Santos. "¿De qué diantres tienen miedo?", se preguntó—. Volvamos a la sala —dijo.

—¿Segura que estás bien? —preguntó Izzy.

Ty asintió.

—Estoy bien, pero, honestamente, quiero una rosquilla, nena.

Izzy sonrió.

—¡Yo también! Espero que nadie se haya llevado la que está rellena de crema de chocolate. Esa era mía.

Alex había acorralado a Ty en la cocina. No habían tenido un momento a solas en todo el día porque, después de que Ty regresara a reclamar su rosquilla, la familia se había dedicado a recordar a la abuela y a planificar el inevitable funeral del día siguiente. Ahora la familia estaba distraída. Estaban en la sala anticipando la cena que venía del mercado Atabey.

Alejandro lo había organizado. Le había hecho saber a Esmeralda que se había encargado de todo antes de irse a trabajar un turno extra. En un inusitado momento de gratitud, Esmeralda le dio las gracias y se empeñó en contarles a todos lo que había hecho. Ahora estaban a la espera. Ty se ofreció a poner la mesa y Alex siguió con las preguntas.

—Sé que algo pasó cuando estabas fuera esta mañana. —Alex indagó—. ¿Viste a Eddie?

Ty buscó los sencillos platos blancos en uno de los armarios de la cocina. No estaba segura de si debía mencionarle que había visto a Jayden y a Ernie, porque Alex ya parecía tenso. Además no había nada que él pudiera hacer al respecto.

—Quería decirme que lo sentía por mi abuela y por todo.

—Tienes que tener cuidado con él, Ty —dijo Alex—. De ahora en adelante, mantente lejos de él. Eso es lo mejor, ¿okay?

Ty no le respondió, aunque sabía que Eddie no era el problema. Ahora, esos otros dos sí que eran una historia diferente. Salían en busca de problemas.

Por fin sonó el timbre de la puerta.

—Yo la atiendo —dijo Ty.

Ty se emocionó al ver a Hilda y a José del mercado Atabey de pie en la puerta, con un gran contenedor lleno de comida. Ty agarró el contenedor de las manos de Hilda.

—Por favor, dime que hay alcapurrias aquí dentro —dijo, invitándolos a entrar.

—Claro que sí —afirmó Hilda.

Alex se acercó sigilosamente por detrás de Ty, le arrebató el recipiente y salió corriendo hacia la cocina. Hilda y José se rieron y se dirigieron a la sala.

—Sólo queríamos darles nuestras condolencias —dijo José.

—Sí, no nos quedaremos, pero sentimos su pérdida —compartió Hilda.

—Por favor, quédense —dijo Esmeralda, para sorpresa de todos—. Ustedes también son bienvenidos.

Hilda y José sonrieron y se quitaron las chaquetas, presentándose a la familia que no conocían. Ty siguió a su madre hasta la cocina, donde Alex ya se había preparado un plato.

—Me sorprende que los hayas invitado a entrar, ma —dijo Ty en voz baja mientras agarraba una alcapurria.

—Sabes que a Hilda y a José les encanta hablar —susurró su madre—. Bueno, ellos pueden entretener a Juana y a Milagros un rato mientras yo voy a mi cuarto.

Esmeralda puso unas cuantas cosas saladas en un plato blanco y se dirigió enseguida a su cuarto. Ty y Alex intercambiaron miradas cómplices y regresaron a la sala.

—Mi más sentido pésame —dijo José específicamente a Ty cuando regresó, y Ty esbozó una media sonrisa en señal de reconocimiento. José tenía hoy un aspecto diferente al habitual y Ty se dio cuenta de que llevaba ropa de verdad en lugar de un delantal y una gorra de béisbol. Y por fin vio su pelo, que era marrón oscuro con un poco de blanco en las esquinas cerca de las orejas. Estaba regordete, "probablemente por comer bien todo el tiempo", pensó ella. Su camisa abotonada de color marrón chocolate estaba que reventaba por su pecho, dejando ver una camiseta blanca debajo.

—Me alegro de que estés aquí, porque quería hacerte una pregunta sobre Atabey —dijo Ty.

—¿Mi tienda? —preguntó José, poniendo las manos en las caderas, lo que hizo que su camisa se estirara aún más sobre su pecho.

—Bueno —pensó por un segundo—, sí y no, supongo. ¿Por qué llamaste a tu tienda Atabey? Quiero decir, ahora sé quién es, pero ¿por qué elegiste ese nombre?

José se encogió de hombros y le dijo:

—Fue idea mía. Estoy muy orgulloso de ser borinqueño,

así que sabía que si alguna vez tenía la oportunidad de abrir una tienda, le pondría un nombre taíno.

—Borikén también es taíno, ¿verdad? ¿Así llamaban los taínos a la isla de Puerto Rico? —José asintió y Ty continuó—: ¿Cómo supiste de Atabey y cómo sabes que eres taíno?

—Supongo que siempre lo he sabido. —Hizo una pausa—. Desde que era un niño, mi familia hablaba de ser taíno. Era parte de lo que nos hacía importantes —dijo—. Cuando crecí, pregunté y leí un poco y aprendí sobre Atabey y otros dioses. ¿Por qué preguntas?

—Sí, ¿por qué preguntas? —dijo Alex, aparentemente escuchando la conversación—. Abuela solía hablar de que nosotros también éramos taínos —Alex se dirigió a José— Me imaginé que era parte de nuestro origen.

—Exactamente —dijo José—. Nunca lo cuestioné.

Ty no quería ser malinterpretada:

—¡No, no quiero que piensen que lo estoy cuestionando! —suplicó—. Sólo me pregunto cómo lo sabes con seguridad y estaba pensando en Atabey. ¿Es una diosa que todo el mundo conoce?

—Atabey, como en el mercado Atabey —preguntó Alex, frunciendo el ceño.

—Sí —dijo José—. Le puse a mi tienda el nombre de la diosa taína Atabey. Puede que no sea famosa, pero es muy conocida entre muchos puertorriqueños.

—¿Por qué no sabía de ella? —se preguntó Ty. Era una pregunta que había querido hacerse a sí misma, pero la expresó en voz alta.

José asintió y dijo:

—No hay mucho escrito sobre los taínos. —Cruzó los brazos sobre el pecho y apoyó el mentón en la mano—. Nos hicieron creer que se habían extinguido. Que eran un pueblo antiguo de una época lejana, pero eso no era cierto en absoluto. —José negó con la cabeza—. Los taínos sobrevivieron y viven en todos nosotros, en especial en los que somos de islas caribeñas como Haití, la República Dominicana, Cuba y, por supuesto, Puerto Rico. ¿Sabes que los puertorriqueños son los que más ADN taíno tienen? Estuve leyendo un artículo sobre eso y me hizo entender que todo lo que mi madre, mi abuela y mi bisabuela me contaron sobre mis antepasados es verdad. Seguimos aquí.

—¿De qué están hablando? —preguntó Hilda cuando ella y la tía Juana se acercaron al grupito. Ty miró hacia la cocina donde Milagros, Benny e Izzy estaban sentados a la mesa comiendo.

—Atabey —dijo Ty—. Tenía curiosidad por saber cómo se les ocurrió el nombre del mercado.

—Nos encanta ser borinqueños —dijo Hilda—. Queríamos mostrar ese amor en la tienda y en todo lo que hacemos.

—Qué maravilloso —dijo la tía Juana alabando la declaración de Hilda—. Tendré que ir a visitar tu tienda antes de volver a Puerto Rico. Cada vez que paso por delante en el carro, veo ese precioso mural en el lateral. ¿Lo pintaste tú?

Hilda negó con la cabeza:

—Ay, no, señora —dijo—. Lo pintó un joven del barrio,

John Williams. Su hermano Eric fue asesinado a tiros en el parque de enfrente. —Hilda señaló en dirección al parque—. Y todavía no han encontrado a quien lo hizo. Es triste porque era muy joven. ¿Sabe que su madre visita el mural todos los días? Está destrozada.

—Yo también lo estaría —dijo la tía Juana y luego preguntó—: ¿Qué hizo la policía al respecto?

—No mucho por lo que veo —respondió José—. Pero algunos residentes se están reuniendo para ver qué podemos hacer. Ya nos reunimos una vez.

—Eso está brutal —dijo Ty—. ¿Es un grupo grande?

José se encogió de hombros.

—Por ahora somos nosotros —José señaló a Hilda y luego a sí mismo—, Mary de la biblioteca, una maestra de la secundaria City Main y la señora Williams, pero esperamos que crezca.

—Déjame adivinar —intervino Alex—. Miss Neil es la maestra de City Main.

Ty sacudió la cabeza y dijo:

—¡Sí, claro!

Al no entender la broma entre ellos, José dijo:

—No, pero podemos preguntarle. ¿Vive en la Dent?

—Lo dudo —dijo Alex.

—Es miss Carruthers —agregó Hilda—. ¿La conocen?

—Sí, es increíble —dijo Ty.

—Vamos a comer —interrumpió la tía Juana, y Ty se dio cuenta de que la tía Juana aún no se había servido un plato. Hilda y José la siguieron a la cocina.

Mientras se alejaban, Alex preguntó:

—¿Por qué todas esas preguntas sobre los taínos?

Ty quería hablar con Alex sobre lo que le había contado la abuela, pero no le pareció que fuera el momento adecuado.

—Me enteré de que Atabey es una diosa y quería saber por qué José le puso su nombre a su tienda, eso es todo.

Alex le lanzó una mirada que decía, "¿Crees que soy estúpido?", y Ty exhaló, inflando las mejillas.

—De acuerdo, está bien —le dijo ella, dándose por vencida—. Abuela me contó una historia sobre los taínos cuando vino a visitarme la noche en que falleció. Estoy tratando de aprender todo lo que pueda.

—¿Qué te dijo? —preguntó Alex.

—¿Están hablando de la abuela? —llegó una vocecita a su derecha. Ty pensó que Luis se encontraba en su cuarto, pero estaba ahí. Rápidamente le puso la mano en el hombro.

—No, Luis, en realidad no —dijo ella—. Oye, todos están en la cocina comiendo. Deberías ir por una alcapurria, si quieres.

—¡Uff! —exclamó Luis—. ¿Por qué todos intentan darme de comer cuando quiero hablar de la abuela? —preguntó, y luego se fue dando pisotones hacia la cocina.

Capítulo 25

EL MIÉRCOLES POR LA MAÑANA, un pequeño grupo de familiares y amigos cercanos enterró a Isaura Ramos. Era un día de octubre inusualmente cálido y luminoso, y el sol se reflejaba en la parte superior del reluciente ataúd perlado mientras lo bajaban a la tierra. Ty se sintió muy agradecida de ver a personas de su comunidad y de su vida allí rindiéndole honor. Además de su familia, estaban Hilda y José, Mary de la biblioteca y Vin y sus padres. Ty llamó la atención de Vin y trató de sonreír, pero debe de haberse visto más bien como una mueca, dado cómo se sentía.

Alrededor de la pequeña multitud, el aire estaba casi

quieto. Había algún que otro resoplido o llanto apagado de los dolientes, pero por lo demás era un homenaje respetuoso y silencioso. Ty se aferró a la mano de Luis mientras se despedían. Él enterró su cara menuda y con hoyuelos en su cintura, sin querer mirar el ataúd. Aunque todos querían a Isaura, Ty era la que más sentía esa pérdida. No había tenido tiempo suficiente para hacerle preguntas y absorber más historia. Se comprometió a recordar su sentido del humor, su franqueza y su valor. Antes de salir esa mañana, Ty había mantenido los objetos que su abuela le había dado cerca de su pecho. Cuando se paró al lado del lugar donde descansaría su abuela, cerró los ojos, recordando la noche en que le había dado los objetos y cómo se sentían en sus manos. Hizo una promesa silenciosa de mantener las reliquias a salvo para que fueran legadas al futuro.

Después del servicio, la gente se apiñó en la acera fuera del cementerio para ofrecer sus condolencias. A Ty se le hizo un nudo en el estómago. Sentía una extraña disociación de su entorno, como si hubiera olvidado la realidad mundana del ser humano y se hubiera convertido en esa criatura que sólo sentía la emoción a su alrededor, y la pena era abrumadora. Un *déjà vu* la invadió. Recordó que ya se había sentido así dos veces: cuando falleció su abuelo y cuando su padre se fue a la cárcel. Era como si la tristeza se aferrara al aire, limitando el oxígeno y dificultando la respiración.

—Ty.

Ty se dio vuelta y encontró a Izzy. Tenía los ojos hinchados y la nariz roja.

—Esto fue duro —dijo—. No puedo imaginar cómo te sientes. Eran muy cercanas.

Ty le dio un abrazo, se secó sus propios ojos sensibles y dijo:

—Me siento perdida sin ella.

Izzy se quedó pensativa un momento, como si buscara la respuesta adecuada, "pero, en realidad", pensó Ty, "¿qué podría decir alguien?", Ty se sorprendió.

—Ojalá hubiera pasado más tiempo con ella —dijo Izzy al final—. También me gustaría haberte ayudado más. Sé que te has hecho cargo de muchas cosas. Debería haber hecho más.

Las dos se miraron durante un momento y Ty asintió lentamente.

—Gracias, Izzy, por decir eso. —Las dos se abrazaron de nuevo y, por encima del hombro de Izzy, Ty notó que su madre le hacía un gesto para que subiera al carro de Alejandro. Juana ya estaba en el carro de Benny con Milagros. Todos estaban ansiosos por irse.

—Debemos irnos —dijo Ty. Mientras se dirigía al carro de su padre, echó una última mirada hacia el cementerio, despidiéndose en silencio de su abuela Isaura.

En casa, antes de que Alex y Alejandro se fueran, Alex le había dado un abrazo a Ty y la había besado en la frente, y Alejandro les había dado un abrazo a ella y a Luis, diciéndoles que los quería. También había ofrecido un abrazo a Esmeralda. Al principio, ella dudó, pero luego se derrumbó en sus brazos. Luego, embargada por la emoción, salió volando de la sala. Alejandro había empezado a seguirla, pero se detuvo, inmovilizado, y luego dio la vuelta y se marchó en silencio. Ty y Luis también se fueron solos a sus cuartos.

Ty se sentía entumecida. Estaba cansada de llorar, de observar y de resolver problemas. Miró hacia la ventana de su cuarto y fijó su mirada en un árbol cercano. Sólo habían pasado unos días desde que su abuela le había dado los objetos y le había contado la historia familiar.

Cerró los ojos e imaginó un cálido sol puertorriqueño en su rostro, algo que la reconfortaba. Cuando abrió los ojos, algo se movió fuera de la ventana. "¿Ha vuelto el búho?", se preguntó. En lugar de un búho, era un pequeño murciélago colgado boca abajo en un árbol. "¿Qué…?". Se quedó ahí, cómodamente, como si tuviera un mensaje. Ty golpeó la ventana y el murciélago salió volando de la rama en su dirección antes de desaparecer.

Ty no recordaba que nadie hubiera mencionado a los murciélagos en la Dent. "Juana", pensó. "Todo el mundo dice que pasan cosas raras cuando ella está cerca. Hmm". Ty buscó su diario. "Juana dijo que nuestros ancestros dejan señales. ¿Y si el murciélago está tratando de decirme algo?".

Escribió algunas cosas que recordaba sobre los murciélagos, cómo salían por la noche y tenían algún tipo de significado especial para los taínos, algo relacionado con la muerte. Ty se dio cuenta de que el murciélago se había hecho visible para ella el día del funeral de su abuela. "Tiene que significar algo, ¿no?", se preguntó.

Entonces Ty se sintió inspirada. Se sentó y escribió esta breve fábula:

> El murciélago se acercó a la diosa de la luna y le preguntó si había algo que pudiera hacer para estar al aire libre durante el día. La diosa de la luna le dijo que ella podía hacer que volara bajo el sol brillante, pero le advirtió que no sabía lo que podría pasar con su vuelo por la noche. El murciélago aceptó y al día siguiente se alegró de poder volar bajo el sol. Pero después de unos diez minutos, se cansó. El sol era demasiado caliente y brillante para él, así que buscó una cueva para pasar el día.
>
> Esa noche, cuando el murciélago salió, ya estaba demasiado oscuro para ver. Se sentía abatido, así que se acercó a la diosa de la luna una vez más y le pidió que revirtiera su trabajo. La diosa de la luna dudó, diciendo que esta vez tendría que hacer algo por ella a cambio. El murciélago dijo que haría cualquier cosa.
>
> La diosa de la luna explicó entonces que ella era la protectora de las almas y que, a partir de ese día, cuando elevara un alma, él debía aparecer ante los dolientes y honrarlos. El murciélago aceptó, y desde entonces la diosa de la luna y el murciélago y sus descendientes trabajaron juntos.

La pequeña fábula la ayudó a liberarse de su estrés por

primera vez en el día, y esperaba que la sensación de calma significara que podría dormir. Sacó el cemí de debajo de la cama y lo acercó a su corazón. Ya no le parecía feo, sino más bien una de las cosas más bonitas que había visto alguna vez. Lo puso a su lado en la almohada, permitiendo que su presencia la reconfortara. Apartó todos los pensamientos de su mente y se sumió en un profundo y sólido sueño.

Capítulo 26

LUIS ESTABA ENFURRUÑADO en la mesa de la cocina.

—¿Por qué no podemos tener toda la semana libre? —preguntó.

—Lo sé, ¿verdad? —dijo Ty, vertiendo leche sobre el cereal de su desayuno. Le había hecho la misma pregunta a su madre esa misma mañana y le habían dicho que el distrito no lo permitiría—. Es bien cruel —dijo Ty, incapaz de ocultar su fastidio.

Luis salió disparado de la mesa y se dirigió a su cuarto.

Ty gritó tras él:

—¡Al menos sólo nos toca pasar por hoy y mañana! —Esperaba que eso ayudara, pero lo dudaba.

Cuando ambos estuvieron vestidos y listos, agarraron sus mochilas y salieron por la puerta. Llevaba a Luis a la escuela más a menudo desde que Alex se había marchado: el deber se dividía entre Ty y su madre y hoy le tocaba a ella. Los dos hermanos caminaron lentamente por la calle Denton hasta la entrada del parque. La escuela primaria a la que asistía Luis estaba al otro lado del parque, y por lo general había un montón de gente deambulando por él por las mañanas para llegar a la escuela, así que ella se sentía lo suficientemente segura como para hacer lo mismo.

—¿De verdad que la abuela no va a volver? —preguntó Luis mientras avanzaban.

—Es así, Luis, no volverá —respondió ella, dejando que una brisa desviada le bañara la cara.

—Pero podría ser un fantasma, ¿no? —preguntó Luis.

Ty se quedó pensando. ¿Cómo podía explicar la visita de su abuela la noche que falleció, o las cosas extrañas que habían aparecido desde su muerte?

—Quizá —fue lo único que se le ocurrió decir. Caminaron el resto del recorrido en silencio, con el crujido de las hojas caídas bajo sus pies que aportaban una banda sonora constante.

—Mira —dijo ella cuando se acercaban a su escuela—, ahí está Savion. —Ty señaló a otro nene que saludaba en su dirección. Los dos chicos estaban en la misma clase, y Savion era el único amigo de la escuela que Luis había mencionado. Luis corrió emocionado hacia él y lo abrazó, antes de que saltaran y trotaran hacia la entrada del edificio. Una maestra los detuvo.

—Nada de correr —les dijo, y luego añadió—: tienen que aprender a seguir las reglas.

Luis y Savion se detuvieron de inmediato y, con las cabezas gachas, siguieron al resto de los estudiantes al interior de la escuela. Ty se agitó al instante.

—Sólo estaban emocionados por verse —dijo, acercándose a la maestra—. No es que fueran a entrar gritando al edificio.

La maestra miró con desprecio a Ty.

—Por supuesto que no —dijo—, pero nunca se sabe —y luego pasó a regañar a otro alumno. Ty quiso seguirla, decirle que se calmara, pero luego lo pensó mejor. No quería empezar su día así. Mientras volvía a atravesar el parque Denton para llegar a su propia escuela, se reprendió a sí misma. "¿Por qué no luché más para tener más días libres? —se preguntó—. ¿Qué daño podrían causar dos días más?".

Ty echó un rápido vistazo a su teléfono para comprobar la hora, y respiró aliviada al ver que aún era temprano. De repente, se sintió observada. Miró a su alrededor, fijándose si en el parque aún había mucha gente dando vueltas. No la había. Sólo dos figuras masculinas a la distancia. Apartó rápidamente la mirada y aceleró el paso, pero ellos fueron más rápidos y se dirigieron hacia ella.

—Hola de nuevo, Ty —dijo Jayden, ahora de pie junto a ella—. ¿Por qué te apresuras? —En cuestión de segundos, Ernie Santos estaba al lado de Jayden.

—¿Qué quieres? —preguntó ella, mirando desafiantemente a Jayden. Había algo en Jayden que no le permitía tenerle miedo, pero confiaba en Alex. Mientras estudiaba las caras de Jayden y Ernie, estaba claro que era una situación sin salida. Intentó alejarse, pero le bloquearon el paso.

—Mira —dijo ella, ignorando los frenéticos latidos de su corazón—, tengo que ir a la escuela, así que tienes que hacerte a un lado. —Las palabras sonaron con fuerza en el aire de la mañana, pero ninguno de los dos se inmutó ni obedeció.

En cambio, Jayden sonrió.

—La escuela, ¿eh? Deberías quedarte con nosotros. Podríamos enseñarte cosas —dijo acercándose, con sus labios prácticamente en la cara de Ty—. Solías ser tan pequeña —continuó Jayden—. Y ahora eres toda una adulta.

—Uff —respondió Ty—. Eres tan desagradable.

El claro asco en la cara de Ty debe haber provocado a Jayden, porque la agarró del brazo.

—Te mostraré lo desagradable que soy.

—¡NO ME TOQUES! —gritó.

—Oye —exclamó otra voz—. ¡Déjala en paz!

Eddie se interpuso rápidamente entre Ty y Jayden, obligando a Jayden a soltarla.

—Por ahora estamos bien, Taína —dijo Jayden, empujando a Eddie a un lado—. Pero dile a Alex que tiene que ser un hombre y encontrarme o yo te encontraré de nuevo a ti y, la próxima vez, nadie podrá ayudarte.

Ty retrocedió lentamente, sin perder de vista a los tres, todos vestidos de negro, que escudriñaban cada uno de sus movimientos. Sólo cuando salió del parque y volvió a la calle Denton, empezó a correr. Cuando llegó al estudio de yoga caliente de la calle Main, redujo la velocidad para mirar hacia atrás. Nadie la había seguido. Sobrecogida por el alivio, el miedo y la tristeza, Ty empezó a temblar. "¡Tengo que sacar a Alex de esto!", pensó. Ya no se trataba de Jayden poniéndole chicle en el pelo otra vez, un problema que ella podía manejar. Esto se sentía como de vida o muerte. Un movimiento en falso y ella o alguien a quien ella amaba sería dañado, o peor, se iría para siempre.

Una mano le tocó el hombro y ella gritó.

—No quise asustarte —dijo Eddie, aferrándose a su hombro—. Lo siento. Sólo quería ver si estabas bien. ¿Te han hecho daño? —preguntó.

Ty quería ceder a su tristeza y derrumbarse allí mismo en la acera, pero las palabras de su abuela resonaron en sus oídos: "No hay tiempo para las lágrimas", y recuperó el valor.

—Eddie —dijo Ty—, ¿qué le van a hacer a Alex? ¿Y qué me van a hacer a mí?

—Nada —dijo Eddie—. No te van a hacer nada, lo prometo. —Eddie miró detrás de él, luego comenzó a guiar a Ty hacia la escuela—. Mira, Alex estaba tratando de ayudarme, ya tú sabes, pero ahora se la agarraron con él.

Ty estornudó y Eddie metió la mano en el bolsillo y sacó un paquete de pañuelos de papel con un diseño de Dora la exploradora.

—¿Dora la exploradora? —preguntó Ty.

Eddie se encogió de hombros y dijo:

—Son de mi hermana.

Ty utilizó un pañuelo de papel, pero al mirar la carita de dibujos animados de Dora, la situación se volvió ridícula.

—¿Cómo llegaste a esto? —preguntó—. Sabes lo que le pasó a tu hermano. ¿Es lo que quieres para ti?

—No —dijo Eddie—, eso no es lo que quiero, pero ¿qué otra cosa voy a hacer? —Antes de que ella pudiera responder, Eddie continuó—: Sabes que mi madre no recibe suficiente dinero de la discapacidad. —Hizo una pausa—. Jayden me dio algo de dinero para ayudar a pagar el alquiler. Lo acepté y luego hice un par de pequeños trabajos para devolvérselo. Luego no podíamos pagar la cuenta de la luz, y Jayden estaba allí. Es como que siempre voy a acabar debiéndole. Me sigo hundiendo más y más.

—Tienes que parar, Eddie —dijo Ty—. Dile a tu madre lo que pasa, porque sabes que no querría que hicieras eso por ella. Vuelve a la escuela y consigue un trabajo legítimo para adolescentes.

Eddie sonrió.

—¿Un trabajo? ¿Dónde? —preguntó—. ¿En esa cafetería de ahí atrás que sólo contrata a chicos blancos o en ese estudio de yoga de ahí? ¿Qué voy a hacer allí? ¿Limpiar el sudor de los pisos? Probablemente pidan un título universitario para hacer eso.

—Eso no significa que lo único que puedes hacer es unirte a los Night Crawlers y vender drogas o lo que sea. Puedes volver a la escuela, Eddie.

Eddie negó con la cabeza.

—Como si la escuela fuera a ayudar. No me importa

cuántos directores nuevos tengan, ¿me entiendes? Siguen sin querer que estemos allí. —Antes de que Ty pudiera intervenir, Eddie continuó—. No tengo dónde ir para salir de este lío. Los Dogs y los Crawlers no paran de matarse entre ellos y es como si nadie intentara detenerlo. A nadie le importa, ¿me entiendes?

—A mí me importa —dijo Ty.

Ahora estaban en la entrada de la escuela secundaria City Main, uno frente al otro.

—Lo siento mucho, ¿sabes? —dijo Eddie—. Sé que crees en mí y, bueno, la otra razón por la que intentan atraparte es para asustarme también. Para mantenerme a raya. Pero sabes que no voy a dejar que te pase nada, ¿verdad?

En ese momento, Ty le creyó. Eddie estaba a punto de darse la vuelta y marcharse cuando ella dejó caer su mochila al suelo, lo abrazó y le dijo:

—Sí, creo en ti y voy a hacer todo lo que pueda para ayudarte.

Él le devolvió el abrazo y se marchó sin decir una palabra y sin mirar siquiera en su dirección.

—Ty —dijo una voz a sus espaldas. Se giró, agradecida de ver a Vin, pero él parecía estresado—. ¿De qué se trata eso? —dijo, señalando la espalda de Eddie mientras se alejaba—. Espera. ¿Estás llorando?

Ty agarró su bolsa y mientras caminaba dijo:

—Vin, ahora mismo no puedo. ¿Podemos entrar a la escuela, por favor? —Ty empujó la puerta principal y se detuvo en el control de seguridad, donde mostró su identificación escolar, y luego pasó por los detectores de metales. Había varios estudiantes en los pasillos, así que Ty se abrió paso entre ellos para llegar a su primera clase, que era la de Inglés con la maestra Neil. Sin embargo, Vincent le pisaba los talones.

—En serio, Ty —dijo—. ¿Eddie te hizo llorar? ¿Están juntos?

—No —respondió Ty—. Aunque me gusta, pero es, no sé. —No pudo terminar su pensamiento porque no sabía cómo hacerlo.

—Sí —dijo Vincent—. Ten cuidado. He oído algunas cosas sobre él.

—Lo haré —dijo Ty mientras Ernie y Jayden aparecían en su mente. Ella quería apartar sus caras de su cabeza, así que cambió de tema—. Por cierto, gracias de nuevo por venir al funeral de mi abuela. Realmente lo aprecio.

—Por supuesto —dijo Vin—. Siento mucho, de nuevo, su fallecimiento. Era una mujer super*cool*.

"Totalmente de acuerdo", pensó Ty.

—Sí, esta semana ha sido muy dura —le dijo a Vin—. Pero espero que mi abuela esté en algún lugar, feliz.

Vincent sonrió y le respondió:

—Yo también lo espero. Cuando mi abuela murió, hicimos una fiesta para celebrar su vida porque tenía una gran personalidad.

—Ojalá hubiéramos pensado en eso —dijo Ty—. Pero cambiando de tema, empecé ese proyecto de historia que me asignó miss Carruthers y está bastante bueno. —Ese día debían entregar el tema y una breve descripción.

—¿Tuviste tiempo de empezar con eso con todo lo que está pasando? —preguntó Vincent.

—Sí, en realidad tuve más tiempo del que quería, así que traté de mantenerme ocupada —dijo Ty, y luego susurró—. Ojalá tuviéramos clase con ella ahora en lugar de con miss Neil. No quiero tener que lidiar con ella hoy.

Cuando entraron al aula de Inglés y ocuparon sus lugares habituales, ninguno de los otros estudiantes estaba sentado en sus pupitres. La mayoría estaban en pequeños grupos hablando de deportes, de programas de televisión o de amigos. Había dos chicos junto a la puerta que hablaban en español. Normalmente, Beatriz jangueaba con ellos, pero hoy estaban solos.

Ty se inclinó hacia Vincent.

—¿Ha estado viniendo Beatriz a la escuela? —Ty no había tenido noticias de Beatriz desde el viernes pasado, la última vez que Ty había estado en la escuela.

—Ella ha estado fuera desde el viernes —dijo Vincent—. Creo que está cortando clases.

Su teléfono vibró en el bolsillo. Lo sacó para ver un mensaje de Alex que decía:

LLÁMAME.

Ty respondió rápidamente:

No puedo ahora mismo. ¿Estás bien?.

De repente, le quitaron el teléfono de la mano. Levantó la vista y vio que era la maestra Neil.

—Nada de mensajes de texto en clase —dijo, colocando el teléfono boca abajo en el escritorio de Ty.

Ty le lanzó una mirada cómplice a Vincent. La clase aún no había empezado oficialmente, pero la maestra Neil ya la tenía en la mira. No sólo eso, la maestra Neil ni siquiera había reconocido la ausencia de Ty o la muerte de su abuela. Ty no iba a dejar que la maestra Neil la afectara. Guardó su teléfono, pero cuando lo hizo, vio la respuesta de Alex:

Llámame tan pronto como puedas.

Capítulo 27

LA MAESTRA NEIL comenzó la clase pidiendo a los alumnos que sacaran sus ejemplares de *La máquina del tiempo* de H. G. Wells. La mitad de la clase lo tenía y la otra mitad, no. La maestra Neil advirtió a la clase que iba a empezar a restar puntos a los alumnos que no trajeran sus libros. Un alumno levantó la mano y dijo:

—Todavía no tengo el libro porque no hay más en la biblioteca.

La maestra Neil parecía escéptica.

—Pedí bastantes —dijo ella, como si fuera culpa del estudiante, o peor, como si estuviera mintiendo. El estudiante rechinó los dientes y se encogió de hombros.

La maestra Neil comenzó su lección de todos modos, aunque la mitad de la clase sin libros la recibió con miradas vacías. La mente de Ty se desvió. Sus pensamientos y su atención estaban en Eddie. Lo apenado que parecía. Lo mucho que se había metido con los Night Crawlers. La situación con su madre y su hermana y, por supuesto, el hecho de que había dicho que los Crawlers sabían que Ty era su punto débil. "Eddie tomó algunas malas decisiones, pero ¿realmente tenía opción?", se preguntaba Ty.

—¿Ty-na? —gritó la maestra Neil—. ¿Has oído lo que acabo de preguntar?

Ty se veía alerta, pensando a toda velocidad.

—Sí, pero no tengo un libro.

—Lo asigné el lunes —dijo la maestra Neil—. Déjame adivinar, tampoco encontraste ninguno en la biblioteca.

Ty estaba intentando encontrar la manera de responder de forma que no la expulsaran de la clase cuando Vincent acudió en su ayuda.

—La abuela de Ta-iii-na acaba de morir —replicó Vincent en su nombre—. Ella ha estado fuera desde el lunes.

Parecía que la maestra Neil tenía una réplica en la punta de la lengua y lo pensó mejor. En su lugar, dijo:

—Asegúrate de tener tu libro mañana.

Después de la clase, Ty y Vincent se dirigieron a su clase de Historia.

—Gracias por cubrirme las espaldas.

—Parecía tener ganas de empezar algo —dijo Vin.

—Como siempre. Espera, tengo que llamar a Alex.

—Ty marcó, pero Alex no respondió. Enseguida le envió un mensaje de texto:

Te acabo de marcar. Lo intentaré de nuevo en 45.

—¿Lo conseguiste? —preguntó Vincent mientras entraban en su clase de Historia.

—No —dijo Ty, notando un leve aroma a cítricos. Se giró para ver que la maestra Carruthers se había unido a ellos, frotándose las manos con una loción.

—Hola, Taína, Vincent —dijo ella—. Mi más sentido pésame —ofreció—. Sé que tu abuela era importante para ti. Hazme saber si puedo hacer algo.

Ty sintió un inesperado nudo en la garganta ante sus amables palabras. Como no quería volver a llorar ni sonar temblorosa, se limitó a gruñir en respuesta.

La maestra Carruthers se dirigió con confianza a la cabeza de la clase. Aunque parecía que podía ser una estudiante de secundaria, la maestra Carruthers debía tener más de veinte años: el pelo trenzado, los grandes espejuelos rojos y los tenis deportivos contribuían a su aspecto juvenil. Aplaudió para que la clase se pusiera en orden y luego comenzó:

—Les pedí que eligieran un tema sobre el que aprendieron un poco en la escuela primaria y que prepararan algo para compartir sobre ese mismo tema con la clase. Una vez que seleccionen un área, van a profundizar en ese tema, hacer una investigación y más adelante en el año, van a crear una presentación. Así que será mejor que elijan un tema que les guste. —La maestra Carruthers examinó la clase—. ¿Quién quiere compartir primero?

Algunos estudiantes levantaron la mano, pero la maestra Carruthers llamó a Vincent. Se puso de pie y presentó que su tema sería el Movimiento de los Derechos Civiles.

Informó a la clase de que el tío de su madre había sido un Pantera Negra, y que tenía mucha curiosidad por saber quiénes eran y el trabajo que hacían en las comunidades. También habló de los viajeros de la libertad y de cómo esperaba centrarse en lo que ocurrió con las sentadas en las cafeterías y otras protestas. Cuando terminó, todos chasquearon los dedos mientras la maestra Carruthers aplaudía.

En lugar de pedir otro voluntario, la maestra Carruthers dijo:

—¿Por qué no pasamos a la siguiente persona y luego continuamos así por la sala hasta que todos hayan participado? —Le hizo un gesto a Ty, pero luego se detuvo—. Taína, ¿estás lista para compartir o necesitas más tiempo?

Ty se puso de pie.

—Estoy lista —dijo ella. No era alguien que tuviera miedo de hablar en clase, pero, por alguna razón, le temblaban las manos, y su voz comenzó a estremecerse.

—*Ejem* —se aclaró la garganta—. Quiero hacer un proyecto sobre la colonización y los taínos. Son el primer pueblo de Puerto Rico, de donde es mi familia.

Otros dos estudiantes puertorriqueños dijeron: "¡Wepa!", al unísono.

Ty sonrió.

—Em, aprendí un poco sobre la colonización en el

séptimo grado, pero no me interesó, para ser honesta. —La clase se rio.

Ty continuó:

—Los taínos crearon cosas increíbles. Inventaron las hamacas, y todavía hoy utilizamos palabras de su lengua, como *huracán*, *canoa* y *barbacoa*. —Ty hizo una pausa para ver si todavía tenía la atención de la clase, y la tenía, por lo que continuó—. Los taínos fueron amables con los españoles, pero serlo no los ayudó en absoluto. —Ty utilizó sus manos para enfatizar sus palabras—. La mayoría de ellos murieron. Los que no murieron tuvieron que mezclarse con los colonizadores, o fueron asesinados o convertidos en esclavos. Mucha gente decía que la mayoría moría a causa de las enfermedades y otras cosas, ¿no? Pero esa no era toda la verdad. Los españoles los trataban como una mier... quiero decir, horriblemente. Los golpeaban, violaban a las mujeres, les quitaron sus tierras e intentaron hacerlos esclavos. Supongo que culpar sólo a las enfermedades es una salida fácil, ¿me entienden?

Ty hizo una pausa para leer sus notas.

—Aprendí sobre una cacique llamada Anacaona. Un cacique es como una persona principal, como un jefe, y la gente la quería. Fue asesinada. Tenía una hija llamada Higüamota que se escapó. Tengo un libro sobre Anacaona que estoy leyendo, así que les contaré lo que les pasó. —Ty miró hacia la maestra Carruthers—. Okay —dijo—. Creo que he terminado.

La maestra Carruthers sonrió y empezó a aplaudir. Otros estudiantes se unieron y Ty se sintió bien. Para cuando todos los demás estudiantes presentaron sus temas, había un murmullo de entusiasmo en la sala, con estudiantes haciendo preguntas y, en algunos casos, considerando nuevos temas. Sonó el timbre de la escuela y Vincent le dijo a Ty:

—Buen tema.

—El tuyo también —dijo Ty. El teléfono de Vincent sonó y luego se silenció. Ella le preguntó—. ¿Estás bien?

—Sí, es Imani.

—¿Qué? —dijo Ty—. Pensé que habías terminado con ella.

—Lo hice, pero ella quiere hablar conmigo. —Vincent recogió sus cosas a toda velocidad—. Te veo más tarde. Voy a ver si puedo alcanzarla antes de mi próxima clase. —Agarró su bolsa y se fue.

—Buena suerte —dijo Ty, agarrando su mochila y recogiendo sus cosas. "Espero que Imani no sea demasiado dura con él".

Mientras cerraba su bolso, la maestra Carruthers se acercó a su escritorio.

—Estoy muy emocionada de aprender más sobre los taínos contigo —dijo—. Mi prometido, Pierre, es de Haití. De Leogane para ser exactos, y hay una estatua de Anacaona en la plaza del pueblo. La visité el año pasado y recuerdo que pensé que tenía que aprender más, porque no había oído hablar de ella.

—¿En serio? —dijo Ty. Sabía que tenía una ventana limitada para llamar a Alex, pero esta nueva información la detuvo en seco—. ¿Cómo era? —preguntó Ty, pensando en el retrato tallado de Anacaona en la caja. "Me pregunto si la cara de la estatua se parece a la de la caja".

La maestra Carruthers sonrió.

—¿Sabes qué? Voy a traer las fotos que tomé. Fue una verdadera lección para mí. En aquel momento sabía muy poco sobre los taínos.

—Me encantaría ver las fotos —dijo Ty mientras su teléfono empezaba a vibrar—. Lo siento, miss Carruthers, pero tengo que atender esta llamada.

La maestra Carruthers le hizo un gesto para que se fuera mientras Ty salía de su clase.

—Aló —dijo Ty.

—Cuatro —dijo Alex.

—Ay —exclamó apoyándose en un casillero—. Me tienes súper nerviosa. ¿Qué pasa?

—Eddie me mandó un mensaje y dijo que Ernie y Jayden se estaban metiendo contigo. ¿Qué pasó? —preguntó Alex.

Ty lo puso rápidamente al tanto y luego lo tranquilizó.

—Mira, voy a evitarlos todo lo que pueda. No necesito pasar por el parque para dejar a Luis, y puedo pedirle a Vincent o a otra persona que me acompañe por las tardes. —Ty hizo una pausa y luego añadió—: No estoy preocupada.

—Pero yo sí lo estoy —dijo Alex—. Los hice quedar mal, ¿sabes? No me lo van a dejar pasar. Tengo que volver a casa y lidiar con esto.

Por el rabillo del ojo, Ty pudo ver al director Callahan recorriendo los pasillos. Le dirigió a Ty una mirada de ir a clase.

—Me tengo que ir —le dijo a Alex antes de que pudiera responder, y luego añadió—: ¡*Quédate* donde estás, me oyes! No vuelvas a casa.

Ides
Clara

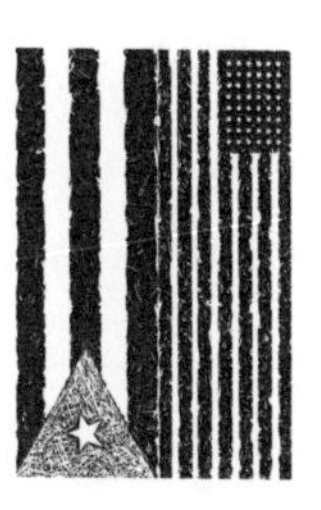

Mayagüez, 1919

—Mami —llamó Clara a su madre, Ides—. ¿Vas a salir?

—Un momentito —dijo Ides desde la ventana de su cuarto que daba a la parte trasera de la casa, donde había una extensión de exuberante vegetación y el comienzo de las tierras de cultivo. Clara, su hija mayor, estaba sentada en el piso jugando a ser la "maestra" de sus cuatro hermanos, que estaban sentados en un círculo a su alrededor prestándole atención. Hacía gestos amplios con los brazos y dibujaba en el aire. Ides no tenía claro lo que Clara estaba describiendo, pero podía decir que su hija estaba perfectamente satisfecha con lo que hacía por el elegante uso de sus delgadas manos.

La tela del largo y vaporoso vestido de Ides le tocaba los tobillos cuando se apartó con elegancia de la ventana y se dirigió a un cofre situado a los pies de la cama, en el centro del cuarto. Levantó la parte superior del cofre y se arrodilló para meter la mano en su interior. Hacía años, había descubierto un compartimento oculto a un ladito que parecía una pequeña estantería. A Ides siempre le pareció extraño que hubiera un trozo de madera extra en el cofre y un día lo soltó para descubrir un espacio vacío. Desde entonces, utilizaba ese lugar para esconder sus tesoros, objetos históricos que le había regalado su madre.

Su madre, Anna, le había pasado los objetos sagrados cuando la propia Ides tenía doce años. Anna le había dicho que se estaba convirtiendo en una mujer y que ya era hora de que aprendiera más sobre quién era para ayudarla a convertirse en la persona que sería.

—Eres fuerte, inteligente y honesta —le había dicho Anna a Ides—. Tienes una gran capacidad para amar y cuidar a los demás. Son rasgos que has recibido de tus antepasados. —Cuando Anna le entregó los objetos a Ides, le dijo—: Hemos tenido que guardar secretos sobre quiénes somos y asimilarnos, pero sé que siempre respetarás nuestra historia y nuestro legado. Cuando tengas una hija igual de cariñosa y sabia, pásale esto para que ayude a mantener viva nuestra historia.

Ides se levantó y volvió a mirar por la ventana. Clara les estaba enseñando un baile a sus hermanos. El amor emanaba de ella. Parecía que había nacido para ser una líder por la forma en que se mantenía erguida y la manera en que interactuaba con su familia. No sólo sus hermanos gravitaban hacia ella por ser la mayor, sino que otros miembros de la comunidad también le comentaban a Ides lo inteligente y capaz que era. Los ancianos, en particular, solían comentar que los dioses le habían sonreído a Clara y que estaba destinada a hacer grandes cosas. Ides siempre había sabido que ella sería la que recibiría la herencia.

Volvió a prestar atención a la caja y, de ella, Ides sacó la lista que contenía los nombres de sus antepasadas y se dirigió a su cama. Le encantaba abrir la tela y leer la lista de nombres. Le recordaba que había algo más en su vida que el espacio y el tiempo actuales que ocupaba. En cambio, ella formaba parte de un largo linaje que provenía de la grandeza de Anacaona, que después de tantas generaciones parecía casi una criatura mítica y divina.

Sus manos recorrieron los nombres de las generaciones de mujeres que habían vivido en la misma finca que ahora labraba. Su familia había llegado a Mayagüez antes de que se llamara Mayagüez en 1760. Desde entonces habían pasado muchas cosas, tantas.

Un chillido de alegría sacó a Ides de sus pensamientos. Volvió a la ventana para ver que sus hijos ya no estaban solos. Su marido, Héctor, y su hermano Gonzalo habían llegado. Se habían unido a los niños en su baile, haciendo que los pequeños saltaran y gritaran de emoción. Gonzalo llevaba el uniforme, mostrando con orgullo los ornamentos del ejército estadounidense. La guerra de 1898 había dado por fin a Puerto Rico la libertad de España, que había tardado mucho en llegar. Pero ahora tenían nuevos propietarios, los estadounidenses, e Ides estaba preocupada. Antes de que los nativos de la isla pudieran afirmar su gobierno, los estadounidenses se instalaron en Puerto Rico y sus alrededores, plantando sus banderas donde antes ondeaban las españolas. La sustitución de una bandera por otra sugería que la vida continuaría con normalidad, pero las cosas nunca habían sido normales, y nunca lo serían. Siempre había alguien que buscaba qué podía llevarse.

Ides guardó rápidamente la caja de madera y salió de la casa para saludar a su hermano. Su marido, Héctor, había entrado en la casa con los niños e Ides y Gonzalo estaban solos bajo el sol de la tarde.

—Ides —sonrió Gonzalo—. Te ves bien.

Ides sonrió a pesar de sus recelos sobre lo que representaba el uniforme.

—Tú también te ves bien —dijo. Luego, porque no pudo evitarlo, añadió—: Incluso con ese uniforme puesto.

Gonzalo se rio.

—Ides, nunca cambiarás —dijo señalando hacia una zona de sombra bajo un gran árbol flamboyán. Las hojas de un rojo ardiente creaban un toldo.

—Ya sé —dijo Ides—. Hay muy pocas oportunidades de ganarse la vida en Puerto Rico y formar parte de su ejército te ayuda a cuidar de tu familia.

Entendía por qué Gonzalo se había alistado en el ejército estadounidense, pero eso no le hacía más fácil aceptarlo. Ides nunca dejó de preocuparse por su vida, en especial cuando le tocó luchar junto a los estadounidenses en la Primera Guerra Mundial.

—¿Nunca te preguntas cómo habría sido nuestra vida si nos hubiéramos quedado en Borikén? —le dijo Ides a su hermano—. ¿Cómo sería tener nuestra propia nación?

Gonzalo negó con la cabeza.

—Después de la guerra, sólo quería vivir una vida sencilla aquí con mi familia. —Hizo una pausa—. Sabes, ahora tenemos la ciudadanía americana. Eso podría darles a los puertorriqueños muchas más oportunidades.

"¿Oportunidades para qué?", se preguntó Ides. "¿Para alejarnos cada vez más de lo que podríamos haber sido?".

—Ides. —Oyó que su esposo Héctor la llamaba y era algo bueno. No quería discutir ni debatir sobre el pasado o el presente de la isla. Tenía que mirar hacia el futuro y rezar para que Clara y su posible hija y la hija de su hija siguieran haciendo su parte para preservar lo que eran los boricuas, independientemente de las luchas y conflictos que vendrían con estas nuevas "oportunidades", y dar a conocer su historia.

Capítulo 28

"MEJOR QUE ÉL NO VUELVA a la Dent", pensó Ty preocupada mientras caminaba hacia la biblioteca después de las clases. Qué rápido habían cambiado las cosas, de querer que Alex volviera a casa a querer que se mantuviera alejado. Todavía lo echaba de menos y, por supuesto, lo quería en casa, pero primero quería que las cosas fueran normales. La normalidad sería una vida que no incluyera la amenaza de las armas, los tiroteos, las suspensiones innecesarias, las amenazas de los chicos y los murales de niños muertos. Eso sería la normalidad esencial, un nivel básico de seguridad y apoyo que debería esperarse en un país como Estados Unidos. También quería volver a reunir a su familia y, como joven puertorriqueña, quería sentirse bienvenida y segura en su propio barrio. Que su bilingüismo se considerara una ventaja, que su conocimiento de la historia se fomentara y defendiera.

Ty empujó la puerta de la biblioteca para encontrar a Mary sentada en el mostrador.

—Taína —dijo Mary—. ¿Cómo están tú y la familia?

—Bien, supongo —dijo ella, examinando la biblioteca—. ¿Sabes si la computadora de la sección infantil está ocupada? —preguntó.

—Sí —respondió Mary—. A esta hora todo el mundo está fuera de la escuela, por lo que se ocupan enseguida.

—¿Quieres usar la mía? —preguntó Sofía, apareciendo con su computadora portátil en la mano.

Ty saludó y gruñó:

—Gracias.

Sofía hizo un gesto con la cabeza para que Ty la siguiera mientras se movía rápidamente entre mesas, sillas y estanterías. El murmullo en la biblioteca era un suave zumbido. Los nenes trataban de mantener la voz baja, pero a menudo se olvidaban y necesitaban un recordatorio. Los adultos barajaban papeles, libros y sus propias computadoras portátiles mientras adquirían y procesaban información. Sofía encontró una mesa libre en el fondo de la biblioteca y se sentó.

—¿Cómo va tu investigación? —le preguntó, abriendo su computadora.

—He estado leyendo el libro que saqué —dijo Ty—, pero me pregunto qué puede haber pasado con la hija de

Anacaona, Higüamota. ¿Crees que hay alguna forma de quehaya llegado a Puerto Rico?

Sofía se encogió de hombros.

—Sé que Anacaona fue asesinada en lo que ahora es Haití. Veamos qué podemos encontrar —dijo Sofía, navegando hasta Google y escribiendo en el cuadro de búsqueda—. Mira —dijo, señalando la pantalla—, tuvo una hija llamada Higüamota, pero nadie parece saber qué pasó con ella. Supongo que es probable que también haya muerto en Haití.

Ty no estaba segura de dónde había muerto Higüamota, pero sabía que uno de sus antepasados había llegado a Puerto Rico en algún momento. Esperaba que hubiera más información.

—¿Dónde podemos encontrar más información? —preguntó Ty.

—Buena pregunta. Ya sabes —dijo Sofía—. No hay mucho sobre los taínos registrado en ninguna parte. No anotaban las cosas y, cuando llegaron los españoles, ellos documentaron lo que vieron, pero fue desde su perspectiva. Los españoles veían a los taínos como incivilizados.

—¿De verdad? —preguntó Ty, sin buscar necesariamente una respuesta. Era más bien una afirmación porque Ty veía a los taínos como algo increíble. Habría hecho falta una fuerza y un valor impresionantes para sobrevivir a todo lo que habían soportado.

—Toma —dijo Sofía, entregándole un par de libros—. Encontré estos libros después de que te fuiste la última vez.

Uno te dará un poco más de historia sobre los taínos. El otro es sobre Puerto Rico y te dará información sobre la historia de la isla después de que se convirtiera en territorio de Estados Unidos.

—Gracias —dijo Ty, aceptando los libros—. ¿Cómo fue que Estados Unidos consiguió adueñarse de Puerto Rico? ¿Y cómo nos convertimos en ciudadanos? —preguntó Ty, dándose cuenta en ese momento de que siempre había dado por sentada su ciudadanía estadounidense, sin pensar realmente en la historia.

—La guerra hispano-estadounidense —dijo Sofía simplemente—. Estados Unidos de alguna manera se ganó a Puerto Rico, no sé cómo describirlo de otra manera, y Puerto Rico ha sido un territorio de los Estados Unidos desde entonces. —Sofía se volvió hacia la entrada principal y notó que Mary le hacía un gesto—. Espera. Vuelvo enseguida —le dijo a Ty.

Ty se sentó a una mesa y abrió el libro sobre la historia de los taínos. Lo primero que vio fue un mapa del Caribe y los nombres que los taínos habían dado a las islas antes de que otros los cambiaran. Haití fue una vez Ayiti, pero como la República Dominicana y Haití compartían la misma isla, su antiguo nombre había sido Ayiti/Quisqueya. Cuba siempre fue Cuba, al parecer, o Cubanascnan, y Puerto Rico solía ser Borikén. Ty pasó la página y llegó a la introducción. Estaba escrita por un profesor de la Universidad de Mayagüez, en Puerto Rico. Ty leyó un poco, pero le llamaron la atención dos párrafos:

La Fundación Nacional de la Ciencia de Estados Unidos financió un estudio sobre el ADN puertorriqueño y descubrió que 61% de todos los puertorriqueños tienen ADN mitocondrial amerindio, 27% africano y 12% caucásico. El ADN mitocondrial sólo se hereda de la madre y, a diferencia del ADN heredado del padre (ADN nuclear), no cambia ni se mezcla con otro ADN a lo largo del tiempo. ¿Qué significa esto? Significa que la mayoría de los puertorriqueños tienen sangre indígena.

La idea de que los taínos se habían extinguido fue una narrativa popular y dominante durante muchos años, pero ahora sabemos que eso no es cierto. Esta nueva investigación demuestra que hubo asimilación y que los puertorriqueños se convirtieron en una mezcla de ancestros taínos, africanos y españoles.

—Parece que has visto un fantasma.

Ty saltó como si Anacaona hubiera aparecido a su lado.

—Lo siento mucho —se rio Sofía—. No quería asustarte, pero tenías la cara como blanca, nena. ¿Qué estabas leyendo?

Las palabras flotaban en la mente de Ty. *ADN*, *asimilación, sangre nativa*, *extinto*, *falso*. Ty no expresó nada de esto.

—Siento que cada vez que abro un libro o miro una página web sobre los taínos, aprendo algo nuevo.

El teléfono de Ty vibró en su bolsillo: un recordatorio de que debía ir a buscar a Luis.

—Diantre —dijo Ty distraídamente—. Pensé que tenía

más tiempo, pero tengo que recoger a mi hermano de la escuela.

—Claro. Seguiré viendo qué puedo encontrar para ti sobre Higüamota. Y antes de que te vayas —dijo Sofía—, me pregunto si me dejarías entrevistarte para una historia que estoy escribiendo sobre mujeres jóvenes asombrosas.

—¿Yo? —preguntó Ty, sorprendida—. ¿Asombrosa? ¿Por qué?

Sofía soltó una risita.

—Todavía no he conocido a alguien tan joven que estuviera tan interesada en su ascendencia como tú, hasta el punto de estar en la biblioteca investigando y aprendiendo. Y la conversación que mantuvimos sobre la opresión fue genial. —Sofía sonrió—. Además —continuó—, me daría la oportunidad de escribir sobre Anacaona y su hija de alguna manera.

A Ty le gustó la idea y dijo:

—Sí, claro.

—Buenísimo —dijo Sofía, chasqueando los dedos—. ¿Te importaría pedirle a tu madre que firme este permiso? —Sofía volvió a buscar en su bolso, sacó una carpeta y se la entregó. Aunque Ty la tomó amablemente, sabía que su madre probablemente no la firmaría. Recogió sus cosas, prometiendo en silencio que lo intentaría.

Después de despedirse de Sofía y Mary, Ty se dirigió a la escuela de Luis. No iba a arriesgarse a encontrarse con Ernie o Jayden, así que tomó el camino más largo alrededor del parque, donde había más gente a la vista. No es que fuera mucho mejor, porque tenía que atravesar el territorio de los Dogs de la calle Denton. Los Crawlers y los Dogs tenían una larga historia de conflictos, lo cual, según Ty, era muy estúpido. Pero después de esa mañana, pensó que se arriesgaría en el lado de la Dent gobernada por los Dogs.

Este lado de la calle Denton era diferente al lado en el que vivía Ty. Estaba cerca de la calle Main, del mercado Atabey y del parque, pero una vez pasado el parque, las casas parecían más deterioradas y descuidadas. Había carros abandonados y basura en las calles, alguna de la cual Ty pateó mientras caminaba. Vio a un par de hombres jóvenes, de aspecto familiar, de pie frente a una casa entablada cerca de la escuela de Luis. Su corazón se aceleró, pero entonces vio que llevaban vaqueros y tenis blancos, no los negros de los Night Crawlers.

La escuela primaria Denton provocaba en Ty una inexplicable sensación de temor. Nada en ella daba la impresión de que fucra un lugar de aprendizaje para niños hasta que se leía el cartel que decía Denton Elementary School. No había un patio de recreo visible, ni elementos coloridos y decorativos, ni ninguna sensación de que hubiera alegría en los confines de sus tres pisos de paredes de ladrillo. Las ventanas del primer piso eran oscuras y estaban cubiertas con barrotes, por lo que no se podía ver el interior de las aulas. La hacía sentir como si estuviera en problemas por algo o fuera a visitar a alguien que estuviera en problemas: una miniprisión, fría y sin vida.

Ty llamó al timbre del edificio y esperó. Cuando sintió el clic de la puerta, la abrió y entró al abismo. Un guardia estaba sentado en un escritorio junto a la puerta.

—Estoy aquí para buscar a Luis Pérez —dijo Ty, mirando los carteles en las paredes que decían cosas como "Manténgase en línea" o "No correr en los pasillos" o "No hablar en los pasillos". Buscó desesperadamente carteles que dijeran algo sobre esperanza o aspiración, pero no había ninguno.

—Tengo una nota aquí —dijo el guardia, sosteniendo un papel en sus grandes manos—, que Luis está en la oficina del director Moriarty. Deberías dirigirte hacia allá. —El guardia señaló el pasillo a su derecha.

Ty caminó sin ganas a la oficina. El temor que había sentido fuera aumentó al entrar en el espacio formal de la oficina. Una mujer estaba sentada en un escritorio trabajando en una computadora.

Tras un minuto de espera sin que le dijeran nada, Ty habló:

—Disculpe.

Sin levantar la vista, la mujer elevó un solo dedo a modo de respuesta.

Ty intentó ser paciente, pero lo único que quería era encontrar a su hermano e irse. Un hombre entró a la oficina pasando por delante de Ty, y le preguntó a la mujer:

—¿Dónde está la llave de la sala de maestros?

La mujer agarró un juego de llaves de un gancho y se lo entregó al hombre sin decir una palabra. El hombre ni se inmutó. Tomó las llaves y se fue.

—Disculpe —dijo Ty, con la cabeza inclinada hacia un lado y las cejas levantadas—. Sólo he venido a buscar a mi hermano.

La mujer por fin se centró en Ty.

—¿Cómo se llama? —preguntó.

—Luis Pérez —dijo Ty.

—Ah sí, claro —dijo ella—. Está con el director Moriarty. Espera, le avisaré.

Después de un minuto, el director Moriarty salió del fondo con Luis.

—Hola, soy el director Moriarty —dijo el hombre, extendiendo la mano. Ty se la estrechó, fingiendo que era la primera vez que lo veía, pero ya lo había conocido el primer día de clase de Luis, hacía seis semanas.

—Soy Taína, la hermana de Luis —dijo.

—Esperaba que fuera su madre la que lo buscaría porque Luis ha estado un poco descontrolado hoy en clase y en el programa extraescolar —dijo severamente el director Moriarty—. He llamado a su madre y le he dejado un mensaje, para que sepa lo que pasó, pero aún no me ha contestado.

Ella miró a Luis que enterró su cabeza en el estómago de Ty.

—¿Qué hizo? —preguntó Ty.

—No escuchaba a los maestros —dijo el director Moriarty—. Y decía que no quería hacer ninguna de las tareas. Tres de sus maestros me llamaron por esto en diferentes momentos y una vez el guardia de recursos escolares tuvo que ir a hablar con él. Al final, lo traje a mi oficina.

Ty trató de imaginar una escena en la que un guardia de seguridad entrara en un aula de primer grado para buscar a un alumno. No pudo, así que en su lugar compartió:

—Ha estado triste. Nuestra abuela murió este fin de semana pasado.

El director Moriarty cruzó los brazos contra su pecho:

—Por supuesto. Por eso lo traje a mi oficina, pero espero que mañana esté listo para volver a la escuela.

—¿Listo? —preguntó Ty—. Puede que le lleve un tiempo. Ella era importante para todos nosotros. —Ty se dio cuenta de que su voz se estaba volviendo más fuerte, así que respiró hondo, con la esperanza de calmarse.

—Lo entiendo —dijo lentamente el director Moriarty—, pero no puedo permitir que se porte mal en clase.

—De acuerdo, bien —dijo ella sabiendo que debían salir de allí antes de seguir debatiendo con él sobre este tema—. Hablaré con mi madre esta noche. —Antes de que el director Moriarty pudiera responder o continuar con su resumen del mal comportamiento de Luis, Ty tomó la mano de Luis y lo sacó con firmeza del edificio.

Fuera, Ty se volvió hacia Luis y le preguntó:

—¿Qué pasa, Luis? ¿Por qué te comportaste así?

Luis pateó una pequeña piedra en la acera.

—Odio la escuela —dijo finalmente—. ¿Por qué no puedo estar en casa contigo o estar con papá y Alex? —preguntó.

—Todos tenemos que ir a la escuela, Luis —dijo Ty.

—Alex no —dijo, dando un pisotón.

—Sí, pero Alex se metió en problemas en la escuela. No te quieres meter en problemas en la escuela. —Ty dijo las palabras, pero las sintió vacías. ¿Acaso no eran las mismas palabras que su madre le había dicho sobre la forma en que había actuado en la escuela el viernes pasado? "Quizá no era la misma situación", pensó mientras tomaba la mano de Luis y se dirigía hacia la calle Denton.

—¿Por qué no atravesamos el parque? —preguntó Luis, apartando su mano de la de ella.

—Porque —dijo Ty— hoy quiero ir por aquí. —No iba a decirle a Luis que estaba evitando el parque porque unos pandilleros la estaban amenazando.

—Ay, mana —dijo Luis, dando un pisotón—. No quiero ir por el camino largo.

Ty miró fijamente a Luis y le dijo:

—Vamos. ¿Confías en mí? Tenemos que ir por aquí, ¿okay?

Luis se mantuvo taciturno todo el camino a casa. Su madre aún no estaba en el apartamento, así que Ty preparó algo de comer y dejó que Luis viera su iPad. Cuando llegó Esmeralda, Ty estaba sentada en el sofá hojeando el libro sobre Puerto Rico.

—¿Dónde está Luis? —preguntó Esmeralda dejando caer sus bolsas al suelo—. Recibí un mensaje de su director diciendo que se estaba portando mal en clase.

—En su cuarto, ma —dijo Ty cerrando su libro—. Sin embargo, sé lo que pasó. Míster Moriarty me lo dijo cuando lo recogí.

—¿Qué pasa con mis hijos? —preguntó Esmeralda, poniendo las manos en las caderas e inclinándose hacia delante para estar más a la altura de los ojos de Ty—. ¿Por qué se portan todos tan mal en la escuela?

Ty no pudo evitar poner los ojos en blanco:

—Ma, vamos. ¿No ves que Luis está triste y molesto, y así es como intenta llamar la atención de alguien? Y las situaciones de Alex y mía son completamente diferentes.

—Abuela, ¿verdad? —preguntó Esmeralda, sentándose y frotándose los ojos repetidamente.

—Sí, abuela —dijo Ty. Su madre estaba tan apagada, sin mostrar un ápice de reacción, casi como si no le importara. Ty se sintió frustrada. Necesitaba ver a su madre reconocer lo que estaba pasando, reaccionar a algo—. Pero no es eso —agregó Ty, con la esperanza de llegar a ella—. También está sufriendo por lo de papá y Alex.

Esmeralda entrecerró los ojos como si tratara de comprender las palabras que Ty acababa de pronunciar.

—¿Qué intentas decir? —preguntó—. Tu padre y yo nos separamos hace años y Alex sigue por aquí. No es que esté muerto.

—Pero las cosas han cambiado mucho en los últimos tres años, mamá —suplicó Ty—. Alex y papá ya no están en casa y Luis los echa de menos.

Esmeralda le fijó una mirada vacía a su hija, y luego se levantó y escapó a la cocina. Ty la siguió, insistente, esperando conseguir más. En lugar de eso, Esmeralda tomó una esponja de la parte superior del fregadero de la cocina y empezó a limpiar la encimera de polvo y suciedad inexistentes.

—Ma —empujó Ty—. ¿Me escuchaste?

Esmeralda siguió limpiando.

—Te escuché —dijo—, pero no estoy de acuerdo contigo.

—Ma…

—Luis estaba bien antes de que la abuela falleciera, ¿okay? No creo que le moleste nada más.

Esmeralda limpió la encimera un par de veces más, volvió a colocar la esponja en su lugar y enderezó los paños de cocina que colgaban del mango de la estufa.

—¿En serio? —preguntó Ty—. Porque cada vez que hablo de Alex o de papá, Luis se queda muy callado. Ahora viene a mi cuarto todas las noches porque no quiere estar solo. Y hoy me dijo que no quería ir más a la escuela porque quiere estar con Alex. Tal vez tú no creas que le molesta nada más, pero yo estoy aquí mucho más que tú, ¡y hay muchas cosas que le molestan!

—¿Me estás echando en cara que tengo que trabajar? —respondió Esmeralda—. Tengo que trabajar si no no podremos quedarnos aquí. ¿Crees que quiero estar lejos de mis hijos?

—A veces —respondió Ty rápidamente—, a veces pienso que quieres estar lejos.

Esmeralda sacó los paños de cocina de su percha y comenzó a doblarlos de nuevo, pero esta vez con intensa energía.

—Si no trabajo entonces estamos jodidos, Ty, así que estoy haciendo todo lo que puedo —le respondió.

Durante unos diez segundos, lo único que Ty pudo oír fue el tic-toc del reloj de la cocina. Esperó incómoda, preguntándose si su madre iba a decir algo además de que estaba haciendo todo lo que podía. "¿Qué tal si reconoce que yo estoy haciendo todo lo que puedo?", se preguntó Ty. "Tal vez incluso decir algo como: 'Oye, Ty, creo que eres una gran muchachita. Me ayudas mucho y te quiero'". Ty estaba aceptando poco a poco que su madre nunca le iba a decir palabras como esas, lo que la hacía aún más consciente de la pérdida de su abuela.

Ty no pudo aguantar más el silencio, así que preguntó:

—¿Podemos dejar a Luis en casa mañana al menos?

—No puedo tomarme otro día libre en el trabajo —dijo—. Y tú también tienes que ir a la escuela, así que no puedes quedarte en casa con él.

—¿En serio? La abuela acaba de morir. ¿No tenemos tiempo para llorarla? —Ty contuvo las lágrimas, pero su madre ni se inmutó.

—Hoy fuiste a la escuela. ¿Qué es un día más?

—¿Y Benny? —suplicó Ty—. Lo escuché decir que se había tomado un par de semanas. —“Como los seres humanos normales”, pensó Ty con amargura.

—De ninguna manera —dijo Esmeralda—. De ninguna manera lo quiero aquí regodeándose como si yo necesitara su ayuda o la de Milagros. De ninguna manera.

—Sabes que Benny no es así, ma. —Ty dio un pisotón—. Siempre ha estado ahí para nosotros.

Esmeralda negó con la cabeza.

—No siempre. Cuando arrestaron a tu padre, dijo cosas muy desagradables sobre él que me dolieron mucho. Como que tu padre no servía para nada y que tenía mal criterio y todo eso. —Esmeralda siguió sacudiendo la cabeza—. Por eso no le doy ninguna información que pueda usar en mi contra.

Ty no respondió porque nunca había oído a Benny decir algo así.

—Ma —dijo Ty lentamente—, tal vez sólo estaba

reaccionando a la situación, ¿sabes? A veces la gente dice cosas estúpidas cuando se enoja. —Ty lo sabía mejor que nadie.

—Bueno, nunca se disculpó ni nada, y no he olvidado sus palabras. —Hizo una pausa—. Es mejor que Luis vaya a la escuela. Ya lo verás. Volverá a la rutina y estará bien.

"Sí", pensó Ty. "Porque así es como funciona, ¿no? La gente sigue adelante e ignora sus sentimientos, como tú".

—Mañana trabajas un día parcial, ¿verdad? —preguntó Ty, abandonando la lucha.

—Sí —dijo Esmeralda, tratando de sonar indiferente—. Llevaré a Luis a la escuela antes del trabajo y lo recogeré después.

—De acuerdo —dijo Ty—. Eh, ma —continuó, pensando que ahora era tan buen momento como cualquier otro para preguntar—, ¿podrías firmar un permiso para algo?

—¿Para qué? —preguntó Esmeralda con suspicacia.

—Alguien quiere entrevistarme para un periódico universitario. Está haciendo un reportaje sobre mujeres jóvenes. La conocí en la biblioteca y me pidió una entrevista. Me gustaría hacerlo, pero necesita tu permiso. —Ty se detuvo.

—¿Quién es esta persona y por qué habla con gente extraña en la biblioteca? —preguntó Esmeralda.

—¡No es una persona extraña, ma! —exclamó Ty—. Se llama Sofía y es una estudiante del Canvas College que es voluntaria de la biblioteca. La conocí allí porque estaba investigando algo para la escuela y ella me ayudó. Solía vivir por aquí y es dominicana.

Esmeralda usó su mano para descartar visualmente la idea.

—No. ¿Por qué quiere saber de nuestros asuntos?

—¡Ella no quiere saber de nuestros asuntos! —Ty se quejó—. No somos tan importantes.

—No —dijo Esmeralda—. Si no somos tan importantes, que entreviste a otra persona.

Isaura
Clara

Mayagüez, 1972

—¡Ven, Cuca! —Isaura llamó a su cerda favorita. Estaba dentro del corral con un guineo pelado en la mano. Cuca resopló rápida y ruidosamente mientras se acercaba a la rica fruta, y luego la agarró entera. Isaura se rio. Echaría de menos a Cuca la Puerca Rica —el nombre que Isaura le había puesto cuando se conocieron— porque a Isaura le gustaba la forma en que Cuca se paseaba por el corral como si fuera de la realeza.

El crujido del heno y el rascar de un rastrillo llenaban sus oídos mientras el aroma de la tierra recién removida impregnaba sus fosas nasales. Quería recordarlo todo porque hoy se iba a Estados Unidos y no sabía si volvería. Miró hacia la casa principal y allí estaba su marido, Otilio Ramos, hablando con su padre. *Estoy casada,* pensó. No puedo creer que me haya casado y que me vaya a un país extraño. Los sentimientos de Isaura pasaron del miedo a la excitación, a la preocupación y de nuevo al miedo, mientras se agarraba a sus brazos huesudos. La apodaban "Flaca" por su delgadez. Se preguntaba si haría algún amigo en Estados Unidos y si la llamarían cariñosamente Flaca como hacía su familia. Al sentir que no estaba sola, Isaura se giró para encontrarse a su hermana Juana.

—En el corral de los cerdos otra vez —dijo Juana—. Echarás de menos a tus cerdos cuando estés en Estados Unidos. —No había emoción en su voz e Isaura se preguntó si a ella le daba igual.

—Sí, seguro que te alegrarás cuando me vaya —contraatacó Isaura, pelando otro guineo, mientras Cuca resoplaba y gruñía anticipándolo. Ella y Juana llevaban casi un año evitándose desde que Juana había intentado quitarle el amuleto y el cemí.

—No, no me alegraré —dijo Juana, jugando con el crucifijo de oro que llevaba al cuello—. Siento que no has aceptado mis disculpas y sigues pensando que soy una ladrona.

Isaura fingió sorpresa.

—¿Cuándo te disculpaste? —preguntó—. No lo recuerdo.

—¡Ay, Dios mío! —replicó Juana—. ¡Me he disculpado cien veces! —Por un momento, pareció que iba a meterse en el corral con Isaura, pero Juana evitaba cualquier cosa sucia, así que se quedó plantada fuera de la simple puerta de alambre—. Un día te vas a dar cuenta de que somos familia y sí, me equivoqué. Me dio envidia que te eligieran a ti antes que a mí, la mayor. No lo entendía, pero ahora sí lo entiendo. Es sobre el legado y el amor. Se trata de asegurarnos de que nunca olvidamos a nuestros ancestros y lo poderosos que son. No necesito artículos para saber todo eso, porque no se trata de eso. Se trata del conocimiento. Se nos dio el don del conocimiento y ahora debemos preservarlo y compartirlo.

Isaura observó atentamente a Juana antes de dedicarle una gran sonrisa de dientes separados.

—¡Es lo más sensato que has dicho alguna vez! —Isaura se rio.

—Un momento —dijo Juana—. Digo muchas cosas que tienen sentido. ¿De qué estás hablando?

—A veces —afirmó Isaura—. Pero la mayoría de las veces se trata de presagios y visiones. —Juana era conocida en la zona como la adivina del barrio. Si querías que te dijeran tu futuro o que te ayudaran con un problema, acudías a Juana.

—Sé que nunca creíste que tuviera conexiones con cosas que no puedes ver o entender —dijo Juana—. Pero tuve una visión sobre ti. —Hizo una pausa e Isaura pareció intrigada.

—De acuerdo —dijo Isaura—. Cuéntame. Una última visión para el camino.

Juana sonrió y le dijo:

—Vas a vivir una buena y larga vida, Isaura. Tendrás tus

altibajos, luchas con Estados Unidos y con los estadounidenses. Pero tendrás hijos que te querrán y una hija y una nieta que mantendrán el legado.

Isaura se puso seria.

—¿Seré feliz? ¿Serán felices mis hijos? —preguntó Isaura.

—Eso depende de ti y de ellos —dijo Juana—. Todos ustedes tendrán más poder de lo que se imaginan.

Otilio llamó a Isaura a la distancia y llegó el momento de despedirse.

—Espero que algún día puedas perdonarme y podamos ser amigas además de hermanas —dijo Juana.

Isaura le dio una palmadita en la cabeza a Cuca, salió del corral y le dio un abrazo a Juana.

—Adiós —fue todo lo que le respondió Isaura. Era hora de que Isaura se fuera. Su destino la esperaba en el continente, en Estados Unidos.

Capítulo 29

LAS IMÁGENES DEL DÍA invadieron los pensamientos de Ty en cuanto cerró los ojos. Jayden agarrándola del brazo y Ty sintiendo su aliento caliente en su mejilla mientras la amenazaba, la cara descompuesta de Eddie mientras le entregaba un pañuelo de papel para que se secara las lágrimas, la mirada sentenciosa y odiosa de la maestra Neil, las súplicas de Luis para quedarse en casa y su madre negando con la cabeza ante cada petición de Ty. Pero no todas eran malas. También apareció un recuerdo de su abuela sonriendo y, aunque Ty lloraba su muerte, recordar que siempre se había alegrado de ver a Ty la hacía sentirse querida y apreciada.

Al levantar su teléfono, Ty se dio cuenta de que era casi la medianoche. Imaginó que todos ya estarían durmiendo, así que salió sigilosamente de su cuarto. Utilizó la linterna de su teléfono para iluminar la sala de estar oscura y silenciosa, y se detuvo en la puerta del cuarto de su abuela. Lo había evitado durante toda la semana, pero Ty necesitaba consuelo y no sabía a qué otro lugar acudir.

Al abrir y entrar al dormitorio tranquilo, todo estaba como lo había dejado su abuela. Ordenado, minimalista, pero lleno de su personalidad. Ty se dirigió a la cómoda de Isaura, donde había tres fotos enmarcadas. Una era de ella y su marido, el abuelo de Ty, Otilio, yéndose de Puerto Rico en 1972. "Se veía tan joven y feliz", pensó Ty. Otra era de la madre de su abuela, Clara, tomada en 1980. Ty había oído a su abuela hablar de esa visita cuando vio a su madre. "Debió ser duro para mi abuela alejarse de su familia para construir una nueva vida aquí", pensó Ty. "¡Y aquí estamos en este lío! ¿Qué haría mi abuela?", se preguntó Ty mientras el teléfono vibraba en su mano.

—¿Alex? —respondió Ty.

—Hola, hermanita —dijo Alex—. Me alegro de que sigas despierta. No podía dormir y quería ver cómo estabas. ¿Volviste a ver a Ernie o a Jayden?

—No —dijo Ty—, y mamá va a dejar a Luis en la escuela mañana, así que voy a hacer como si no hubiera pasado nada. —Ty esperaba que Alex no indagara, porque en realidad le estaba costando olvidar lo sucedido. Fue la energía negativa de Jayden y ese aliento en su mejilla.

—Estoy tan indignado —dijo Alex como si no la hubiera escuchado—. Es a mí a quien quieren, y no quiero que estés en medio de esto. No tiene nada que ver contigo.

—Lo sé, pero no es tu culpa —insistió Ty. Era demasiado arriesgado. Ty no podía imaginarse perder también a su hermano. Acababa de perder a su abuela.

—No, como te dije antes, es culpa de Eddie.

—Alex, Eddie está un poco atascado. Se metió de lleno, pero ya sabes que tiene que cuidar de su madre y de su hermana pequeña —dijo Ty, recordando su paquete de pañuelos de Dora la exploradora.

—Ya lo sé —espetó Alex—. Aun así. Vuelvo a casa mañana.

—¡No! —suplicó ella—. Alex, por favor, escúchame. Está demasiado agitada la cosa acá.

—Lo sé, Ty, lo sé, pero Eddie me mandó un mensaje y dijo que si volvía... —empezó Alex.

—¿Qué? ¿Eddie y tú son amigos de nuevo? —preguntó Ty.

—Sí, me estuvo enviando mensajes de texto. Sabes que no estoy enojado con él aunque todo esto sea su culpa. —Alex suspiró con fuerza—. Necesita alejarse de esos tipos, pero primero tengo que cuidar de mí y de ti.

—Claro —dijo Ty recogiendo la foto de su abuela de 1972—. Puedes cuidarnos mejor si te quedas donde estás. Además, tienes que cuidar a papá también.

Alex se rio.

—Sí, claro —dijo—. Sabes, papá necesita a mamá y ella

lo necesita a él, pero ambos actúan como si no fuera así la cosa. Lo único que hace es preguntar por ella. ¿Cómo está? ¿Está saliendo con alguien?

Ty se quedó sin aliento.

—¿Mamá saliendo con alguien? ¿Con quién?

—Sí. Ni siquiera le gusta hablar con la gente.

Ty hizo una mueca al pensar en su madre en una relación con alguien que no fuera su padre.

—¿Qué crees que hará falta para que se vuelvan a juntar? Quiero decir, papá lo está intentando. Ahora tiene un trabajo y no sale con nadie, ¿verdad?

—No —dijo Alex—, pero hay una vecina de al lado que no para de venir a ver si necesitamos algo. Siempre está llenándole el tanque a papá, pero no hay manera. Además, le dije que le diría a mamá si lo veía siquiera mirar a otra persona.

—Ves —dijo Ty—, por eso tienes que quedarte donde estás.

—Buen intento, hermanita —dijo Alex, y luego cambió de tema—. ¿Cómo estás? Sé que la muerte de abuela fue dura para ti... bueno, para todos nosotros, pero ustedes, no sé, siempre tuvieron algo especial.

—Sí, la extraño, ¿sabes? —dijo Ty—. No me di cuenta de lo mucho que me enseñó.

—¿Me vas a decir alguna vez lo que te dijo la noche que te visitó? —preguntó Alex.

—Déjame decírtelo en persona —dijo Ty y luego retrocedió—. Quiero decir... Iré a visitarte a casa de papá y te lo diré entonces.

—Buen intento, otra vez, hermanita —dijo Alex—. Voy a pedirle a papá que me deje mañana para quedarme el fin de semana. Entonces me ocuparé de los Crawlers.

—Alex… —Ty advirtió—. No seas tan estúpido.

—No estoy siendo estúpido. Estoy siendo responsable. Esta es mi pelea, Cuatro. Tengo que luchar.

—Pero…

—Tengo que irme. Esa señora de al lado está llamando a la puerta. Voy a decirle que se vaya antes de que papá se debilite.

—Espera…

Pero Ty había llegado demasiado tarde. Alex ya se había decidido.

Capítulo 30

POR SUERTE, Ty estaba teniendo un viernes normal en la escuela: sin discusiones, sin drama y con algo de aprendizaje. Justo cuando pensaba que el resto del día sería igual de básico, vio una llamada perdida de su madre. Unos segundos más tarde, recibió una notificación del buzón de voz. Ty lo escuchó rápidamente antes de que su maestra pudiera darse cuenta. El mensaje era sencillo, pero desesperado. “Ven a la escuela de Luis, ahora mismo”, le dejó dicho su madre. Ty miró la hora. La clase terminaba en cinco minutos. Tendría que esperar para volver a llamar.

Cuando terminó la clase, Ty la llamó de inmediato sin

suerte. Un estudiante no podía salir de la escuela sin el permiso de sus padres, así que Ty intentó frenéticamente llamar a su madre un par de veces más, pero seguía sin responder. Lo único que quería hacer era saltarse su última clase —Inglés con la maestra Neil— y correr hacia su madre y Luis. No quería tener que interactuar con la maestra Neil mientras se preocupaba por su madre y Luis. Tal vez su madre volvería a llamar y podría conseguir un pase para salir. Entró en el aula de la maestra Neil sin dejar de mirar el teléfono, deseando que sonara. No sonó. Sin embargo, la maestra Neil la detuvo mientras se sentaba.

—Asegúrate de que ese teléfono está guardado antes de que empiece la clase —dijo la maestra Neil, de pie sobre su escritorio.

Ty asintió distraídamente.

—¿Me has oído? —añadió la maestra Neil, esperando una respuesta.

—¿No me vio asentir? —preguntó Ty antes de poder contenerse. ¿Cómo se suponía que iba a seguir fingiendo que era esa persona obediente que no tenía ninguna emoción?

—Cuidado con la actitud, por favor —advirtió la maestra Neil.

Ty abrió la boca para responder cuando Vincent, que había entrado a la clase y se había sentado a su lado, la detuvo.

—Ty —dijo en voz baja—. Déjalo estar.

La maestra Neil se apartó para hablar con otro alumno. Ty se inclinó hacia Vincent y le susurró:

—Estoy preocupada por mi madre. Me ha dejado un

mensaje súper loco y ahora no puedo localizarla. No sé qué hacer. Miss Neil no me va a dejar volver a la clase si me voy para hacer una llamada.

—Si estás preocupada por tu madre, deberías ir a ver a míster Callahan. Quizá él te pueda ayudar.

A Ty le pareció una buena idea y era exactamente lo que el director Callahan había dicho que hiciera, así que Ty levantó la mano. La maestra Neil no la reconoció aunque miraba en dirección a Ty.

—Está fingiendo que no me ve —dijo Ty volviéndose hacia Vin.

—Sólo llámala —sugirió—. Quizá no te pueda ver.

—Ella me puede ver, Vin —dijo Ty, llegando a su punto de inflexión. Se levantó y recogió sus cosas. Cuando se colocó la mochila en la espalda y se dio la vuelta para salir de la clase, la maestra Neil se acercó.

—¿A dónde vas? —preguntó la maestra Neil, caminando hacia ella.

—Necesito ver a míster Callahan. Hay una emergencia en casa —dijo Ty por encima de su hombro y luego caminó decididamente hacia la puerta.

—Espera un momento —dijo la maestra Neil—. No puedes irte sin mi permiso, y aún no te lo he dado.

La clase se quedó quieta y en silencio. Ty se enfrentó a la maestra Neil, consciente de que todas las miradas estaban puestas en ellas.

—Miss Neil, he levantado la mano para pedir permiso —dijo, con calma al principio, luego cedió al pánico—.

Mire, tengo una verdadera emergencia en casa, así que no tengo tiempo para esto.

—Te advertí sobre tu actitud, ¿no? —La maestra Neil puso las manos en las caderas, desafiándola. Ty sintió que se le formaba un nudo en la garganta por la frustración y la preocupación.

—¿Me habla en serio? —Ty no pudo evitar gritar—. Le dije que tenía una situación de emergencia en casa y usted sigue hablando de una actitud que puedo o no tener. —Ty rechinó los dientes y agitó la mano—. ¡Tengo que irme! —Ty salió del aula en segundos.

La maestra Neil no había dicho más nada, pero eso no sorprendió a Ty. Seguramente estaba encantada de que Ty le hubiera dado una razón para echarla de la clase. Ty apretó los dientes y volvió a llamar a su madre. Esta vez contestó ella.

—Ty, ven a la escuela de Luis ahora mismo —suplicó Esmeralda.

—Mamá, ya voy, pero necesito per… —Ty intentó decir las palabras antes de que su madre se desconectara, pero no lo consiguió. "¿Cómo voy a salir de la escuela sin el permiso de mi mamá?". Ty se acordó de la puerta trasera cerca de la cafetería donde Alex y Jayden habían peleado y se preguntó si la alarma de la puerta todavía estaba apagada. Observó sus alrededores y luego caminó rápidamente hacia la cafetería.

No había nadie. Cuando encontró la puerta, la abrió y salió a la calle sin hacer ruido. Recorrió con rapidez y sigilo el camino largo a la escuela para no ser notada, y aun así llegó a la primaria Denton en menos de diez minutos.

En la escuela de Luis, había otro guardia de recursos escolares en el escritorio. Ella le dijo quién era y él la envió a la oficina del director. Una sensación de temor aceleró su paso y los latidos de su corazón cuando entró por la puerta del despacho. Ty encontró a su madre y a Luis sentados en sillas frente al director. Estaban discutiendo acaloradamente mientras otro guardia de recursos escolares se encontraba en la sala de al lado. En cuanto Luis la vio, empezó a sollozar.

—¿Qué pasó? —preguntó Ty. Luis no contestó, pero se levantó y corrió hacia ella, agarrándola y sujetándola con fuerza como si fuera a desaparecer si no lo hacía.

—Tiene que aprender —le dijo el director a Esmeralda como si Ty no estuviera allí— a no gritar en clase. Fue disruptivo, por eso llamaron al guardia Jones a la clase.

—¿Pero por qué lo esposaron? —preguntó Esmeralda—. ¿Por qué harían algo así?

—¿Qué? —preguntó Ty, pero nadie la miró ni respondió. Lo intentó de nuevo—. ¿Qué? —dijo en voz mucho más alta. Miró al guardia de recursos—. ¿Qué le hicieron?

—Taína… —espetó Esmeralda.

—¿Qué demonios pasó? —interrumpió ella, arrodillándose a la altura de Luis—. Luis —dijo en voz baja—. ¿Qué te han hecho?

Luis continuó abrazando a su hermana.

—Estaba hablando en clase —dijo, tratando de recuperar el aliento—. La maestra me dijo que dejara de hablar. Le dije que tenía una pregunta y me dijo que me callara. Le grité. Le pregunté por qué nadie me escuchaba. —Luis empezó a llorar de nuevo y Ty lo abrazó más fuerte.

—¿Qué pasó después? —preguntó ella. Ty tuvo que acercarse para entender sus palabras.

—La maestra llamó al director, y él envió a la policía a buscarme. Intentó hacer que me fuera, pero yo no quería. Sólo quería que la maestra me escuchara.

—¿Qué hizo el policía? —Ty insistió.

—Me bajó al piso y me esposó. Me dolía tanto el brazo que gritaba. —Mostró sus muñecas y brazos, donde tenía arañazos—. Me arrastraron hasta aquí —dijo Luis entre gritos ahogados y desgarradores.

—Cálmate —dijo Ty, esperando que la palabra tuviera los mismos efectos relajantes que tenía como cuando se la decía su abuela—. Está bien, mamá y yo estamos aquí. —Ty se puso de pie, irguiendo el cuerpo a pesar de estar temblando.

Todo estaba en Technicolor y en estéreo, como si Ty viera las cosas por primera vez con claridad.

—¿Estás herido? —dijo alguien desde algún lugar. Ty giró la cabeza hacia la voz y vio a la mujer que la había ignorado ayer observándolos, esperando una respuesta.

—¿Está herido? —Ty repitió—. ¿Tú qué crees? ¿Alguna vez te han esposado? —preguntó Ty, acercándose a la mujer—. Probablemente duele. Probablemente duele mucho.

—No hay necesidad de gritar —dijo el director cruzando los brazos—. Aquí todos podemos ser civilizados.

Escuchar la palabra *civilizado* hizo que algo en Ty se activara. Durante un breve segundo, la imagen de sus antepasados pasó por delante de ella. Los habían tachado de *incivilizados* por el mero hecho de existir, y esa descripción hacía que, de alguna manera, estuviera bien que otros los oprimieran. Un niño de siete años había sido esposado por esos salvajes y de alguna manera ella estaba actuando de forma incivilizada al decirles que eso estaba mal. Añadió:

—¿De verdad? ¿Me están tomando el pelo? —dijo como punto final.

Esmeralda se levantó y se unió a ella, levantando a Luis y sujetándolo.

—Mira —dijo el director—, vamos a hablar de esto con calma. Si quieres hacer un informe del incidente, el guardia Jones lo tomará.

—No. No quiero hablar con él —dijo Esmeralda, silenciando a todos los presentes con el tono de su voz—. Voy a ir a una comisaría ahora mismo a presentar una denuncia contra usted, el guardia Jones —señaló hacia el guardia— y contra esta escuela.

—Señora Pérez —dijo el guardia Jones—, no hay necesidad. No actué de manera inapropiada. Hice lo que tenía que hacer para proteger a otros estudiantes. —El tono robótico de su voz hizo que pareciera que ya había dicho esas palabras muchas veces antes, y ese pensamiento asustó a Ty.

Ty se volvió hacia el guardia Jones.

—¿No actuó de forma inapropiada? —dijo—. ¿Estás como loco o algo así? Esposaste a un nene de siete años.

El director frunció los labios juzgando el comportamiento de Ty.

—Oye, cuida tu tono. Hicimos lo mejor que pudimos dadas las circunstancias.

Ty se acercó al escritorio del director, inclinándose sobre él y encarándolo sin inmutarse.

—Dígame usted, míster Moriarty —le dijo— ¿qué tono debería utilizar? ¿Qué tono utilizaría si descubriera que su hermano o su hijo de siete años ha sido esposado y arrastrado por su escuela primaria, dejándole marcas en las muñecas? Me gustaría saberlo, así que, por favor, adelante, dígame cómo debo actuar. Quiero saber qué es aceptable para usted.

—Sé que esto los tiene mal —dijo el director Moriarty, sin responder a la petición específica de Ty—, pero sólo teníamos en mente la seguridad de los otros estudiantes cuando intervenimos.

—¿Quiere decir que no sabe cómo calmar a un nene de siete años sin esposarlo? —preguntó Ty, dándose cuenta del nivel de lo que había ocurrido—. Vaya. No ve nada malo en esto, ¿verdad? ¿Por qué es usted director? ¿Tan siquiera le caen bien los niños? —El director Moriarty intentó responder, pero Ty sólo habló más alto para indicar que aún no había terminado—. ¿Ha hablado alguna vez con Luis? —preguntó—. Si alguna vez hubiera hablado con él, sabría que es cariñoso, amable y muy divertido. No se le ocurriría esposarlo si hubiera dedicado cinco minutos a conocerlo. Tal vez no ve a los niños que van a esta escuela como personas reales. ¿Es eso? ¿O sólo se trata así a los niños que no se parecen a usted? —preguntó.

—Espera un momento —dijo el director Moriarty, interrumpiendo rápidamente para rebatir—. No intentes hacer que esto sea sobre la raza. Esto es sobre el comportamiento.

Ty le dirigió al director Moriarty la mirada de "¿Crees que soy estúpida?", y luego se volvió hacia su madre diciendo:

—Vámonos, ma. —Ty pasó junto a Esmeralda y esperó. Esmeralda no la siguió. En su lugar, se enfrentó al personal escolar reunido en el despacho. Ty se dio cuenta de que, incluso con el peso de Luis en sus brazos, se mantenía erguida.

—Este niño al que han esposado es mi hijo, Luis Pérez —dijo por fin Esmeralda, rompiendo a llorar—. Tal vez piense que puede hacernos esto porque somos pobres o piense que puede salirse con la suya porque, como dijo usted, míster Moriarty, esto se trata de comportamiento, ¿no? Pero no se trata de eso. Se trata de mantenernos a raya haciéndonos sentir que no valemos nada por ser quienes somos y que usted siente que puede tratarnos como quiera. Que pueden tratar a un niño de siete años que pide ayuda como a un criminal. Debería darles vergüenza.

Con Luis aún en brazos, Esmeralda pasó junto a Ty, que la siguió obediente y rápidamente fuera de la entrada principal de la escuela. Nadie los siguió. Nadie se disculpó. Nadie se esforzó por saber si Luis estaba bien.

Afuera, Ty dejó que los sentimientos profundos y dolorosos que había estado albergando subieran a la superficie de su piel. Esperaba que la brisa de la tarde se llevara parte de su ira. Levantando los ojos, vio a su madre y a Luis abrazarse profundamente en la sucia acera, y corrió para alcanzarlos.

—Ty —dijo Esmeralda—. ¿Sabes que siempre te digo que mantengas la boca cerrada?

Ty asintió, pensando, "Ahora no, mamá. Justo hoy no".

—Pues —continuó Esmeralda, secándose los ojos—. Hoy no ha sido ese día. Gracias por luchar por… —Un grito escapó de la garganta de su madre y se detuvo para recomponerse—. ¿Por qué han hecho esto? —dijo Esmeralda, temblando—. ¿Qué les hizo pensar que tenían derecho? Es sólo un nene pequeño. —Lo acercó a Luis a su lado—. Lo siento mucho, m'ijo. No te merecías eso.

—Pero hablé mal en clase, mami, y no hice lo que me dijeron que hiciera —dijo Luis.

Esmeralda parpadeó y sacudió la cabeza.

—M'ijo —dijo con fiereza—, nada de lo que puedas hacer te haría merecer eso. —Esmeralda hizo una pausa—. Lo siento mucho. Lo siento mucho —repitió Esmeralda mientras seguía aferrada a Luis. Ty estaba segura de que ella misma se metería en problemas en la escuela, pero no había lugar en el que prefiriera estar más que allí con su madre y Luis.

Capítulo 31

—OJALÁ TE HUBIERA ESCUCHADO cuando dijiste que se quedara en casa —dijo Esmeralda, sentada en el sofá con Luis mientras Ty caminaba de un lado a otro. Estaba oscureciendo y los días se hacían más cortos. Pronto llegaría la hora de la cena, pero en ese momento los tres no estaban preparados para seguir adelante con el día. Todavía estaban en estado de *shock*. Ni siquiera habían llamado al resto de la familia.

—Luis —dijo ella, apretando su mano—, esto es mi culpa. Ahora sé que no estabas listo para volver a la escuela. Lo sabía, pero no hice nada. Lo siento mucho.

Luis permaneció en silencio. Su desgana hizo que Ty

quisiera hacer algo más extremo que ignorar las incesantes llamadas que el director Moriarty hacía al celular de Esmeralda.

—Mamá, no podemos enviarlo de nuevo a esa estúpida escuela.

—¿Qué podemos hacer, Ty? —preguntó Esmeralda—. Quiero decir, estamos un poco atascados. Hemos llenado un informe en la comisaría y he dejado un mensaje en la oficina del superintendente, pero ¿qué más podemos hacer?

Ty tuvo una idea.

—Dame un minuto, ma —dijo, corriendo a la cocina. Buscó entre un pequeño y ordenado montón de papeles en la encimera y encontró el permiso que Sofía le había dado. Tenía su número de celular, así que Ty sacó su teléfono del bolsillo.

—Aló —respondió Sofía alegremente.

—Sofía, es Taína, Ty —dijo—. Escucha, necesito tu ayuda. —Ty procedió a contarle a Sofía lo que había sucedido ese día en la escuela de Luis y le preguntó si sería posible conseguir algo de publicidad al respecto.

—Dios mío, lo siento mucho —dijo Sofía—. No deberían hacer cosas así, pero las hacen… ¡y sólo tiene siete años!

—Lo sé —dijo Ty—. Necesito que se metan en problemas por esto, porque es como si pensaran que está bien tratarnos así.

—Hmm —dijo Sofía—. Voy a escribir un artículo para el periódico de la universidad ahora mismo. ¿Puedo ir a entrevistarlas a ti y a tu madre? —preguntó.

Ty miró con culpa a su madre, pero dijo:

—Sí. —Le dio a Sofía la dirección y le dijo que estarían ahí el resto de la noche.

—De acuerdo, voy para allá —dijo Sofía haciendo una pausa—. También voy a llamar a mi profesora para ver si podemos conseguir que otros medios de comunicación lo cubran. Ella solía ser reportera de noticias. ¿Te parece bien?

Una vez más, Ty sintió una punzada de culpa, pero aun así dijo:

—Sí.

—De acuerdo, ¡nos vemos pronto entonces! —dijo Sofía, colgando.

—¿Quién viene aquí? —preguntó Esmeralda.

—Mamá —dijo, volviendo a la sala de estar y sentándose junto a ella—. No podemos dejar pasar esto. Mira a Luis —dijo Ty, señalando a su hermanito—. Debería saber que no está bien que la gente lo trate así. Esto es una mier... quiero decir, una maniobra de control, y no podemos dejar que nos opriman. Tenemos que luchar.

Esmeralda guardó silencio por un momento y luego echó la cabeza hacia atrás.

—Ay Dios, m'ija —dijo al final—. Suenas como tu abuela. Ella siempre hablaba de cómo nuestro pueblo estaba reprimido, y que debíamos luchar por lo que es correcto.

—Exactamente. Pero para ello tenemos que pedir ayuda —hizo una pausa Ty—. Mamá. Sé que no quieres que Sofía se meta en nuestros asuntos, pero es la única manera de sacar la historia a la luz. Está mal y la gente tiene que saberlo.

Se sentaron todos juntos en silencio. Luis se recostó en

los brazos de Esmeralda mientras ella le frotaba cariñosamente el pelo.

—Sabes —dijo ella—, he aprendido a aceptar que esta es mi suerte en la vida porque así es. —Esmeralda se atragantó.

—Lo sé, ma —dijo Ty, consolándola.

Esmeralda respiró hondo.

—No quiero eso para ti, ni para Alex ni para Luis. Alex es mucho más inteligente que yo o que tu padre. No entiendo lo que está haciendo. Puede ser lo que quiera, pero está atrapado en estupideces.

—Alex se está esforzando mucho —dijo Ty—. Se metió en una pelea porque estaba defendiendo a un amigo, ma. Puede que haya sido una mala elección, pero no está haciendo cosas malas. No te des por vencida con él. Él también nos necesita, igual que Luis.

Esmeralda asintió con la cabeza, mientras las lágrimas corrían por sus mejillas.

—Ma, llamemos a Alex y a papá. Deberían estar aquí con nosotros, y podemos resolver esta pelea como una familia.

Esmeralda se secó los ojos y dijo en voz baja:

—Llama también a Benny.

Ty marcó el primer número, antes de que su madre pudiera cambiar de opinión.

Capítulo 32

—¿TODA ESTA GENTE ha venido por mí? —preguntó Luis. Un buen número de personas se había reunido en su sala. Sofía había venido con la profesora Martínez para entrevistar a la familia. Benny, Juana e Izzy habían llegado enseguida, seguidos más tarde por Milagros. Alex y Alejandro también estaban allí, pero Alex parecía preocupado. En un momento dado, intentó llamar la atención de Ty, pero no era un buen momento para hablar dadas las circunstancias.

—Sí —respondió Ty—. Como dijimos antes, lo que te pasó hoy estuvo mal. Ahora, vamos a asegurarnos de que más gente lo sepa.

Luis escaneó la sala como si grabara en su cerebro las imágenes de todos los presentes.

La profesora Martínez había insistido en venir con Sofía. Antes de decidir enseñar a tiempo completo en el programa de periodismo del Canvas College, había sido presentadora de noticias. Seguía teniendo contactos en la prensa escrita y en la radio y la televisión, e iba a difundir la historia en todos los lugares que pudiera. Cuando llegó, Ty se dio cuenta de que iba en serio. Estrechó la mano de todos con firmeza después de preguntar sus nombres. Le dijo a la familia que este tipo de incidentes eran cada vez más frecuentes en las escuelas y que estaba absolutamente indignada de que le hubiera ocurrido a Luis.

Sofía se dirigió hacia Ty y Luis.

—¿Está bien si mi amiga te hace algunas preguntas? —preguntó Ty.

Luis asintió.

—Me sentaré con ellos en la cocina —dijo Juana y se fue con Luis, la profesora y Sofía hacia la cocina. Juana estaba especialmente horrorizada por lo que le había pasado a Luis. Ty nunca la había visto tan alterada. Repetía una y otra vez: "Tenemos que hacer algo. Tenemos que hacer algo". Ahora se aferraba a Luis, actuando como su protectora.

Ty observó su pequeño apartamento y se sintió orgullosa de que su familia se hubiera reunido así. Todos estaban furiosos y, como había dicho la profesora Martínez, no hay nada como un grupo de personas enojadas para conseguir un cambio real.

—¿Puedo jugar un juego en mi iPad? —preguntó Luis al volver de su entrevista.

—Claro m'ijo —dijo Esmeralda, y por primera vez en todo el día, Luis parecía feliz por algo.

—Es un niño tan genial —dijo Sofía—. No puedo creer que alguien sienta la necesidad de hacerle eso.

—Es como si nos tuvieran miedo —dijo Ty—. Míster Moriarty dijo que era un problema de seguridad. Eso es una basura.

Con esa afirmación, todos en la sala comenzaron a hablar a la vez, poniéndose de acuerdo y deliberando. La profesora de Sofía, la doctora Martínez, se acercó a donde estaba Ty.

—Hemos entrevistado a todos, y ahora me gustaría hablar contigo antes de irnos —dijo.

—Claro —respondió Ty—. ¿Quieres ir a la cocina o a mi cuarto? —le preguntó.

—El cuarto está bien —dijo la profesora y ella y Sofía siguieron a Ty por el pasillo.

—Debes estar tan enojada —dijo Sofía cuando se acomodaron en el cuarto de Ty.

—Lo estoy —dijo Ty—, pero no quise salirme demasiado de mis casillas porque mi padre y mi hermano ya están lo suficientemente enojados. Tuvimos que pararlos porque querían ir a la escuela a armar lío. —Ty se dio cuenta de que la profesora Martínez había sacado un cuaderno—. No ponga eso ahí —dijo Ty, señalando el cuaderno.

La profesora sonrió. Tenía unos dientes blancos perfectos y sus ojos marrones se arrugaban a los lados cuando sonreía.

Su pelo oscuro, grueso y rizado, no parecía tener ni una pizca de encrespamiento. Colgaba saludablemente hasta sus hombros. En sus muñecas llevaba unos gruesos brazaletes de plata que Ty pudo comprobar que no procedían de las tiendas que frecuentaba ella, donde se podían comprar tres brazaletes plateados por $1,99.

—No pondré eso. Te lo prometo —dijo ella—. ¿Te importa si grabo? —preguntó, sacando una pequeña grabadora con un minicasete.

—Guau —dijo Ty—. Mira eso. Es como de la vieja escuela.

La profesora Martínez se rio.

—Y claro que no me importa —dijo Ty.

—Sabemos lo que pasó en la escuela basándonos en lo que nos dijeron tu madre y Luis. También tenemos previsto llamar al superintendente y al director para que nos comenten, pero queremos saber cómo te ha hecho sentir esto a ti. Creemos que los lectores querrán saber cómo te ha afectado, como su hermana mayor, que también sigue en la escuela.

Ty no respondió de inmediato. Un revoltijo de pensamientos pasó por su cabeza. "¿Cómo me hace sentir?".

—Pues —empezó diciendo Ty—, ¿cómo no me hace sentir? Quiero decir que parece que si eres diferente, si eres negro, moreno o hablas con acento, o eres pobre, tienes que ser perfecto todo el tiempo. No hay espacio para nada más. No podemos enojarnos, no podemos afligirnos, no podemos emocionarnos, no podemos compartir la frustración porque si lo hacemos, nos dicen que no estamos siendo respetuosos o que nos estamos portando mal. Como el director de la escuela de Luis. Nos dijo que no podíamos alterarnos cuando nos enteráramos de lo que había pasado, que teníamos que ser *civilizadas*.

Ty se miró las uñas azules y tomó aire.

—Sabes —continuó— hace una semana, más o menos, una de mis maestras insultó a otra alumna en clase, y yo la defendí. Después me dijo que ya no podía hablar en clase porque hablaba demasiado, o hablaba de una manera que no le gustaba. Sé que tengo que trabajar en cómo digo las cosas, como por ejemplo usar menos palabrotas cuando estoy enojada, pero eso no significa que todo lo que diga sea malo u ofensivo, y no debería hacer que me echaran de la clase.

»No entiendo estas reglas que parecen ser sólo para mí o para Alex o para Luis. Mi hermano acabó en una pelea hace poco. Él nunca se mete en peleas. Intentaba evitar que un muchacho fuera acosado. Pero él fue el que terminó suspendido. No hubo ni una sola persona que le preguntara por qué se había peleado. Nadie trató de ayudarlo a entender la situación en la que se metió. Después de eso, ha sido como un doble castigo. La persona a la que defendió llamó la atención de las pandillas en la Dent. Ahora, tenemos que lidiar con pandilleros locos.

Ty esperaba no estar divagando, pero intentaba darle sentido a todo lo que tenía en su mente. La profesora Martínez y Sofía permanecieron en silencio.

—Y ahora Luis. Sabes que mi abuela murió hace menos de una semana. Ni siquiera una semana. —Ty por fin se quebró, dejando caer las lágrimas—. Pero no hemos ni tenido tiempo para llorarla y no recibimos ningún tipo de licencia. A nadie se le ocurrió que quizá sólo está triste por nuestra abuela. ¿No se supone que deben ser profesionales y ayudar a los niños, calmarlos cuando están sufriendo? El director de la escuela de Luis dijo: "Tiene que aprender a respetar" y todo eso, lo que supongo que piensa que esposarlo y arrastrarlo a la oficina le enseñará. No. Eso sólo le enseñará a odiar y a tener miedo. Aprendería a respetar si se le mostrara respeto.

Ty hizo una pausa, componiéndose.

—No querían saber si había otras razones para que estuviera cansado o triste o de mal humor o impaciente, *como cualquier otra persona*. Sólo decían: tienes que respetarnos y quedarte callado, pase lo que pase, ¿qué, porque es puertorriqueño? ¿Se supone que no debemos tener sentimientos? ¿Se supone que tenemos que estar bien con cualquier trato que recibamos? —Ty se secó los ojos—. Lo siento —dijo—. No creo que esté respondiendo a su pregunta, pero me ha preguntado cómo me hace sentir todo esto, y es como si yo no supiera si tengo las palabras para describir lo que siento. Es como si guardara la rabia y el dolor de muchísimas personas que me precedieron. No sé cómo Luis va a superar esto, porque ahora está traumatizado. ¿Cómo vamos a superar esto?

—Ojalá tuviera una respuesta a esa pregunta, Taína —dijo la profesora, secándose también los ojos—. Te pido disculpas por haberme emocionado, pero siento todo lo que dices. —La profesora Martínez se sentó más recta, llena de convicción—. Tenemos que romper este ciclo, pero la opresión también vive en nosotros. La llevamos con nosotros, y tenemos que llorar nuestras pérdidas, sanar y luego seguir luchando para que nos traten con justicia y amabilidad.

Sofía le entregó a la profesora un paquete de pañuelos de su bolsillo.

La profesora Martínez sacó uno y dirigió su mirada con firmeza a Ty.

—Pero recuerda que el dolor puede conectarnos. Contando nuestras historias, escuchando y viendo lo parecidos que somos todos en realidad, podemos encontrar formas de ayudarnos mutuamente, de estar ahí para los demás en momentos de necesidad. —La profesora Martínez se dirigió entonces a Sofía, que la escuchaba atentamente—. Por eso me dediqué al periodismo, y sé que por eso tú también quieres ser periodista, Sofía.

Sofía asintió.

—Quería encontrar la verdad de las cosas y quería elevar las historias de los oprimidos. Creía, y sigo creyendo, que cuanto menos callemos nuestro dolor, más nos sanaremos y repondremos colectivamente.

Los pensamientos de Ty sobre sus amigos y su familia se arremolinaron en su mente. Al instante pensó en su madre. Ella había guardado silencio sobre todo y tal vez era su manera de protegerse. Sin embargo, al protegerse, también se había aislado de las personas que se preocupaban por ella y que podían ayudarla a sentirse mejor. Ty pensó en su padre, que mantenía sus emociones bien guardadas, como si fueran a ahogarlo si las dejaba escapar; y en Eddie, que nunca hablaba de la muerte de su hermano. Pensó, sobre todo, en los objetos que se encontraban en una caja estándar de zapatos debajo de su cama, legados durante más de quinientos años. Estaban envueltos en secretos y, por ello, toda una estirpe de mujeres había guardado silencio. Era mucho para asimilar.

—Ty —dijo la profesora Martínez en voz baja—, creo que tengo lo que necesito. Para ser sincera, estoy deseando llegar a casa y escribir esto. Pienso llevarlo a los circuitos esta noche, si es posible. Sofía, espero que vengas conmigo y podamos trabajar juntas en esto.

—¡Me encantaría! —respondió Sofía, radiante.

—Muchas gracias, Ty —dijo la profesora Martínez mientras Sofía asentía—. Sofía me ha dicho que eres una joven brillante, y no podría estar más de acuerdo.

Ty las vio irse de su cuarto pero no las siguió. Cerró suavemente la puerta y se dejó llorar un poco más. Nadie, aparte de su abuela, le había dicho nunca que era inteligente o brillante, y aquí estaban dos increíbles latinas diciéndole eso mismo.

Se arrodilló junto a su cama y sacó los objetos que le había regalado su abuela. Tocó el cemí y el amuleto, esperando que la guiaran en su comprensión, que la ayudaran a saber qué debía hacer a continuación. De repente, se oyeron fuertes voces procedentes de la sala de estar. Ty guardó rápidamente los objetos y se dirigió hacia su familia.

Capítulo 33

—¿Qué pasa? —preguntó Ty, encontrando a Alex de pie justo fuera de la sala de estar en el pasillo.

—Milagros dijo que tal vez ahora Luis aprenda una lección —dijo Alex.

—¿Qué? —preguntó Ty.

—Está a punto de encenderse. —Alex cruzó los brazos sobre el pecho como si asumiera una postura de batalla, listo para unirse a los adultos en cualquier momento.

—Mira —dijo Milagros—, no dije que fuera bueno lo que le pasó a Luis. He dicho que puede aprender algo de ello. Eso es todo. —Se pasó los dedos por el pelo; el gesto era como un desafío.

Esmeralda aceptó el reto.

—Sabes lo que acaba de aprender...

El tío Benny se interpuso entre ellas y levantó la mano para silenciar a Esmeralda, mientras lanzaba una mirada de advertencia a Milagros.

—Milagros —dijo con firmeza—, que te esposen a los siete años nunca es algo bueno, nunca, por ningún motivo.

Milagros lanzó sus garras decoradas al aire y exhaló.

—Todos ustedes están viviendo en la tierra de la-la-la, de verdad. Este —dijo señalando a Alejandro— estuvo en la cárcel. Ese —dijo señalando a Alex— está de camino a la cárcel. Miró a Ty y dijo—: Y esta no respeta a los adultos. Es bueno que Luis aprenda de una vez que no puede salirse con la suya actuando así. No puedes ir por ahí actuando como si fueras del barrio todo el tiempo.

Se podría haber pensado que había abofeteado físicamente a todos los presentes. Acto seguido comenzaron los gritos. Juana también quería saber qué pensaba Milagros de ella. Otros negaban con la cabeza o ponían los ojos en blanco. Se hizo cada vez más fuerte hasta que Esmeralda dijo:

—¡Ya! Ya está bien.

Esmeralda se puso casi a la par de Milagros y dijo con voz mesurada:

—No sé por qué eres así, Milagros. Realmente no lo sé, pero parece que desde el primer momento en que me conociste, no te caí bien, y no sé qué te hice.

Benny estuvo a punto de interrumpir, pero esta vez fue Esmeralda la que levantó la palma de la mano para silenciarlo.

—Siento que no seamos perfectos como tú. Pero nos

esforzamos por conseguirlo. Sí, todos hemos cometido errores, pero si crees por un minuto que mi *bebé* de siete años merece ser tratado como un criminal, esposado y arrastrado por los pasillos de una escuela para que aprenda una lección, entonces prefiero ser del barrio que ser como tú.

Alejandro se situó junto a su esposa, de la que estaba separado, y le agarró la mano. Ella no lo apartó, así que Alex y Ty se unieron a ellos, todos esperando que Milagros respondiera.

—Bien —dijo Milagros—. Quizá tengamos que irnos. —Agarró su abrigo y su bolsa, y se volvió—. Por cierto, entendiste todo mal. Al principio me esforcé por ser tu amiga, pero nunca me dejaste. Una vez que Isaura vino a vivir contigo, me dejaste fuera. Es como si todos estuvieran en mi contra y yo no necesitaba eso. —Se puso el abrigo y se dirigió a la puerta—. ¿Y por qué no puedes estar agradecida? Hacemos mucho para ayudarte. Benny le da dinero a Ty todo el tiempo para que pueda hacer cosas ya que no te lo puedes permitir, pero sigues sin apreciarnos.

—¿Qué dijiste? —preguntó Esmeralda bloqueando el paso de Milagros—. Mi hija nunca te pediría dinero.

Todos los ojos de la sala se volvieron hacia Ty.

—Mamá, nunca le pediría dinero a Milagros, yo sólo...

—Mira —intervino Benny—, soy tu hermano y Ty es mi sobrina. Las quiero a las dos. —Hizo una pausa, ahogándose en sus lágrimas. Ty extendió la mano y le tocó el brazo.

—Ella no me pide cosas —continuó—, pero a veces le doy algunos dólares, porque sé que le gusta hacer cosas en la escuela que a veces no tiene dinero para hacer. No es algo malo, ¿okay? —Se volvió hacia Milagros—. No tenías que mencionar eso —le dijo mientras ella miraba hacia otro lado.

—¿Sabes qué? —dijo Esmeralda mientras su rostro se endurecía—. Es como decía la abuela. Los amigos son como el dinero en el bolsillo, a menos que haya un agujero en él. La familia puede ser peor.

Todos gimieron.

—¿Qué significa eso, ma? —dijo Ty—. Benny sólo estaba tratando de ayudar, ¿sabes? Ese dicho implica que nos están sacando algo.

—¿De qué estás hablando, Ty? —Izzy intervino—. Pensé que eso significaba que la gente no es de fiar o algo así.

—¡¿A quién le importa?! —gritó Benny, lanzando las manos al aire—. El dicho nunca tuvo sentido.

Todos empezaron a gritar a la vez mientras Luis se ponía los dedos en los oídos y coreaba: "la la la la".

Juana, que había estado observando desde el sofá, se levantó y rodeó el hombro de Luis con sus brazos.

—¡Ya! —llegó una voz que ni siquiera parecía la de Juana. Era una voz fuerte y segura que detuvo a todos—. No vale la pena discutir. Tenemos que estar aquí el uno para el otro ahora más que nunca. —Juana volvió su mirada hacia Ty—. ¿Te ha ayudado Benny cuando lo has necesitado? —preguntó.

Ty asintió con la cabeza, apartando la mirada de su madre.

—Bueno, entonces deja esta estupidez —dijo Juana—. Déjalo estar. —Miró cariñosamente a Luis y lo guio hasta el sofá, donde se apoyó en ella, reanudando su juego.

—Vámonos —dijo Milagros, saliendo por la puerta principal sin mirar atrás.

—Yo no me voy —le dijo Benny a Izzy y a Juana—, pero déjenme salir y decirle a Milagros que llegaré a casa más tarde.

—Me iré a casa cuando tú lo hagas, papá —dijo Izzy.

Juana no se levantaba para irse. Benny e Izzy se quedaron junto a la puerta mirando a Juana y esperando a que tomara una decisión. Finalmente, Juana dijo:

—*¿Y qué?* —Lo que equivalía a que dijera, "ni se te ocurra preguntarme si me voy. Me quedo".

Benny salió corriendo para poner al día a Milagros. Fue una conversación rápida porque volvió en cuestión de segundos. Cuando volvió, dijo:

—Esmeralda, lo siento. Sé que a veces puede decir lo que no debe.

—¿A veces? Uff. Es así todo el tiempo, al menos conmigo.

—No es una mala persona —dijo en voz baja y luego añadió—: Intentó contigo, pero parece que nunca le diste una oportunidad.

—Benny —interrumpió Ty. Esa era su oportunidad. La familia parecía dispuesta a resolver sus problemas y Ty había llegado al límite con las peleas entre su madre y Benny—. ¿Alguna vez dijiste algo realmente negativo sobre mi madre o mi padre cuando papá fue arrestado?

—Taína —advirtió Esmeralda.

Benny se sonrojó.

—No lo sé —dijo—. Puede que sí, pero no lo sé —repitió. Fue entonces como si la comprensión le golpeara en la cara—. Un momento —dijo, volviéndose hacia Esmeralda—. Dije algo el día que pasó. Estaba bastante enojado porque eres mi hermana y sólo quería lo mejor para ti, y —se volvió hacia Alejandro—, lo siento, mano, pero no eras lo mejor para mi hermana en aquel entonces.

Alejandro exhaló:

—No te equivocas. En su momento, no fui bueno para tu hermana ni para mis hijos, pero ahora quiero ser un buen marido y padre. —Alejandro hizo una pausa, captando la mirada de Esmeralda, y añadió—: Créeme, estoy trabajando duro en eso.

—Sé que lo estás haciendo —aceptó Benny—, por eso ya no me siento así.

Benny se acercó a Esmeralda.

—Me lo has echado en cara, ¿verdad? ¿Y a Milagros también? Ella no tuvo nada que ver con eso. Ella estaba tratando de conocerte, pero ahora siente que todos la odian. —Benny puso las manos sobre los hombros de su hermana—. Lo siento —dijo—. Nunca quise hacerte daño.

Esmeralda estableció contacto visual con Benny y le dedicó un pequeño gesto de reconocimiento.

Ty no pudo evitarlo. Aplaudió y dijo:

—¡Ay, Dios mío, esto es una pasada!

Esmeralda le lanzó una mirada a su hija que le decía que dejara todo como estaba.

Entonces Alex le tocó el hombro y le susurró:

—Tengo que decirte algo. —Ty asintió y se dirigieron a su cuarto.

Ty sonreía de oreja a oreja.

—Alex —dijo Ty cuando se quedaron solos—. No estaba segura de si debía decir algo, pero entonces pensé, ¡diantre, eso probablemente tiene que pasar!

Alex no prestó atención a lo que le había dicho. Se acercó a la ventana de su cuarto y miró hacia el parque.

—Ty —dijo, nervioso—. Cuando salí del carro de papá, vi a Ernie parado en la esquina. Debía de estar vigilando nuestra casa o algo así, pero en realidad me estaba esperando, porque cuando me vio, se puso a dar saltos.

—¿Qué crees que significa eso?

—No lo sé, pero no creo que sea bueno —dijo Alex. Luego se sentó en la cama y confesó—: Ty, hay algo que no te he dicho.

El corazón de Ty se aceleró, una sensación familiar de temor se apoderó de su cuerpo.

—¿Qué? ¿Qué no me has dicho?

—Me enteré por Eddie de que Jayden fue quien le disparó a Eric Williams —dijo Alex.

—¿Hablas en serio? —preguntó Ty. De pronto se dio cuenta de lo que estaba ocurriendo—. ¿Qué hacemos...? Quiero decir... ¿qué significa eso...?

Ty no estaba segura de querer saber más. Era como si todas estas piezas fragmentadas se unieran en su mente para crear una imagen que ponía a su familia en riesgo de una manera que no había imaginado. Pensó en la madre de Eric Williams frente a su mural, en las amenazas de Jayden, en la pelea de Alex. De repente, supo por qué Eddie estaba atrapado, por qué todos temían a Jayden. Había matado y podía volver a hacerlo. Esto era otro nivel de maldad.

—¡Tienes que irte de aquí! —gritó. Atrás quedaron los sentimientos de alegría que había sentido por su madre y Benny. Fueron reemplazados por el terror.

—Ya me vieron —dijo—. Saben que estoy aquí, así que probablemente estén esperando a que salga.

—¿Crees que intentarían entrar en nuestro apartamento? —preguntó Ty, mirando nerviosamente por la ventana—. ¿Deberíamos llamar a la policía?

Alex la miró de reojo.

—¿Qué puede hacer la policía? Jayden o Ernie no han hecho nada todavía, y no sé con seguridad si Jayden mató a Eric. Es sólo lo que me dijo Eddie. No tengo nada de pruebas.

—¿Y Eddie? —Ty preguntó—. ¿Deberíamos enviarle un mensaje de texto para ver qué anda pasando? Tal vez él pueda hacer algo. —Ty levantó su teléfono, desesperada.

Alex negó con la cabeza.

—No, es uno de ellos, Ty. Es triste pero, cuanta más información le demos, más problemas tendrá. Tenemos que dejarlo en paz.

El sonido de un gran estruendo y la rotura de un cristal sonó desde el otro lado del apartamento. Ty y Alex salieron corriendo de su cuarto a la sala. Alguien había lanzado algo a través de la ventana de la puerta principal, rompiendo el cristal en mil pedazos.

—¿Qué es? —Ty y Alex preguntaron al mismo tiempo.

Benny se arrodilló en el suelo con Izzy para ver qué había entrado por la ventana. Juana se hizo la cruz sobre el pecho. Luis comenzó a sollozar.

—¡Vienen por mí! —gritó.

—No —dijo Esmeralda, agarrando a Luis y sosteniéndolo en sus brazos—. ¡Esto no tiene nada que ver contigo! ¿Qué pasa, Benny? ¿Qué entró por la ventana?

Benny levantó una piedra y la dio vuelta en sus manos. En ella estaba escrito: *Se acabó el tiempo.*

Capítulo 34

—Esto es mi culpa —dijo Alex—. Mi tiempo es el que se acabó.

—Alex —dijo Alejandro—, ¡dinos qué está pasando ahora mismo!

Frenéticamente, Alex compartió todo, desde la implicación de Eddie con los Night Crawlers hasta los rumores sobre Jayden, pasando por la pelea que había tenido con Jayden y Ernie, que había llevado a su suspensión de la escuela y cómo acosaron a Ty para llegar a él.

Alejandro alcanzó a Ty.

—¿Qué? —dijo, abrazándola—. Si te hubieran hecho algo, no sé qué…

—Llama a la policía —dijo Juana, cortando a Alejandro, y Benny aceptó. Benny desbloqueó su celular para marcar el 911, dejando que Alex y su padre se miraran con complicidad.

—No sé si es una buena idea —dijo Alejandro—. Puede empeorar las cosas para Alex. Quizá deberíamos ir a hablar con ellos.

—¿Qué? —gritó Esmeralda—. De ninguna manera. Ni tú ni él van a hacer eso. —Agarró el brazo de Alejandro como para retenerlo.

—Escúchame —continuó Alejandro—. Si Benny, Alex y yo vamos a buscar a esos chicos, podemos decirles que hagan una tregua y nos dejen en paz.

Alex negó con la cabeza:

—No. Es demasiado peligroso. Podrían matarnos a todos. —Alex se arrepintió de su elección de palabras porque Luis empezó a llorar de nuevo—. Lo siento, muchachito —le dijo a Luis—. Mira, podemos llamar a la policía, pero no podemos decirles nada. No podemos delatar a los Crawlers. Son demasiado fuertes en este barrio.

Las luces giratorias azules y rojas de un carro de policía brillaban desde el exterior de su ventana destrozada.

—Alguien debe haber llamado ya a la policía —dijo Izzy, abriendo la puerta principal. La señora López del piso de arriba estaba en la acera.

—Por aquí, oficiales —dijo, agitando los brazos como si no se la pudieran ver ya con sus rulos y su bata.

Un policía blanco salió del asiento del copiloto y un policía negro salió del lado del conductor. Ambos se dirigieron decididamente hacia el apartamento. El agente blanco se dirigió directo a inspeccionar la ventana, mientras que el agente negro se acercó a la familia que estaba de pie en la sala de estar.

—Soy el agente Washington y él es el agente Greeley —se presentó a sí mismo y a su compañero—. ¿Qué ha pasado aquí? —preguntó mirando los cristales rotos en el suelo.

Benny tenía un teléfono en una mano y la piedra en otra. Les enseñó el teléfono y dijo con culpabilidad:

—Estaba a punto de llamarlos —como si no llamar a la policía fuera un delito—. Alguien tiró esta piedra por la ventana. Estábamos tratando de averiguar qué era y por qué alguien haría eso. —Benny entregó la piedra al agente Washington mientras el otro agente seguía examinando el agujero de la ventana.

—Dice: *Se acabó el tiempo* —señaló el agente Washington levantando la piedra para que todos la vieran—. ¿Eso significa algo para alguno de ustedes? —Nadie dijo una palabra.

El agente Washington se fijó en Alex, le sostuvo la mirada y luego apartó la vista.

—¿Ha ocurrido algo recientemente que pueda haber provocado que alguien hiciera esto? —El agente Washington volvió a mirar a Alex—. ¿O tal vez esto fue un error y estaba destinado a otra persona?

Em... —dijo Alex, sintiendo la presión de ser señalado—. Hace como una semana, me metí en una pelea con un par de tipos —dijo lentamente—. Luego me di cuenta de que unos tipos me han estado siguiendo por el barrio. No sé quiénes son. Me pregunto si la piedra podría ser para mí.

El agente Washington se quedó quieto.

—¿No sabes quiénes son estos tipos? —reiteró—. Entonces, ¿por qué te metiste en una pelea con ellos?

Alex siempre había sido bueno improvisando.

—Me asaltaron. No me lo vi venir.

—¿Te atacaron? ¿Sin ninguna razón? —preguntó el agente Washington. El agente Greeley terminó de inspeccionar la ventana y se acercó a su compañero. Ambos se quitaron las gorras y mostraron sus cabezas afeitadas y brillantes. Alex no respondió porque no estaba seguro de si realmente le estaban haciendo una pregunta o no. El agente Washington observó al resto de la familia en el salón—. ¿A alguien más se le ocurre algo?

Luis levantó la mano.

—Luis —advirtió Esmeralda—, esto no tiene nada que ver contigo, ¿recuerdas? —Pero Luis aún no estaba seguro.

—¿Qué pasa, hijo? —preguntó el agente Washington, arrodillándose a la altura de Luis.

—Hoy me metí en un lío en la escuela —dijo Luis solemnemente—. ¿Quizá el director y la policía vengan por mí?

El agente Washington seguía arrodillado a la altura de Luis.

—Esto no era para ti, jovencito. Nadie viene por ti porque te hayas metido en problemas en la escuela.

—Me esposaron, así que pensé que me habían detenido —dijo Luis.

—Lo siento, agente —intervino Esmeralda—. Hoy han tratado muy mal a Luis en la escuela. Ahora cree que todo esto es por él, pero esto no tiene nada que ver con él. Sigo intentando decírselo.

El agente Washington se puso de pie y preguntó:

—¿A qué escuela va? ¿Ha presentado una denuncia? —Hizo una anotación en su libreta por primera vez desde que había entrado al apartamento.

—La escuela primaria Denton, y sí, presenté una queja, pero no va a pasar nada. —Se sentó en el sofá encorvando los hombros en señal de derrota.

—Bueno, déjeme que lo investigue, de todos modos —dijo, y luego se volvió hacia Alex—. Si se te ocurre alguna razón por la que alguien lanzaría una piedra a través de tu ventana con las palabras "Se acabó el tiempo", por favor llámanos —dijo, entregándole a Alex una tarjeta. El agente Washington se llevó la piedra mientras él y el agente Greeley salían del apartamento.

Juana apareció con una escoba y empezó a barrer los cristales. Alejandro encontró unos cartones para tapar temporalmente el agujero de la ventana. Alex se paseó de un lado a otro de la sala.

—Alex —dijo Izzy—. Tienes que calmarte. —Le impidió que siguiera yendo de un lado a otro bloqueando su camino—. Todo va a estar bien, ¿okay? No van a volver aquí esta noche.

—Claro —dijo Alex—, pero volverán mañana. ¿Y si le pasa algo a mi mamá, a Ty o a cualquiera? No podría perdonarme.

Capítulo 35

ANTES DE QUE NADIE pudiera responder, Alejandro se acercó y dijo:

—Intentabas hacer lo correcto, pero no funcionó. Te entiendo. Es como si quisieras hacer lo correcto, pero la única forma de hacerlo es hacerlo mal. —Hizo una pausa y luego continuó—: Alex, podemos mejorar esto. ¿Qué tal si hablamos con Eddie o con su madre y vemos si ella puede ayudar?

Alex lo pensó durante un minuto y luego dijo:

—No lo sé. No lo sé. —Alex escudriñó el apartamento, caminando lentamente hacia su cuarto—. Necesito un minuto para pensar. Ahora vuelvo.

Ty estaba preocupada. Su padre parecía no saber cómo ayudar a Alex, y ella podía sentir que la desesperanza de Alex iba en aumento.

—Me voy a mi cuarto un minuto —dijo Ty, queriendo alejarse, pero Izzy la siguió.

—Nena, esto es un desastre —dijo Izzy, dejándose caer en la cama de Ty—. Y, guau, es como que ¿cuánto más puede pasar esta semana? ¿Este día?

Ty la ignoró y dijo:

—Voy a enviarle un mensaje a Eddie para ver qué tan mal viene la cosa. No sé, Izzy. Tengo que creer que Eddie todavía es bueno y nos ayudará.

—Sí, sigue pensando eso —dijo ella, agitando la mano con desprecio.

Ty bloqueó a Izzy de sus pensamientos y le envió un mensaje a Eddie: "¿Dónde estás? ¿Alex está a salvo?". En un minuto recibió esta respuesta: "Mantenlo en la casa".

Ty tiró el teléfono sobre la cama, casi golpeando a Izzy, que protestó:

—Eh, cuidado. —Entonces Izzy levantó el teléfono y leyó la respuesta de Eddie.

—Nena —dijo.

Ty se quitó los espejuelos y se quedó mirando su imagen en el espejo. "¿Qué voy a hacer?", se preguntó. Se giró y se apoyó en su cómoda cuando vio la mitad de la caja que sobresalía de debajo de su cama.

—Izzy —dijo Ty—. ¿Puedes traerme a Alex?

Izzy asintió con la cabeza y salió del cuarto mientras Ty se ponía de nuevo los espejuelos, agarraba la caja y la ponía sobre la cama. Sacó el cofre de madera tallada y levantó la tapa. Sumergida en sus pensamientos, no escuchó a Izzy regresar.

—Cuatro. Alex no está en su cuarto —dijo Izzy a toda velocidad—. Cuando entré, la ventana estaba abierta de par en par. Creo que se fue.

—Ay no —dijo Ty—. ¿Se lo dijiste a mi mamá o a mi papá?

—No —respondió—. Vine a decírtelo a ti.

—Ty —Luis entró al cuarto—. Alex se fue. ¿Va a morir?

—¡Ay, Dios mío, no! —gritó Ty—. Luis, todo va a estar bien. Te lo prometo.

Miró la caja de madera.

—Escuché lo que dijo la abuela aquella noche que fue un fantasma —dijo, bajando la voz—. Te dio poderes especiales, como un superhéroe. Los poderes están en la caja, ¿no?

—¿De qué está hablando, Cuatro? —preguntó Izzy.

—¿Qué? —Ty ignoró a Izzy por el momento—. ¿Escuchaste todo lo que me dijo la abuela la noche que vino a mi cuarto?

—Sí. Ella te dio esas cosas —dijo Luis señalando la caja—. Y ahora tienes que usarlas o el director vendrá por mí y esos pandilleros se llevarán a Alex.

—No, mi amor —dijo Ty—. Nadie viene por ti, pero… —"podrían venir por Alex", Ty terminó la idea en su mente. Tenía que pensar rápido. Quizá los objetos podrían ayudarla. Ty retiró suavemente todos los objetos y los colocó sobre la cama—. Quizá sea el momento de intentar abrir esta cosa del amuleto —dijo Ty.

—Bueno, tienes que decirme qué anda pasando, porque las cosas se han puesto bien raras —dijo Izzy, señalando la caja y los objetos.

Ty le dio a Izzy la versión corta de la charla con su abuela y le impidió hacer preguntas.

—Te explicaré más cuando pueda, Izzy —dijo Ty—. Pero mi abuela me dijo que cuando llegara el momento de abrirlo lo sabría. —Ty tomó el amuleto preguntándose qué hacer. No había un manual de instrucciones, así que empezó a pasar los dedos por el broche de metal que mantenía las dos mitades unidas. Colocó el collar en la palma de su mano y sintió su peso. Estaba caliente y creyó sentir que vibraba. Fuera o no fuera el momento, Ty sabía que tenían que intentarlo, así que tocó el mecanismo del medallón para abrirlo.

No se movió. Ty lo intentó una y otra vez.

—Vamos —gritó tirando desesperadamente del broche, deseando que se abriera. Mientras las lágrimas se formaban, Ty sintió otra presencia en el cuarto.

—¡Taína! —exclamó la tía Juana—. ¿Qué haces? —El rostro de Juana se iluminó con la luz. Ty se giró para ver la luna a través de su ventana. Estaba llena, baja y brillaba con más intensidad de la que recordaba haber visto en toda su vida. Ty se sintió segura: era la hora.

—Tía Juana —dijo—. Mi abuela me dijo que este era el año en que iba a alcanzar mi poder. Pensé que se refería a que tendría un buen año escolar, pero no creo que fuese eso lo que me estaba tratando de decir. Creo que se refería a que entendería: mi herencia, mis ancestros, mi familia, incluso este barrio. Por qué estamos todos aquí. Llegó el momento. Es nuestro momento para sanar y luchar, y abrir esto quizá nos ayude.

Juana asintió, llenándola de confianza para hacer lo que necesitaba. Una vez más, Ty buscó el broche y lo acarició suavemente hasta que se abrió. Todos esperaron a que ocurriera algo, a que la casa temblara, a que la luna explotara, pero no pasó nada. Ty y Juana se asomaron al interior del medallón y Ty tocó lo que parecía ser un residuo polvoriento y ceniciento. Se sentía un poco como una malla, pero no era tan gruesa ni sólida.

Ty se colocó el amuleto alrededor del cuello, agarró el cemí de la cama y se lo metió en el bolsillo.

Aunque no notó nada fuera de lo normal, se sintió diferente. Más fuerte que un momento antes, como si pudiera enfrentarse a cualquier cosa. Imágenes de mujeres bailaban ante ella como hologramas que llenaban el cuarto. Algunas de las imágenes le resultaban familiares, como si las hubiera visto antes en alguna parte, pero eran borrosas. Imaginó a Anacaona —que había sido preparada para ser una líder, una gobernante, una jefa— y una sensación de calma la invadió. La acción era ahora tan clara como la luna llena. Levantó su teléfono y empezó a hacer llamadas.

Capítulo 36

—¿QUÉ QUIERES DECIR con que Alex no está aquí? —preguntó Esmeralda, corriendo hacia la parte trasera del apartamento y luego regresando frenéticamente—. ¡Se ha ido! Llama a la policía ahora mismo.

Alejandro tocó la mano de Esmeralda y la apretó.

—Hazlo tú —dijo—. Yo me voy a buscarlo. —Se dio la vuelta rápidamente para marcharse, pero Ty se interpuso en su camino. Habían pasado casi veinte minutos desde que Luis le dijo que Alex había desaparecido. Ty había formulado un plan de acción y ahora había salido a decirles a sus padres que Alex se había ido.

—¡Espera! —Ty gritó—. Sé dónde está y nos necesita ahora. —Ty pasó junto a su padre y se dirigió a la puerta principal.

—¿Cómo sabes dónde está? —preguntó Alejandro mientras la seguía.

—Recibí un mensaje de Eddie —dijo Ty, mostrando su teléfono—, diciéndome...

—¿Dónde está, Ty? —interrumpió Alejandro, agarrándola por los hombros.

—Sígueme —dijo ella, apartándose de él y saliendo a toda prisa por la puerta antes de que nadie pudiera detenerla.

—Taína —gritó Esmeralda mientras Ty, su madre y su padre se paraban en la acera frente a su apartamento—. ¡No te metas en esto!

—No, ma —dijo Ty con calma, y miró hacia la señora López, que estaba en su ventana observándolos con interés—. Todos estamos metidos ahora, nos guste o no.

En la acera estaban Izzy, Benny, Juana y Luis. Había unas cuantas personas caminando hacia ellos mientras Ty intentaba ver bien el parque de la calle Denton. Cuando las figuras aparecieron, Ty dijo:

—¡Sí!

Ty corrió a saludarlos.

—Vin —dijo—. Qué bueno que viniste.

Vincent y su madre se acercaron.

—Claro que sí —le contestó Vin.

Detrás de ellos había algunos otros. Primero, Ty vio a Sofía y a la profesora Martínez.

—¡Gracias por volver! —exclamó Ty—. Tenemos que irnos porque Alex está en problemas. —Ty estaba a punto de marcharse cuando Esmeralda la agarró del brazo—. ¿Qué es esto? —preguntó mientras más personas seguían uniéndose a ellos.

—Ma —dijo Ty—. Tenías razón. Nadie va a venir a salvarnos. Somos los únicos que podemos arreglar esto, pero no podemos hacerlo solos. Necesitamos a más personas, ma. Todas estas personas son nuestra familia y pertenecen a nuestra comunidad. Están cansados de esperar que las cosas mejoren. Están aquí para mejorar las cosas. Podemos ayudarnos unos a otros porque como grupo somos aún más fuertes y poderosos —explicó, abriéndose paso a toda velocidad hacia el frente de la multitud.

—Hilda, José —dijo Ty cuando los dueños de la tienda se acercaron—, ¡vinieron!

—Claro que sí —dijo Hilda.

—Miss Carruthers —dijo Ty cuando su maestra se acercó a ella—. ¿Cómo se enteró de esto?

—Hemos llamado a nuestro grupo de vecinos y estamos preparados —intervino Hilda.

—Sí, lo estamos, y este es mi prometido, Pierre —dijo la maestra Carruthers, señalando a un hombre alto, guapo y de piel oscura que llevaba una chaqueta de franela roja. Ty recordó que era del mismo pueblo de Haití del que procedía Anacaona y sintió una conexión instantánea con él cuando le estrechó la mano.

Detrás de ellos, Ty vio a una pequeña figura caminando

suavemente hacia ella. Era su compañera de clase Beatriz Machado. Ty corrió y la abrazó.

—Gracias por venir —dijo Ty, agradeciendo su presencia. Beatriz sonrió y en un español seguro dijo:

—Por supuesto. No me perdería esta oportunidad para ayudar.

Por el rabillo del ojo, Ty vio a Benny salir a la calle y abrazar a alguien. Cuando se separaron, Ty vio cómo él y Milagros se acercaban a la acera.

—Bueno, mi gente —dijo Ty—, tenemos que irnos.

El grupo la siguió al otro lado de la calle hasta el parque de Denton. En la entrada, el grupo se detuvo cuando la madre de Eric Williams fue iluminada por la luz de la farola.

—Mi hijo Eric fue asesinado aquí mismo, en este lugar —dijo en voz baja cuando Ty giró para mirarla—. No más —añadió mientras Ty le tocaba el brazo.

Ty se dio cuenta de que su otro hijo, Johnny, también estaba allí. Él era quien había pintado el mural de Eric en el lateral del mercado Atabey.

—¡Taína! —llamó alguien, y ella se volvió. La bibliotecaria Mary se dirigió hacia ella—. He venido a ayudar. ¿Qué puedo hacer?

Ty se giró hacia toda la congregación que se había formado. No fue capaz de procesar que toda esa gente había venido porque ella había llamado. En su lugar, sólo dijo:

—Síganme.

La luna parecía estar tan cerca de ellos como los árboles que se mecían con el viento de octubre. Ty sintió una extraña sensación de conexión, como si formara parte de algo más grande que la calle Denton. Formaba parte de una historia y un legado, de un fuerte linaje con la luna como guía y poder.

A lo lejos, junto a las barras de mono donde Luis había estado jugando hacía apenas una semana, había un grupo de jóvenes vestidos de negro. Estaban de pie en un círculo rodeando lo que parecían dos figuras que estaban en el suelo. Ty supo instintivamente que las dos figuras eran Alex y Eddie.

—¡Ey! —gritó Ty, haciendo que se giraran—. ¡Déjenlos en paz! —Los jóvenes se abrieron y ella pudo ver que Alex yacía inconsciente a sus pies. Eddie estaba en el suelo junto a Alex, golpeado pero alerta.

Jayden dio un paso adelante, mirando al grupo algo perplejo.

—Mira —dijo, hinchando el pecho—. No sé quiénes son, pero se tienen que ir.

—¿Dónde está Alex? —preguntó Alejandro, acercándose, pero Ty lo retuvo con la mano.

—Lo veo, papá —dijo ella—. Está en el suelo detrás de ellos.

Esta vez no pudo retener a su padre. Corrió hacia Alex, pero Jayden sacó una pistola y apuntó hacia el pecho de Alejandro. Este retrocedió de inmediato con las manos en alto.

—¡Será mejor que se echen pa'trás! —Jayden gritó, y el grupo obedeció.

—No —dijo Ty, mirando a Jayden—. No nos vamos a ninguna parte. Alex es mi hermano y lo necesito. —Señaló a la gente detrás de ella—. Todos lo necesitan.

Jayden continuó apuntando el arma hacia Alejandro.

—¡¿Qué te pasó, Jayden?! —exclamó Ty—. ¿Qué les pasó a todos ustedes? —preguntó, señalando a todos los hombres que bloqueaban el camino del grupo hacia Alex y Eddie—. No deberíamos hacernos esto. Nuestros antepasados, nuestro pueblo, lucharon por la supervivencia y por la libertad. ¿Por qué luchas tú, Jayden? ¿Contra quién luchas?

—¿Nuestros ancestr…? —Jayden intentó decir con una mirada confusa, pero Ty no tenía tiempo para poner a Jayden al día con todo, así que intentó pasar por delante de él. Pero éste apuntó el arma hacia ella. Ty dirigió su mirada hacia la luna, sintiendo una sensación de extraña paz. Por el rabillo del ojo, vio que algo se movía. Miró a su derecha y vio un búho blanco con ojos amarillos sentado majestuosa y curiosamente en la rama de un árbol. El búho le pareció normal a Ty, como si tuviera más sentido que estuviera ahí que la pistola que aún apuntaba al pecho.

Fijando de nuevo su mirada en el arma, Ty agarró la mano de su padre, que se volvió silenciosamente para tomar la mano de Esmeralda, que extendió la mano hacia Luis, que tomó la mano de Izzy, que tomó la mano de Juana, que tomó la mano de Benny, que tomó la mano de Milagros, que tomó la mano de Hilda, que tomó la mano de José, que tomó la mano de Vincent, que tomó la mano de su madre, que tomó la mano de la maestra Carruthers, que tomó la mano de su prometido, que tomó la mano de Mary, que tomó la mano de la señora López —ella se había unido a ellos en algún momento, todavía con sus rulos y una bata— , que tomó la mano de Beatriz, que tomó la mano de Sofía, que tomó la mano de la profesora Martínez, que tomó la mano de la madre de Eric, que tomó la mano de Johnny, que se acercó para tomar la mano de Ty. Sin darse cuenta, Jayden, los otros jóvenes, Alex y Eddie estaban ahora rodeados por el grupo.

—Estamos aquí para asegurarnos de que no lastimarán a más nadie —dijo Ty, sintiendo que algo la atravesaba, haciéndola sentir de tres metros de altura—. Somos hijos de gobernantes, reyes, reinas y guerreros —dijo—. No vamos a luchar contra ti. No podemos.

Ty cerró los ojos para permitir que el poder que corría por su cuerpo se apoderara por completo. Cuando los abrió, su abuela estaba de pie frente a ella. Ty estuvo a punto de romper el círculo para alcanzarla, pero ella le dijo "No" y se volvió hacia Jayden y el resto de los chicos en el centro del círculo. Extendió las manos y Ty vio que se estaba formando un círculo interior de mujeres que instintivamente conoció como la larga lista de mujeres que figuraban en aquel papel y tela descoloridos y marrones escondidos en una vieja caja. Eran fuertes y hermosas, y se parecían mucho a Ty, a su madre, a Izzy y a muchas de las otras mujeres del círculo exterior. Ty miraba al frente y en su línea de visión directa estaba la más orgullosa de las mujeres. Tenía el pelo largo y negro y los ojos oscuros, y Ty sabía que era Anacaona. Ty dejó que la creciente frustración escapara de su mente y de su cuerpo cuando vio que la visión de Anacaona levantaba los brazos, haciendo que todas las demás mujeres del círculo interior levantaran los brazos junto con ella.

Anacaona comenzó a hablar en voz baja, y Jayden se

mantuvo firme con su arma apuntada a Ty. Los otros jóvenes miraban atónitos el círculo de gente que se había formado a su alrededor. Ty no podía saber si todos podían ver a Anacaona y a sus hijas, o si sólo ella podía hacerlo. El grupo parecía tan absorto que era difícil saber qué estaba viendo o pensando cada uno. Todo lo que Ty entendió fue que todos los jóvenes estaban ahora en el centro del grupo, y parecían no estar seguros de lo que estaban haciendo. Ernie seguía girando de persona en persona en el grupo, sin saber dónde detenerse.

La mano de Jayden empezó a temblar. Podría haberse abierto paso a tiros entre la multitud, pero parecía que sólo era capaz de mantenerse en pie con la pistola en su mano endeble.

Ty volvió a prestar atención a Anacaona, que movía los labios como si rezara en silencio. Ty cerró los ojos para escuchar y descubrió que podía oír lo que Anacaona decía y se encontró repitiendo las palabras en voz alta para que todos los demás las oyeran.

—Este es nuestro momento —repitió Ty—. Y tenemos que estar preparados para lo que viene. Sólo podemos hacerlo si lloramos nuestro pasado, aceptamos nuestro poder, y nos ayudamos mutuamente a realizar nuestro futuro.

» Estos jóvenes no son el problema, sino un síntoma de un problema que nos acompaña desde hace cientos de años. Sólo hay uno en este grupo que ha matado, y debe ser castigado por sus crímenes.

Ernie se apartó de Jayden y se unió al círculo. Jayden cayó de repente de rodillas, dejando caer la pistola en el proceso.

Eddie, que seguía en el centro del círculo, pateó el arma lejos de él, hacia donde estaba la madre de Eric. Ella le echó un vistazo como si fuera la cosa más repulsiva que hubiera visto alguna vez.

Todos los ojos estaban puestos en Jayden, que parecía inconsolable.

—Lo siento —fue todo lo que consiguió emitir de su boca entre sollozos al principio. Luego agregó—: No quería dispararle a Eric.

La madre de Eric finalmente rompió el círculo arrodillándose y levantando la pistola.

—No toques eso —gritó José, pero la madre de Eric la sostuvo en alto y lejos de ella como si estuviera infectada.

—¿Es esto lo que mató a mi hijo? —preguntó entre lágrimas mientras su otro hijo, Johnny, hermano de Eric, le tomaba la mano libre.

—Suelte el arma —dijo una voz desde atrás, sobresaltando al grupo. Todos se volvieron para ver al agente Washington y al agente Greeley corriendo hacia lo que quedaba del círculo.

—Suelte el arma —volvió a gritar el agente Washington. La madre de Eric la soltó y cayó al suelo con un golpe. Tanto Hilda como José corrieron a su lado para consolarla a ella y a Johnny con un abrazo.

Ty observó su entorno. El círculo interior había desaparecido y no había rastro de su abuela ni de ninguna de las otras mujeres que se habían materializado. A la distancia, algo se movió y luego se alejó volando.

—¿Era un búho? —preguntó Izzy, de pie junto a Ty.

Ty asintió.

—¿No lo viste cuando entramos al parque?

Izzy negó con la cabeza.

Esmeralda y Alejandro corrieron hacia Alex, que ahora estaba consciente y trataba de sentarse.

—Ay Dios mío —dijo Esmeralda—. ¿Estás bien?

—¿Qué está pasando? —preguntó Alex, pero nadie respondió. Puede que nadie supiera exactamente lo que estaba pasando o puede que estuvieran pasando demasiadas cosas.

—¿De quién es esta arma? —preguntó el agente Washington, pero nadie habló de inmediato.

La madre de Eric señaló a Jayden y dijo en voz baja:

—Es de él.

Los agentes se acercaron a Jayden, que seguía arrodillado en el suelo pero, en lugar de sollozar, sacudía enérgicamente la cabeza como si se despertara de una pesadilla.

—¿Qué pasó? —preguntó Jayden, examinando a toda la gente que lo rodeaba como si la viera por primera vez.

Alejandro habló primero:

—Intentaste matar a Alex y luego a mí y a Ty.

—También confesó haber matado a Eric Williams —dijo Mary, la bibliotecaria, dando un paso adelante. Sofía y la doctora Martínez la apoyaron asintiendo con la cabeza.

Jayden se puso de pie.

—¿En serio? —preguntó, claramente perplejo por lo que había ocurrido en los últimos diez minutos. Miró a Alex y luego a la madre de Eric, mientras la realidad de la situación empezaba a tomar forma—. No fui sólo yo —dijo, levantando las manos y hablando a toda velocidad—. Fuimos todos nosotros.

—Sin embargo, tú eras el único que tenía un arma —dijo Alejandro.

—Y el único en decir que no habías querido dispararle a Eric —dijo Hilda.

—Ven —dijo el agente Washington a Jayden—. Vamos a hablar en la estación. —Miró a todos los que estaban en el parque—. No estoy seguro de lo que ha sucedido aquí esta noche —dijo el agente Washington—, pero necesitaremos obtener todas sus declaraciones.

Todos se quedaron mirando al agente y luego empezaron a hablar despacito entre ellos. Ty oyó que la maestra Carruthers le decía a su prometido:

—¿No fue una locura que todos nos pusiéramos en círculo?

Y Vin le dijo a Beatriz:

—¿Puedes creer que Jayden matara a Eric?

Ty se dio cuenta de que nadie había visto lo que ella había visto. "¿Qué vi realmente? —se preguntó Ty—. Quizá quería que pasara algo y mi mente lo inventó". Casi se había convencido de que sus visiones eran alucinaciones cuando sorprendió a la tía Juana en lo que parecía una oración de pie. Cuando terminó, Juana tomó el crucifijo que llevaba al cuello, lo besó y lo sostuvo hacia la luna.

—Ty —dijo Eddie acercándose a ella—. Eso fue una locura —continuó, sacudiendo la cabeza. Ty se dio cuenta de que estaba sangrando.

—Lo sé, ¿verdad? —dijo Ty—. No estoy segura de lo

que pasó. —Ella extendió la mano para tocar su labio ensangrentado—. ¿Estás bien? —preguntó, pero él enseguida la atrajo hacia él, dándole el mayor abrazo que había recibido en su vida.

—Épale —dijo alguien, y se separaron de inmediato. Alejandro se acercó a ellos—. ¿Qué están haciendo? —preguntó, parándose muy cerquita de Eddie.

—Lo siento, señor —dijo Eddie—. Yo, eh, sólo, bueno, ha sido un, bueno —Eddie se detuvo ya que no tenía ningún sentido lo que estaba diciendo.

—Papá, está bien —dijo Ty—. ¿Puedes oír eso? —preguntó ella, cambiando alegremente de tema—. Creo que viene una ambulancia para Alex.

No sólo estaba llegando una ambulancia, sino también más carros de policía. Los agentes Washington y Greeley debían haber pedido refuerzos.

—Eddie —dijo Ty cuando su padre volvió con Alex—. Prométeme que no volverás con los Crawlers. ¡Prométemelo!

—Nunca quise unirme a ellos en primer lugar —dijo Eddie—. Ty, tienes que creerme.

—Ahora te puedes salir, ¿verdad? —preguntó Ty.

—Sí. Jayden era quien decía que le debía cosas, y no es que trabaje para alguien, al menos por lo que he visto —dijo Eddie, viendo cómo el agente Washington se llevaba a Jayden bajo custodia—. Ese no soy yo en absoluto. Quiero ser alguien a quien respetes —dijo seriamente.

—Lo eres, Eddie —declaró Ty—. Sé que hiciste lo que tenías que hacer.

Eddie asintió y Ty volvió a escudriñar a la multitud, tratando de darle sentido a todo. Uno de los policías apartó a Eddie y empezó a hacerle preguntas mientras Vin se acercaba a Ty.

—Chacho —dijo—. Eso fue intenso.

Ty lo agarró de la manga y lo apartó del policía que le tomaba la declaración a Eddie.

—¿Qué fue lo que viste esta noche, Vin? —preguntó Ty.

—No mucho —dijo—. Después de que todos nos tomamos de las manos, oí como si alguien susurrara, pero no oí lo que decía. Entonces Jayden cayó de rodillas y dijo que lo sentía. Todo sucedió muy rápido.

Ty no sabía si sentirse decepcionada porque la gente no había visto lo mismo que ella o aliviada.

La madre de Vin lo llamó.

—Será mejor que me vaya —dijo Vin—. Hazme saber cómo está Alex. Parece bastante golpeado.

Ty se apresuró a llegar hasta donde estaba su familia justo cuando colocaban a Alex en una camilla.

—Alex —dijo Ty—. ¿Cómo estás?

Alex intentó sonreír, pero parecía un poco loco.

—Vaya, Ty —dijo—. ¿Tú hiciste todo esto?

Ella escaneó la escena y dijo:

—Creo que sí.

Capítulo 37

AL DÍA SIGUIENTE, Ty se despertó y encontró un pie en su cara. Tardó un momento en recordar que Izzy se había quedado a dormir en su cama. Como la cama era pequeña, habían dormido en direcciones opuestas, de ahí que el pie estuviera justo debajo de su nariz. Enseguida apartó la cara y se levantó de la cama.

Había sido un milagro que Ty por fin lograra dormirse. Todos habían esperado hasta las dos de la mañana, cuando Alex llegó a la casa desde el hospital con su madre y su padre. Estaba bien, un poco magullado y dolorido por haber recibido múltiples golpes, pero bien.

Aunque había intentado dormitar, la mente de Ty anduvo a mil por hora durante casi toda la noche, y cuando por fin se durmió, sus sueños eran un *collage* de todas las cosas que habían sucedido esa semana: su abuela bailando, búhos blancos, mujeres rezando, la luna brillando y Eddie sonriendo.

Ty bostezó y se dirigió a la sala para ver cómo estaba su familia. Benny seguía dormido en el sofá y Juana dormía en el cuarto de la abuela. Supuso que Luis, Alex y su madre también seguían durmiendo en sus habitaciones.

Al volver a su cuarto, desenchufó su teléfono del cargador, lo encendió y se encontró con un buen número de mensajes. Perpleja, miró primero los mensajes de texto. El primero era de Sofía:

> Anoche fue una locura, pero muy *cool*. La profesora Martínez y yo volvimos a terminar el artículo sobre Luis y publicamos un enlace en Twitter. Aquí está.

Ty hizo clic en el enlace, que la llevó al tuit de la profesora Martínez sobre el artículo, y el tuit había recibido mil "me gusta". "¡Guau! —pensó Ty—. Eso es mucho". Luego vio cuántas veces había sido retuiteado y decía más de doscientas veces. Enseguida hizo clic en el enlace al artículo del periódico local. Era una crítica bastante mordaz del sistema escolar y de la forma en que se utilizaban los guardias de recursos escolares en vez de a los consejeros. Ty se dio cuenta de que la habían citado:

Si eres negro, moreno, o hablas con acento o eres pobre, tienes que ser perfecto todo el tiempo. No hay lugar para nada más. No podemos enojarnos, no podemos afligirnos, no podemos ser emocionales, no podemos compartir la frustración porque si lo hacemos, nos dicen que no estamos siendo respetuosos o que nos estamos portando mal.

Ty se sintió extrañamente desconectada de las palabras porque habían pasado muchas cosas desde que las había pronunciado, pero todas seguían siendo ciertas.

Entonces vio que tenía mensajes directos. Los primeros eran mensajes antiguos que borró enseguida. Pero también tenía una veintena de mensajes nuevos, algunos de amigos y otros de periódicos que le pedían entrevistas. Ty no sabía qué hacer con esas peticiones, así que dejó Twitter y volvió a sus mensajes de texto. Había otro de Sofía que decía:

Mira este hilo en Twitter. La gente quiere ayudar a tu familia a sacar a Luis de esa escuela.

Ty hizo clic en el enlace y vio que había un hilo de Twitter iniciado por unas cuantas personas enojadas por la forma en que, según ellas, se había tratado a un bebé de siete años.

Si fuera blanco, sabes que eso nunca habría ocurrido.

Que no tengan dinero no significa que Luis tenga que volver a esa escuela.

Alguien debería hacer algo.

Hubo incluso tuits etiquetando al director de la escuela y al superintendente del distrito, amonestándolos por tener guardias de recursos escolares en una escuela primaria. Pero el tuit más sorprendente fue el de la profesora Martínez, que escribió en respuesta al *post* que decía que *alguien debería hacer algo:*

Acabo de iniciar una página de GoFundMe para que Luis pueda ir a otra escuela. Aquí está el enlace.

Ty siguió el enlace de GoFundMe y ya se habían recaudado más de $2.000 para lo que se describió como el proyecto "Libera a Luis de su prisión en la escuela primaria".

Ty se sonrojó de emoción. Volvió al resto de sus mensajes de texto. El siguiente era de Vin:

¿Alex está bien? Beatriz y yo estaremos en el parque Denton alrededor de las 2. ¡Vente si puedes!

Ty sonrió. "Así era antes", pensó. Se reunían y pasaban el rato en el parque antes de que las cosas se calentaran en esa zona. Esperaba que las cosas volvieran a esa normalidad básica que ella deseaba.

El siguiente mensaje era de Eddie. Alrededor de las dos y media de la mañana, había escrito:

Duerme bien, mi princesa.

Ty ya no podía contener su energía nerviosa. Se levantó de un salto y empezó a bailar al ritmo de la música que tenía en la cabeza. Era hora de despertar a la familia. Se dirigió primero al cuarto de su madre, golpeó suavemente a la puerta, esperó unos segundos y entró.

—¿Ma? —dijo, pero no obtuvo respuesta. Algo en la mesita de noche de su madre reflejaba la luz de la puerta. Era un enorme llavero colocado cómodamente junto a una lámpara.

—¿Papá? —gritó mientras su madre y su padre se incorporaban—. ¡Ay, Dios mío! Mamá y papá. ¿Están juntos de nuevo?

Capítulo 38

—TY —GRITÓ SU MADRE—. ¡Sal de aquí!

Ty regresó corriendo al pasillo y, sin pensarlo, abrió la puerta del cuarto de Alex y Luis. Luis estaba mirando su iPad y Alex seguía durmiendo.

—Alex —dijo Ty en voz baja al principio y luego gritó—: ¡Alex! —haciéndole dar un salto para sentarse.

—¿Qué? ¿Qué pasa? —dijo Alex grogui. Por un momento, Ty se sintió mal por haberlo despertado. Su cara parecía un gran moretón negro y azul, pero su culpa duró sólo un momento.

—¡Alex, Dios mío, mamá y papá se volvieron a juntar!

Alex sonrió y luego hizo una mueca de dolor.

—¡Wepa! —dijo Luis, dejando su iPad, poniéndose de pie y saltando. Ty se unió a él y los dos se tomaron de la mano y dieron brincos por el cuarto intentando evitar las figuritas de plástico esparcidas por el piso.

—Me gustaría poder acompañarlos —dijo Alex—. Pero siento la cabeza como si un camión me hubiera pasado por encima.

—También se ve así —dijo Luis con naturalidad, haciendo que Ty soltara una risita.

—Diantre, dos contra uno. Qué desastre.

Luis ignoró el comentario y se volvió hacia Ty:

—Tengo hambre —dijo.

—Ah, sí —dijo Ty—. Es tarde. Vamos. —Luis siguió a Ty mientras ella se dirigía con alegría a la cocina.

Un rato después, todos los demás estaban despiertos y en la cocina. Benny ayudó a Ty a preparar el desayuno y a preparar el café. Nadie se inmutó al ver a Esmeralda y Alejandro entrar juntos en la cocina.

—Ahora que están todos reunidos —anunció Ty por encima del estruendo—, mamá, papá, no van a creer esto, pero el artículo sobre lo que le pasó a Luis ya salió, y está recibiendo una atención brutal.

—¿De verdad? —dijo Esmeralda tratando de llegar al café—. Vi que tenía un montón de mensajes en mi teléfono, pero aún no los he escuchado.

—Voy a buscar tu teléfono —dijo Alejandro—. Vamos a ver qué pasa.

Ty echó un vistazo a su propio teléfono. Había unos cuantos mensajes más. Leyó otro de Vincent: "¿Realmente le pasó eso a Luis? ¿Te vemos en el parque?".

Otro mensaje era de Sofía: "¡El canal 5 quiere entrevistarlos a todos!".

Ty puso el celular sobre la mesa, pero no compartió los textos con nadie. Todavía no sabía qué hacer con toda esta información, y no sabía cómo reaccionaría su madre.

Alejandro volvió a la cocina y le entregó a Esmeralda su teléfono. Mientras ella bebía su café y leía el artículo, murmuraba en voz baja.

Cuando terminó y levantó la vista del celular, Ty soltó:

—¡Sofía dice que el canal 5 quiere entrevistarnos!

—Vaya —dijo Esmeralda.

—Revisa tus mensajes —dijo Izzy—. ¿Qué dicen?

Esmeralda escuchó.

—Hay como diez mensajes. Uno es de la profesora Martínez. Espera. Hay uno del director Moriarty y del superintendente.

—¿Sabes por qué? —preguntó Ty mientras rechinaba los dientes—. Porque la gente en Twitter, Facebook e Instagram se está volviendo loca con la historia y está etiquetando al superintendente y a míster Moriarty pidiendo respuestas.

—Uff —dijo Esmeralda—. Y ahora se viene a disculpar. —Golpeó el teléfono con rabia—. Borrar, borrar y borrar —dijo con amargura—. Esperen —dijo—. Escuchen. Hay uno del agente Washington. —Ella puso el mensaje en el altavoz.

"Hola, señora Pérez. Soy el agente Washington. Quería hacerle saber que visité al señor Moriarty, el director de la escuela de Luis, en su casa y le pregunté sobre la práctica de esposar a niños de siete años. No parecía tener otra respuesta que la de seguir las indicaciones del guardia de recursos escolares. Tengo previsto hablar con el guardia de recursos escolares. Los mantendré informados".

¡Sí! —gritó Alex, sobresaltando a todos—. ¿Qué? Espero que se meta en serios problemas.

—Pon el mensaje del director —dijo Alejandro—. Vamos a ver qué tiene que decir ese tipo.

Esmeralda puso los ojos en blanco.

—Bueno, está bien —dijo, y lo puso.

"Señora Pérez. En nombre de la escuela, quiero disculparme por lo que le pasó a Luis. No volverá a ocurrir. Por favor, acepte mis disculpas".

—Sí, claro —dijo Alejandro. Luego escucharon el mensaje del superintendente, que también se disculpó y ofreció a Luis una plaza en cualquier escuela primaria del distrito.

Esmeralda dejó caer su teléfono sobre la mesa.

—Bien —dijo—. Si puedo evitarlo, Luis no volverá a acercarse a míster Moriarty y a esa escuela.

—Mamá —dijo Luis en voz baja. Hasta ese momento había estado sentado tranquilamente en la mesa comiendo su cereal—. No quiero volver allí. ¿Puedo ir al trabajo contigo?

—No, m'ijo —dijo Esmeralda con suavidad—. Tienes que ir a la escuela, pero tal vez podamos visitar diferentes escuelas de la zona ya que el superintendente dijo que podíamos cambiarte a otra.

—Espera —dijo Ty—. Debería haber mencionado esto antes, pero la profesora Martínez inició un GoFundMe para Luis. Déjame ver… —dijo Taína desplazándose a través de sus mensajes—. Ay, Dios mío. Está como en cinco mil dólares ahora.

—¿En serio? —dijo Izzy, desplazándose por su propio teléfono.

—Déjame ver eso —dijo Esmeralda arrebatándole el teléfono a Ty de las manos—. La gente está donando dinero para enviar a Luis a una escuela privada. ¿Quiénes son estas personas?

—Están en Twitter y Facebook —dijo Izzy mostrándoles el enlace del artículo y el hecho de que ya tenía más de diez mil "me gusta".

—Pero —dijo Esmeralda—, no podemos aceptar el dinero de gente extraña. Eso es raro.

—Quizá —dijo Benny, limpiando la cafetera ahora vacía para hacer otra tanda—. Pero la gente está tratando de ayudar, creo, tratando de asumir la responsabilidad de los demás.

—¿En serio? —preguntó, y luego se hizo un silencio. Después de un rato, Esmeralda preguntó—: ¿Qué te hizo llamar a toda esa gente anoche? —Todas las miradas se volvieron hacia Ty.

Alejandro habló primero.

—Nos reunimos todos por Alex y fue increíble —dijo—. Me sentí conectado con todos los que estaban ahí y me sentí muy agradecido. No sé qué habríamos hecho si le hubiera pasado algo a Alex.

Esmeralda permaneció quieta, sin apartar la mirada de Ty.

—Sí —dijo Ty—. Todo eso pasó y tal vez un poco más. —Ty sonrió, pensando en cómo había abierto el amuleto.

—Taína, cuidado —dijo Esmeralda, mirando a Alejandro y mirando a Ty.

Ty se dio cuenta de que su madre pensaba que estaba hablando de cómo Ty los había encontrado esa mañana.

—No, lo que quería decir era… —empezó Ty.

Alex interrumpió:

—Déjalo, Cuatro.

—Ah, no —dijo Ty—. ¡Ni voy a tocar ese tema, además tenemos que prepararnos si vamos a hablar con los periodistas!

Por la tarde, el proyecto GoFundMe “Liberen a Luis de su prisión en la escuela primaria” había recaudado más de $15.000. Todos ellos habían hablado con los periodistas a lo largo de la mañana y el artículo se había hecho viral.

Ty se sentó en uno de los columpios del parque Denton mientras Luis e Izzy se sentaban en los otros dos, cada uno intentando llegar más alto que el otro. Eran las dos de la tarde y Ty estaba deseando ver a sus amigos. Como si hubieran estado esperando una señal, se dirigieron hacia ellos.

—¡Hola! —saludó Ty.

—Épale —dijo Vin al acercarse—. Muchachito —dijo Vin, corriendo detrás de Luis y empujándolo más. Luis chilló de alegría mientras Vin corría detrás de Izzy, empujándola también.

—¡Nooooo! —Izzy gritó juguetonamente.

Beatriz sonrió.

—Taína, ¿cómo te sientes?

—Me siento muy bien —respondió Ty—. Después de todo lo que pasó en las últimas dos semanas, diantre, uno pensaría que me sentiría como una basura, pero siento que todo va a estar bien, ¿sabes?

—Lo de anoche fue alucinante —dijo Vincent, acercándose a ellas y moviendo la cabeza como con incredulidad.

—Esa es una buena manera de decirlo —dijo Beatriz, y luego añadió—: Le dije a Vincent que volvería a la escuela mañana. —Se encogió de hombros—. Sin embargo, no me convence esa escuela. Tienen que cambiar su forma de tratarnos.

—Creo que deberíamos ir al despacho del director Callahan el lunes —dijo Vin—. Y decirle que queremos un grupo asesor de estudiantes para ayudar a abordar los problemas de la escuela. ¿Qué te parece?

Beatriz y Ty asintieron y chasquearon los dedos.

—También deberíamos hacer algo fuera de la escuela para ayudar, tal vez en la escuela primaria —continuó Vin.

—Míster Moriarty hará todo lo que le pidas, ahora que tiene a la gente de las noticias en la cara —se rio Beatriz—.

En serio, también deberíamos hacer algo en esa escuela primaria —dijo, agitando la mano hacia la escuela primaria Denton, al otro lado del parque.

—Quizá podríamos ofrecernos como voluntarios para un programa de tutoría entre pares. Si no lo hay, podemos proponer que lo creen.

—¡Es una idea genial! —exclamó Izzy, uniéndose a ellos. Luis había corrido hacia las barras de mono, donde un par de niños más estaban jugando. Izzy dejó que sus ojos se desviaran hacia él, y luego se volvió hacia el grupo—. Pero Luis probablemente va a ir a otra escuela. Ya no estará ahí.

—¿Y qué? —Beatriz se encogió de hombros—. Hay muchos otros niños en esa escuela que tienen que lidiar con todo eso, ¿me entiendes? Que Luis no esté allí no significa que no debamos hacer algo.

—Claro que sí —dijo Vincent.

—¡Sé que no voy a la escuela con ustedes, pero yo también ayudaré! —dijo Izzy y recibió una ronda de chasquidos.

—Creo que deberíamos enseñar la historia del pueblo taíno —dijo Ty, saltando del columpio—. Tal vez miss Carruthers nos ayude.

—¿Quizá podamos hacernos cargo de la clase de miss Neil? —bromeó Vincent.

La mención de la maestra Neil hizo que Ty recordara que probablemente estaba en problemas otra vez porque había abandonado la clase el viernes. "¿Me lo echarán en cara?", se preguntó. Por lo menos, hablar de la acción la hacía sentir mejor respecto a volver a la escuela el lunes y lidiar con las consecuencias.

—Ah, miren —dijo Izzy, señalando la entrada del parque—. Ahí está Alex con Eddie.

Ty sintió que el calor subía a sus mejillas.

Alex y Eddie se acercaron a ellos.

—¿Qué es lo que hay? —preguntó Eddie, con los ojos puestos únicamente en Ty.

Ella notó que su labio parecía un poco hinchado y que tenía un feo moretón formándose a un lado de la boca. Quiso extender la mano y tocarlo, pero sabía que no podía.

—¿Has descubierto cómo cambiar el mundo? —preguntó Alex. Era increíble que pudiera sonreír, dado que su rostro golpeado, hinchado y magullado hacía que pareciera que tenía algún tipo de afección cutánea.

—Estamos en eso —dijo Ty—. Ya tenemos trabajos para los dos.

—¿En serio? —dijo Alex—. Supongo que primero tenemos que volver a la escuela. —Señaló hacia sí mismo y luego a Eddie.

—¿Qué pasa con eso? —preguntó Vincent—. ¿Cuándo van a volver los dos?

Alex metió las manos en los bolsillos delanteros de sus *jeans*.

—Recién estaba charlando con mi mamá y mi papá, y vamos a ver al director Callahan el lunes para explicarle todo. Creo que me dejará volver a entrar o, de lo contrario, tendremos que enviarle un montón de periodistas. —Alex se rio y luego gimió por el dolor.

—Sí —dijo Eddie—. Mi mamá y yo también vamos a ir el lunes. Tienen que dejarme volver, ¿verdad?

—¡Más les vale! —dijo Ty—. No veo la hora de tenerte de vuelta en la escuela.

Alex puso los ojos en blanco.

—Bueno, voy a ponerme al día con el muchachito —dijo Alex. Izzy lo siguió, saludando al grupo.

Vincent miró su teléfono.

—Tengo que irme —dijo. Ty le habría preguntado si iba a ver a Imani, pero Vincent ya le había dicho que habían terminado oficialmente, *oficialmente*. Parecía tomárselo bien, pero Ty se dio cuenta de que sonreía mucho con Beatriz—. ¿Estás lista para irte? —le preguntó a Beatriz—. Puedo acompañarte a casa.

—Sí —sonrió Beatriz mientras los dos se dirigían a la salida del parque.

Ty estaba sola con Eddie.

—Sí —dijo, señalando el moretón que había notado antes—. Eso parece doloroso.

—No —dijo—, está bien. —Sonrió—. ¿Cómo estás?

—Estoy bien. Cansada, pero bien. —Ty se dio cuenta de que él ya no vestía de negro. Llevaba unos *jeans* azules holgados, una camiseta blanca y una sudadera azul con capucha—. ¿Nada de negro? —preguntó.

—No —dijo Eddie enseguida—. Ya no es para mí.

Ty vio que sus ojos se detenían en su cara y ella apartó de inmediato la mirada:

—Eh, ¿se sabe algo de Jayden o Ernie o de alguno de esos chicos?

—¿No te has enterado? —preguntó Eddie mientras Ty negaba con la cabeza—. Anoche en la comisaría Jayden admitió haber matado a Eric —dijo Eddie, haciendo que Ty se quedara sin aliento—. Sabes, yo creía los rumores que escuché sobre eso, pero no lo sabía con seguridad. Y no sé qué le hizo decir la verdad, ¿sabes? Era como si quisiera sacarlo de adentro, liberarse. —Eddie hizo una pausa y se balanceó un poco sobre sus pies.

—Ernie —continuó—, tiró su ropa de los Crawlers y me dio su dinero y sus cosas. Le dije que no quería nada de eso y le dimos todas nuestras cosas a otro hermano del grupo. Las tomó y se fue. No sé qué va a pasar con los Crawlers, pero espero que se vayan para siempre. Ya no quedan muchos.

—Yo también —dijo Ty. Los Night Crawlers parecían haber recibido un golpe, pero Ty no estaba segura de que fuera su final todavía, sobre todo con los Denton Street Dogs aun dando vueltas por ahí.

—Em —continuó Eddie—, hablé con José sobre un trabajo en el mercado Atabey.

—Qué *cool* —dijo Ty con entusiasmo—. Atabey es una maravilla. Voy mucho allí después de la escuela.

Eddie se quedó pensativo durante un minuto.

—¿Me he perdido algo en la escuela mientras estuve fuera? Me refiero a Vincent. Lo vi salir de aquí y me pregunté, ya tú sabes, si siguen siendo sólo amigos.

—Amigos —confirmó Ty—. Siempre ha sido un amigo.

—Bien —sonrió—. Eso es lo que quería saber. —Eddie miró fijamente a Ty, registrando cada centímetro de sus rasgos—. Me gustaría poder besarte ahora mismo —susurró, haciendo que Ty mirara con culpa hacia Alex, Izzy y Luis mientras se tranquilizaba.

Había fantaseado tantas veces con la idea de besar a Eddie que su mente iba en todo tipo de direcciones. Todo lo que pudo hacer fue ser honesta y susurrarle:

—A mí también me gustaría.

Eddie sonrió.

—Sí, pero no lo voy a intentar porque ya recibí un sermón de Alex.

—¿Qué? —dijo Ty, avergonzada y molesta.

—No, todo bien —dijo Eddie—. Yo haría lo mismo con mi hermana. —Hizo una pausa, distraído por un grito de Luis que era perseguido por Alex, y luego dijo—: Bueno, será mejor que vuelva a casa. Mi mamá ha estado muy preocupada porque no he estado mucho en casa los últimos meses. Así que esta noche me quedaré con ella y cenaremos y veremos telenovelas o algún programa que me hacía ver cuando era pequeño.

Ty no pudo evitar reírse.

—No te rías —dijo, bromeando—. Oye, tal vez mañana podrías encontrarte conmigo en algún lugar, sólo nosotros dos.

—Sí, eso me gustaría —dijo Ty, probablemente demasiado rápido, pero a Eddie no pareció importarle.

Capítulo 39

MÁS TARDE ESA NOCHE, cuando Ty estaba por fin sola en su cuarto escribiendo, tratando de captar todo lo que había visto la noche anterior, oyó que llamaban a su puerta.

—Adelante —dijo. Su madre entró con una bolsa de papel marrón y platos de papel.

—Ay, Dios mío —dijo Ty, dejando caer su cuaderno en la cama—. ¿Es eso lo que creo que es?

Esmeralda sonrió.

—Sí —dijo, dándole a Ty un plato y sacando las alcapurrias de la bolsa manchada de grasa—. José pasó un segundo a dejarlas.

—¡Wepa! —dijo Ty, dándole un mordisco al pedazo de cielo marrón oscuro—. *Mmm* —dijo ella. Esmeralda se sentó, agarró el cuaderno de Ty y empezó a leer.

—¿Qué es esto? —preguntó su madre, ojeando las notas.

—Estaba escribiendo una historia —dijo Ty, chupándose los dedos—. Estoy imaginando que la abuela estaba con nosotros anoche, ayudándonos. —Ty hizo una pausa. Aún no estaba segura de si realmente había visto a su abuela y a su bisabuela y tatarabuela y demás, pero le parecía que sí.

—Mamá, hay algo que deberías saber —dijo Ty, terminando lo último que le quedaba de comida y agarrando su desgastada caja de zapatos. Sacó con valentía los preciosos objetos y le explicó toda la historia: cómo le había dado la abuela los objetos, lo que le había dicho sobre lo que eran y la historia de cómo Ty sabría cuándo era el momento de usarlos.

Esmeralda escuchó y luego tomó la lista de nombres.

—Vaya —dijo su madre—. ¿Te dio esto la noche que murió y te contó esa historia?

Ty asintió con la cabeza, preocupada pensando que su madre le iba a tirar todo abajo con alguna respuesta negativa, pero Esmeralda permaneció pensativa. Dio un gran mordisco a su alcapurria y masticó lentamente. Era como si el masticar le diera tiempo para ordenar sus pensamientos. Cuando terminó con su alcapurria, dijo:

—Estoy pensando en lo que te dijo tu abuela sobre por qué te las dio a ti y no a mí, pero supe el porqué en el momento en que lo dijiste. Siempre fuiste intrépida. Incluso cuando eras una nena. Nunca dudaste de ti misma como yo. Y es como si tú y tu abuela se entendieran. No sé. Yo era diferente a ella. —Esmeralda se limpió las manos en una servilleta—. Las últimas dos semanas han sido una locura. ¡Diantre, los últimos años! He aprendido mucho. ¿Y sabes qué? Ya no puedo tener miedo —agregó Esmeralda, quedándose sin habla. Se recompuso—. Lo siento —dijo, mientras una lágrima caía por su mejilla—. Es que no puedo creer todo lo que les ha pasado a mis hijos estas últimas dos semanas.

—Está bien, ma —dijo Ty.

—No está bien —respondió ella—. Lo sé, así que intentaré hacerlo mejor. Lo prometo. Y antes de que tú y Alex vayan a hablarle de nosotros a Benny, tu padre y yo nos estamos reconciliando.

Ty sonrió.

—Sé que tú, Alex y Luis se van a alegrar con eso. Me llevó un tiempo aceptar algunas cosas —dijo—. Me dolió tanto cuando lo arrestaron, que no podía funcionar. Por eso me dolió tanto cuando pensé que Benny nos estaba juzgando. Fue demasiado para mí, sabes, y admito que no fui amable con Milagros ni con él.

Esmeralda hizo una pausa y luego se encogió de hombros.

—¿Pero sabes qué? —continuó—. Tu padre cumplió su condena y está esforzándose mucho, y bueno, la verdad es que lo amo. Siempre lo amaré, y eso ya no me avergüenza. No amo a un criminal. Amo a Alejandro. Y sé que, más allá de su mala decisión, es un buen hombre.

Ty abrazó a su madre y le dijo:

—Me alegro mucho de que papá y tú vuelvan a estar juntos.

—Ah, y mira esto. —Esmeralda sacó su teléfono y le mostró la pantalla a Ty. Había estado siguiendo el proyecto de GoFundMe, y ya había superado el objetivo de veinticinco mil dólares.

—¿Estás bromeando? —preguntó Ty.

Esmeralda negó con la cabeza:

—No. He aprendido que no se puede pensar lo peor de todo el mundo. Quiero decir, ¡mira eso! —dijo, señalando el teléfono—. Hay una escuela privada a la que podríamos enviar a Luis que está al otro lado de la calle Main. Estaría cerca de donde estamos ahora. ¿Es una locura querer quedarse aquí?

—No —dijo Ty—. Ahora me gusta estar aquí. Esta es mi comunidad. ¿Y dónde más vamos a conseguir comida tan buena como esta? —preguntó, agarrando otra alcapurria.

—Sí, de veras —dijo Esmeralda—. Vamos a estar bien.

Ty levantó el amuleto, deslizó suavemente sus dedos por la figura de Atabey y dijo.

—Sabes, ma, esto es realmente hermoso. —Sostuvo el medallón en su mano—. Pero cuando lo abrí, esperaba que ocurriera algo más, como un huracán o un tornado.

Esmeralda tomó el amuleto de Ty y lo estudió.

—Es hermoso —dijo—, pero no necesitabas un huracán, ¿verdad? Eres una fuerza potente y poderosa y la gente vino a ayudar gracias a ti. —Esmeralda le sonrió con cariño y tocó la mejilla de su hija—. Eres increíble, Taína, y te amo.

Taína se acercó a su madre y, mientras las dos mujeres se abrazaban, la brillante luz de la diosa de la luna les sonrió.

Isaura
Taina

Capítulo 40

—¡Síííí! —GRITÓ TY, sin darse cuenta de que lo había hecho en voz alta. Todos los alumnos de la clase de la maestra Carruthers se volvieron hacia ella y se rieron. La maestra Carruthers tenía una mirada interrogativa, pero entonces sonó el timbre y la clase terminó.

—¿Alex regresó a la escuela? —preguntó Vincent y Ty sonrió.

—Qué maravilla —dijo la maestra Carruthers, mientras se acercaba a ellos.

—Siento haber gritado en clase —le dijo Ty a la maestra Carruthers.

—Ah, no, por favor, no te preocupes por eso —dijo la maestra Carruthers—. Esto es algo importante. Me alegro mucho por ti.

Ty sonrió aliviada.

—No sé dónde está ahora, pero será mejor que lo averigüe antes de ir a la clase de Inglés.

—¡Sí, tal cual! —confirmó Vincent—. Miss Neil te arrancará el teléfono de la mano y te hará mirarla durante cuarenta y cinco minutos. —Lo dijo en broma, pero la maestra Carruthers frunció el ceño.

—¿Qué significa eso? —le preguntó a Vincent.

—Bueno, quiero decir que no... —Vincent se puso nervioso y Ty intervino.

—Miss Carruthers —comenzó Ty—. La maestra Neil cree que tengo una mala actitud y cosas así. —Ty se encogió de hombros—. Ya me ha echado de su clase como tres veces porque dice que soy irrespetuosa. Me fui el viernes porque mi madre estaba lidiando con lo que pasó en la escuela de Luis. Sé que me va a hacer pasar un mal rato por eso.

La maestra Carruthers exhaló.

—Ya veo —dijo—. ¿Ahora tienes Inglés?

Ty miró su reloj.

—Sí, y no puedo llegar tarde.

—Iré contigo —dijo la maestra Carruthers—. ¿Por qué no lo llamas a Alex primero, ya que no podrás concentrarte en clase si estás pensando en él, y luego te acompaño a clase?

—Yo voy para allá ahora —dijo Vincent y se dirigió a la clase de Inglés mientras Ty llamaba a Alex.

—¿Qué pasó? —preguntó Ty en cuanto respondió Alex.

—Estoy dentro. Estamos dentro, tanto yo como Eddie.

Ty gritó de alegría.

—Ay, Dios mío, qué buena noticia. ¿Qué tienen que hacer?

—Los dos tenemos que ir hoy a cada una de nuestras clases, hablar con cada maestro y ver qué proyectos o trabajos extra tenemos que hacer para ponernos al día.

—Puedo ayudarlos a los dos —dijo Ty, resistiendo el impulso de saltar—. No me importa estudiar contigo. Vin también. Podemos ayudarlos a ponerse al día.

—Gracias, Cuatro —dijo Alex—. Bueno, tengo que ir a la clase de Matemáticas. Nos vemos luego.

Ty terminó la llamada y le sonrió a la maestra Carruthers.

—Gracias —dijo ella—. Tiene usted razón. No habría podido pensar en otra cosa que no fuera Alex si no hubiera podido hablar con él.

—Me alegro —dijo la maestra Carruthers, con una sonrisa de complicidad, mientras salían al pasillo—. Sentí mucho lo de tu hermano Luis —continuó—. No sabía que eso había sucedido cuando me reuní con ustedes en el parque Denton el sábado. Lo leí luego e incluso doné al GoFundMe.

—Gracias —dijo Ty—. Este fin de semana pasado fue una locura, pero el apoyo de todo el mundo, todos los que vinieron a ayudar a Alex, todo lo que pasó, todo nos acercó como familia.

—Fue una noche especial. —La maestra Carruthers hizo una pausa—. Odio que la señora Williams haya perdido a su hijo, Eric, pero me alegro de que Jayden por fin lo haya admitido. Espero que la comunidad de la Dent siga apoyándose.

—Yo también —dijo Ty.

—¿Dónde está Luis ahora? Sé que el GoFundMe era para enviarlo a otra escuela…

—Sí, lo era —confirmó Ty—, pero mi mamá y mi papá lo están pensando bien. No planeamos mudarnos ni nada, así que están tratando de decidir cuál es el mejor lugar para él.

—Taína —dijo en voz baja la maestra Carruthers—. Si alguna vez necesitas que alguien los acompañe a hablar con la administración, dímelo. Estaría encantada de ayudar.

—Bueno —dijo Ty, sonriendo—, ahora que ha sacado el tema. Vincent, Beatriz y yo estuvimos hablando este fin de semana y queremos hacer cosas en esa escuela, ya sabe, para mejorarla, y nos vendría bien la ayuda.

—Oh —dijo la maestra Carruthers—. Dime más.

—Queremos crear un consejo de estudiantes para poder compartir nuestras ideas, porque podemos hacer más de lo que estamos haciendo ahora —respondió Ty.

—¿Cuáles son algunas de sus ideas? —preguntó la maestra Carruthers.

Ty sonrió.

—Estamos pensando en un programa en el que podríamos ir a la escuela primaria y leerles a los niños, o estar ahí para ellos cuando se emocionen de más, como le pasó a mi hermano. También pensamos que sería estupendo que Beatriz pudiera tener un grupo de discusión en español después de la escuela, para aquellos que quieran aprender español o mejorarlo.

La maestra Carruthers asintió mientras Ty continuaba:

—También estaba pensando en crear un club de historia caribeña en el que pudiéramos hablar de nuestros antepasados. Me encantaría crear un grupo en torno a eso.

La maestra Carruthers sonrió.

—Me encanta —dijo, mientras Ty sonreía y dio un brinco—. ¿Cómo puedo ayudar?

—Necesitamos al menos un maestro que crea en las ideas y pueda apoyarnos con el director Callahan o cualquier otro.

—Hecho —dijo la maestra Carruthers, cuando llegaron al aula de la maestra Neil—. Podemos hablar de ello más tarde —dijo—. Entra para no que no llegues demasiado tarde.

—Supongo que será mejor que acabe con esto —suspiró Ty e intentó girar el pomo de la puerta, pero este no cedió.

La maestra Carruthers trató de abrir la puerta ella misma, moviendo vigorosamente la cabeza en señal de confusión. A continuación, llamó con fuerza a la puerta. Al cabo de unos segundos, la propia maestra Neil abrió la puerta una rendija y al ver a Taína le dijo:

—Llegaste tarde. Ve al despacho del director Callahan, ahora. —Estaba a punto de cerrar la puerta, pero la maestra Carruthers se interpuso en su campo visual.

—Miss Neil —le dijo severamente—, Taína estaba conmigo terminando algo en mi clase. Me ofrecí a acompañarla a su clase porque sabía que llegaríamos unos minutos tarde. Tiene que dejarla entrar.

La maestra Neil frunció los labios, salió del aula y dejó que la puerta se cerrara tras ella.

—Ty-na siempre llega tarde o se salta mi clase. No es la primera vez, así que no la dejaré entrar al aula.

—Nunca llego tarde —dijo Ty en su defensa—. Y dejé su clase *una vez* el viernes, porque tuve una emergencia familiar.

—¿No supo lo que le pasó a su hermano menor, Luis? —preguntó la maestra Carruthers—. Salió en todas las noticias.

La maestra Neil miró a Ty y a la maestra Carruthers y luego de nuevo a Ty. Sus ojos se entrecerraron como si no creyera una palabra de lo que decían.

—Miss Neil —la maestra Carruthers se acercó a ella—. No estoy segura de lo que cree que está haciendo, pero tiene que dejar que *Ta-iii-na* entre a la clase. Le expliqué que estaba conmigo y la acompañé hasta aquí con el propósito expreso de que usted conozca las circunstancias. —Ty dio un paso atrás para dejar que la maestra Carruthers ocupara el espacio.

Ella continuó:

—Ahora, después de que deje entrar a Taína a la clase, pienso ir al despacho del director Callahan y decirle que, uno —comenzó a contar con los dedos—, está usted abusando de su autoridad al no permitir la entrada a su clase de una alumna que iba acompañada de otra maestra, y dos, que ha cruzado el límite al cerrar la puerta de su aula con llave. Es poco acogedor e innecesario.

—¿Qué está pasando aquí? —interrumpió una voz. Ty y las maestras Carruthers y Neil se giraron para ver al director Callahan caminando hacia ellas.

La maestra Neil sonrió.

—Me alegro de que esté aquí, director Callahan —dijo—. Ty-na llega tarde a mi clase y no la voy a dejar entrar, independientemente de que la maestra Carruthers diga que debe ser excusada. Ha sido continuamente irrespetuosa conmigo, se saltó la clase el viernes y ahora llega tarde. No la quiero en mi clase.

—Me acerqué hasta aquí —intervino la maestra Carruthers— para avisarle a la maestra Neil de que Taína estaba conmigo terminando algo. Llegamos aquí y la puerta estaba cerrada con llave con el propósito expreso de impedir que Taína entrara a la clase. Usted —continuó mirando directamente al director Callahan— nos indicó que no podíamos dejar a los alumnos fuera de la clase. Me parece que está castigando a Taína porque simple e inexplicablemente no la quiere en su clase, lo cual es un abuso de autoridad, en mi opinión.

—¿Es eso cierto? —preguntó el director Callahan a la maestra Neil.

—Cerré la puerta para darle una lección —declaró la maestra Neil—. ¿Pero abuso de poder? Eso sí que es una exageración, ¿no cree? —La maestra Neil se volvió hacia el director Callahan como si no hubiera nadie más con ellos—. Ty-na no me respeta y es disruptiva, así que no, prefiero no tenerla en mi clase.

El director Callahan parpadeó un par de veces como si tratara de ordenar sus pensamientos. Se sacó un *walkie-talkie* de la cadera y dijo:

—Donna, ¿la señora Jones sigue en la oficina?

Tras una pausa, Donna respondió:

—Sí.

—Genial —dijo—. ¿Puedes enviarla al aula 121, la de la maestra Neil?

Tras otra pausa, Donna respondió:

—Claro.

—¿Qué está haciendo? —preguntó la maestra Neil.

—Usted y yo tenemos que hablar en mi despacho, ahora —dijo—. Voy a enviar a un sustituto a su clase para que se haga cargo durante el tiempo que sea necesario para que arreglemos esto.

La maestra Neil se dio la vuelta y abrió de un tirón la puerta de su aula. Los alumnos que se amontonaban contra la puerta cayeron unos sobre otros tratando de volver a sus pupitres. Se dirigió a su escritorio, abrió el cajón, agarró su bolsa y se fue del aula. Al salir, miró a Ty.

—Realmente eres una chica inteligente, pero te falta disciplina y concentración. Alguien tiene que empujarte.

—¿Es eso lo que cree que está haciendo? —Ty no pudo evitar preguntar.

—Taína —dijo el director Callahan—. Ve a clase. La maestra Jones está en camino. —Ty giró hacia el aula, pero se volvió hacia la maestra Carruthers y le susurró—: Gracias.

—No hay de qué —respondió ella.

Ty sentía como si estuviera flotando en el aire mientras se dirigía a la entrada de la escuela para irse a casa. Había visto a Alex unas cuantas veces a lo largo del día pero no había conseguido hablar con él, y ahora iban a volver a casa juntos por primera vez en semanas. Al acercarse a las puertas, vio a Alex en una animada conversación con el guardia de seguridad.

—¿Qué está pasando? —preguntó Ty, con una sensación de hundimiento en su estómago.

—¿Puedes creer que es un fanático de los Yankees? —preguntó Alex, riendo y dándole un fuerte apretón de manos al guardia. Mientras salían por las puertas, Ty respiró aliviada.

—Creía que estaban discutiendo algo importante —dijo Ty mientras salían a la calle Main.

—Exactamente —se rio Alex—. El béisbol es importante.

—¿Desde cuándo? —preguntó Ty, ya que era la primera vez que escuchaba a Alex hablar de béisbol.

—He estado mirando los partidos con papá y está bueno —dijo Alex, sonriendo—. Qué día —suspiró—. Me sentí como si tuviera que arrastrarme sobre mis manos y rodillas, suplicando para hacer el trabajo para que los maestros creyeran que hablaba en serio.

—¿Te lo pusieron difícil? —preguntó Ty.

—Un poco —respondió Alex, deteniéndose a investigar las ventanas de un estudio de yoga—. Me pregunto qué hacen ahí dentro.

—No importa eso —dijo Ty, agarrando su brazo y alejándolo de la ventana—. ¿Qué te dieron como trabajo extra para ponerte al día?

—Todo bien, Ty, de veras. Estoy feliz de estar de vuelta, y

definitivamente haré el trabajo —hizo una pausa—. Incluso voy a pasar por la biblioteca para empezar con algunas cosas.

—Voy contigo.

—Ty, sé que me ayudarías si lo necesitara, pero estoy bien. —Volvió a hacer una pausa—. Creo que Eddie podría necesitar tu ayuda más que yo.

—¿De verdad? —El corazón de Ty se echó a bailar—. ¿Por qué dices eso?

Alex no respondió de inmediato y luego sonrió:

—Porque él me lo dijo. Cree que eres inteligente y sabia.

Ty no pudo evitar reírse:

—¿Dónde está? —preguntó.

—Se fue a trabajar.

—¿Qué?

—Empezó hoy en el mercado Atabey.

Ty tomó nota mentalmente de parar allí de camino a casa.

—En realidad, yo también tengo que ir a la biblioteca —dijo ella, siguiéndolo mientras dejaban la calle Main y se dirigían hacia las puertas de la biblioteca—. Quiero hablar con Mary. No la he visto desde el viernes y quería darle las gracias por haber venido.

—¡Había tanta gente! —Alex mantuvo abierta una de las puertas de la biblioteca para que Ty pudiera entrar delante de él. Mary no estaba en el mostrador, así que fue a buscarla mientras Alex se dirigía a una mesa del fondo para estudiar. Ty por fin encontró a Mary en una pequeña sala cerca del mostrador principal, hablando con dos mujeres. Tardó unos segundos en darse cuenta de que una de las mujeres era su madre y la otra era la señora Williams, la madre de Eric.

—¿Mamá? —dijo Ty al entrar a la sala.

—Hola, Ty —dijo su madre—. ¿Cómo te fue en la escuela?

Ty asimiló la escena y no podía creer lo que estaba viendo. Las tres mujeres estaban sentadas en una pequeña mesa, mirando papeles mientras Mary tomaba notas. Los folletos de la liga anti-gentrificación y de la coalición antiviolencia también estaban sobre la mesa.

—¿Escuela? —preguntó Esmeralda.

—Ah, lo siento. Bien —respondió finalmente Ty—. Hola, Mary. Hola, señora Williams. Mamá, eh… ¿te estás uniendo a estos grupos? —Su voz no pudo contener su sorpresa.

Esmeralda se irguió en su silla.

—Sí —dijo con firmeza—. Lo estoy haciendo.

Ty sabía que no debía presionar más, así que dirigió su atención a Mary y a la señora Williams.

—Em… quería darles las gracias a las dos por venir el viernes.

—No hace falta que nos agradezcas —dijo Mary—. Era lo que había que hacer.

—Sí —añadió la señora Williams—. Ojalá hubiera ocurrido algo así antes de que Eric fuera asesinado —dijo—. Pero ayudamos a Alex, lo que me hizo darme cuenta del poder que tenemos para ser un cambio positivo en nuestra comunidad. —Suspiró y continuó—: Por eso estamos aquí.

Esmeralda asintió enérgicamente como si fuera lo más natural del mundo que estuviera sentada luchando por la comunidad.

—¿Dónde está Luis? —le preguntó Ty, cambiando de tema.

—Está en casa con Benny. Hoy ha sido un buen día. Alex ha vuelto a la escuela y hemos tenido una buena charla con el superintendente —añadió Esmeralda.

Ty se dio cuenta de repente de que su madre se había peinado y llevaba unos *jeans* y un suéter colorido. Parecía más joven. Estaba presente, activa y sonreía como si tuviera algo que ofrecer. Era hermosa. "Tiene algo que ofrecer", pensó Ty con orgullo.

—Esmeralda, no nos dijiste —dijo Mary—. ¿Luis va a volver a la escuela primaria Denton o a otro lugar? Ty, ven aquí y siéntate con nosotras.

Ty entró y se sentó a la mesa.

—Todavía estamos hablando de ello —dijo Esmeralda, y luego añadió enseguida—: El director Moriarty va a dejar el cargo y habrá alguien que lo sustituya durante el resto del año.

—¿Hablas en serio? —preguntó Ty con entusiasmo—. Realmente están trabajando rápido.

—Sí, y están sustituyendo al guardia de recursos escolares por un consejero en la escuela que ayudará a los niños que necesitan más apoyo emocional.

Ty no pudo contener su alegría. Se inclinó y abrazó a su madre, que pareció sorprendida al principio pero luego le devolvió el abrazo.

—¡Ma, esto es una pasada!

—Así es —dijo Mary—. Esto ayudará a muchos niños.

Esmeralda estaba de acuerdo y luego añadió:

—Yo también lo creo. Esperaba que hoy viéramos a Sofía y quizá a su profesora, porque fue toda esa publicidad la que lo logró. Quería darles las gracias.

Ty volvió a abrazar a su madre y luego se levantó para abrazar a Mary y a la señora Williams.

—En realidad tengo que irme. Pero me encantaría ayudar con lo que sea que estén trabajando alguna vez.

—¡Contamos con ello! —dijo la señora Williams.

En la calle Main, deslizándose hacia el mercado Atabey, Ty metió la mano en su mochila y sacó el amuleto. Lo llevaba consigo para la buena suerte y parecía funcionar. Todo había cambiado para mejor. Sólo deseaba que su abuela estuviera allí para verlo. Al pensar en su hermosa abuela, sostuvo el amuleto en la mano, rezando una oración silenciosa en honor a todos sus antepasados.

Que la diosa de la luna ilumine las vides que nos conectan a todos.

Que la luz que hace brillar el cielo nocturno traiga paz y amor continuos.

Epílogo

La canción hizo que las mujeres se sintieran libres y hermosas mientras daban saltitos por la playa. Algunas vadeaban las aguas poco profundas del océano, otras se entretenían en la orilla y otras se perseguían juguetonamente por la arena. Anacaona terminó su areíto y luego observó con tranquilidad a sus hijas.

—¿Crees que estarán bien? —le preguntó Isaura a Anacaona, con su afro blanco fluyendo en la brisa del mar.

—Por supuesto —dijo—. Por fin ha llegado nuestro momento. Mi poder ha sido bien utilizado esta vez, pero siempre estaremos aquí si nos necesitan.

Isaura miró con cariño a su madre ancestral mientras Anacaona le tocaba suavemente el rostro curtido.

—Hemos hecho nuestra parte. Ahora depende de ellas.

Con eso, Anacaona se lanzó con gracia y determinación hacia sus hijas, uniéndose a ellas en una bulliciosa risa y un fuerte canto que significaba libertad, liberación y levedad del ser.

Tinima
Ines
Guaynata
Luisa
Isadora
Guanina
Isaura
Cristina

Antonia
Rosa
Taína
Higüamota
Anna
Casiguaya
Anacaona
Clara
Ides

Nota de la autora

COMO MUJER PUERTORRIQUEÑA, siempre me habían dicho y siempre creí que era taína. Mi madre decía a menudo: "Nosotros somos indios, africanos y españoles". Me crie sabiendo mucho sobre los españoles y un poco menos sobre mis antepasados africanos, pero poco o nada sobre mis antepasados indígenas —o, más bien, taínos—. Lo que *está* documentado proviene de los primeros diarios, cartas e historias compartidas por los colonizadores españoles (y otros), historias que han constituido las narrativas dominantes que conocemos hoy en día, siendo la más prevalente que los taínos no sobrevivieron.

Siempre había sentido curiosidad por esta parte de mi herencia e hice lo que pude para aprender sobre ellos. Me enteré de que su nombre no era realmente taíno, sino arawak, y de que cuando saludaron a Cristóbal Colón, habían dicho "taíno" para que sus visitantes se sintieran bienvenidos, porque significaba "buena gente". Colón lo malinterpretó como su nombre, y se les pegó. También aprendí que los arawak vivían en muchas islas: Puerto Rico (Borikén), Haití (Ayiti), República Dominicana (Quisqueya), Cuba (Cubanascnan) y Jamaica (Xaymaca).

Visité los petroglifos taínos en Jayuya, Puerto Rico, y hablé con los ancianos de donde son mis padres en San Sebastián. Aprendí que, más allá de los petroglifos, los taínos no documentaban su cultura y creencias de forma contemporánea (por escrito). En su lugar, transmitían historias orales, por lo que muchos puertorriqueños siempre han tenido una comprensión diferente de la supervivencia taína, porque hemos escuchado las historias de nuestros padres, abuelos y bisabuelos. Esta comprensión iba a contracorriente de los historiadores y antropólogos que necesitaban ese relato escrito para legitimar a un pueblo.

En mi propia familia, mi madre me contaba historias sobre su bisabuela taína y sobre cómo su forma de vivir y de ser había sido legada a cada generación, de madre a hija, hasta llegar a ella y luego a mí. Por ejemplo, mi madre hablaba a menudo de cómo su abuela y sus tías le enseñaron a vivir de la tierra. Hasta hoy, puede cultivar verduras en cualquier lugar, incluso en los suelos más difíciles de Boston, Massachusetts.

La documentación histórica hablaba de los taínos en tiempo pasado, como si hubieran perecido para siempre, pero los puertorriqueños hablan de los taínos como si nunca se hubieran ido. Pasé años tratando de conciliar lo que leía con lo que me habían enseñado y sentía en lo más profundo de mi alma que los taínos, mis antepasados, vivían dentro de mí.

En 2018, mientras terminaba un programa de doctorado en Artes y Educación, leí un artículo publicado en Smithsonian.com titulado, *Ancient DNA Contradicts Historical Narrative of "Extinct" Caribbean Taíno Population [Antiguo ADN contradice la narrativa histórica de que las poblaciones caribeñas taínas están "extintas"]*. Este artículo relataba un proyecto de investigación sobre el ADN de un antiguo diente encontrado en un esqueleto de mil años de antigüedad. Este esqueleto se encontró en las Bahamas y era de un humano anterior a Colón. A través del ADN encontrado en este diente, los investigadores pudieron rastrear la migración de los arawak de las islas del Caribe y descubrieron que los actuales puertorriqueños eran los que más ADN taíno tenían.

Ahí estaba todo. Esa era la "verdad" que vivía en mi sangre. ¡¿Ven?! ¡Todavía estamos aquí! Mi madre, mi abuela y mi bisabuela, así como muchos otros caribeños, habían compartido esa verdad con el mundo, pero ahora la ciencia respaldaba lo que ya sabíamos.

Algo se despertó en mi interior: la necesidad de honrar a mis antepasados profundizando y aprendiendo más sobre cómo habían asegurado su supervivencia. Quería entender la larga historia que hizo que los taínos trataran de mezclarse con sus opresores, escondiéndose a plena vista. Y sentía con firmeza que mis antepasados taínos nos habían inculcado a mí, a mi familia y a otras personas de ascendencia taína un arraigado sentido de la supervivencia basado en el amor a la familia, la tierra y la cultura, y un profundo respeto por la naturaleza.

Con renovado vigor, seguí investigando y aprendiendo. Leí todo lo que pude sobre los taínos. Leí trabajos de antropólogos, científicos, escritores de ficción y autores de libros infantiles (véase la lista de referencias al final de esta nota), pero no estaba satisfecha. Todavía no había encontrado una historia que presentara a los taínos como un pueblo estratégico, que comprendía que se estaba produciendo un genocidio y luchaba para asegurar su supervivencia. También me preguntaba cómo afecta el trauma histórico a nuestras vidas actuales, cómo se conecta el pasado con el presente y cómo articulamos el dolor y la pérdida de una parte importante de la historia a través de nuestros lentes contemporáneos. Pero no pude encontrar una obra de ficción o de no ficción que compartiera lo que yo quería entender o expresar.

En un discurso pronunciado en 1981 ante el Consejo de las Artes de Ohio, la difunta y asombrosa genio de la literatura Toni Morrison dijo: "Si hay un libro que quieres leer, pero aún no ha sido escrito, entonces debes escribirlo". Me tomé esas palabras en serio, y eso fue lo que me llevó a escribir *Claro de luna.* Un libro para nombrar lo vitales que fueron los taínos no sólo para mi supervivencia, sino también para la de mi familia y la de muchos, muchos otros. Cómo su alegría, su inteligencia y su amor siguen formándome a mí y a otros hasta el día de hoy. Son algo más que el pueblo que recibió cálidamente a Cristóbal Colón y le dio la bienvenida a sus islas. Son una familia. Esta novela es mi forma de compartir mi profunda gratitud y respeto por ellos. Y creo sinceramente que me han guiado a lo largo de este proceso, asegurando que esta obra tuviera un público.

Un primer borrador de este manuscrito llegó por casualidad a manos de Elise McMullen-Ciotti, editora de Lee and Low. Después de escribir el primer borrador, no estaba segura de lo que iba a hacer con él. Escribir la novela sanó algo dentro de mí, y me pregunté si eso era suficiente propósito para escribirla. Compartí esa sensación con una buena amiga mía, Rondi Silva. Rondi me preguntó si podía leer el manuscrito, y se lo envié. Sin saberlo yo, ella conocía a Jason Low, de Lee and Low, y habló con él sobre la obra. Jason me preguntó si podía compartirlo con Elise.

En ese momento, me sentí avergonzada. No estaba preparada para que la obra viera la luz del día, ni creía que mis escritos estuvieran listos para que los analizara un editor profesional y una editorial. Cuando Elise se puso en contacto conmigo para hablar de la novela, me sorprendió saber que también tenía un gran interés por los taínos. Como miembro de la Nación Cherokee, Elise trabaja incansablemente para dar a conocer al mundo las historias de los nativos. Reconoció que no había ninguna novela para jóvenes centrada en los taínos y que esperaba que alguien escribiera una. De la nada, *Claro de luna* apareció en su escritorio. Para mí, fue como si nuestros antepasados hubieran participado en nuestro encuentro, porque las probabilidades de que nos encontráramos de la manera y en el momento en que lo hicimos eran mínimas. Reconozco humildemente esta verdad y agradezco a mis antepasados todo lo que han hecho para ayudarme a contar esta historia y asegurarse de que llegara a manos de uno de los pocos editores que podrían entenderla. (¡Gracias, Elise, por todo lo que has hecho para defender *Claro de luna*!). Espero que la historia resuene no sólo con los puertorriqueños, sino con todos los que sentimos la historia no contada en nuestra sangre y tenemos historias que compartir por ello.

Claro de luna entrelaza capítulos y contenidos históricos en una obra de ficción contemporánea. A través de esta estructura, he mostrado cómo el trauma histórico se da a conocer dentro de las vidas de los descendientes actuales de los taínos y cómo la opresión colonial sigue presente.

No todos los personajes del libro son obras de ficción. Anacaona y Caonabo son figuras históricas muy reales: la realeza en el Caribe antes de Colón. Gobernaron en lo que ahora es Haití y son importantes figuras históricas en Haití y la República Dominicana. Elegí a Anacaona para iniciar la línea matrilineal del personaje ficticio actual de Taína, porque Anacaona es la realeza taína de la que la mayoría de los caribeños han oído hablar, y ella trabajó diligentemente para mantener a su pueblo a salvo. También quería mostrar la unidad ancestral entre las islas del Caribe que tienen ancestros taínos, como Haití, la República Dominicana y Puerto Rico. Otras islas del Caribe tienen antepasados taínos, pero me centré en las islas en las que podía tener un arco argumental con Anacaona. Dado que gobernaba en la actual Haití, imaginé que su hija, Higüamota, atravesaba esa isla para ponerse a salvo a corto plazo en la isla de Mona.

Higüamota (también conocida como Higuemota) es una figura histórica real. Fue la única hija registrada de Anacaona y Caonabo. Sin embargo, no se sabe por escrito lo que le ocurrió. Puede que muriera de niña o que viviera hasta la edad adulta. Me pregunté qué habría tenido que hacer para sobrevivir. Me la imaginé recibiendo importantes objetos de su madre y encontrando el camino hacia Amoná o la isla de la Mona. La isla de la Mona, situada entre la República Dominicana y Puerto Rico, no es actualmente una isla habitable. Sin embargo, se sabe que hay actividad taína en ella.

Los arqueólogos han encontrado dibujos rupestres taínos en la isla, lo que demuestra que la habitaron. Es fácil imaginar que Higüamota se podría haber escondido allí durante un tiempo en sus viajes a la cercana Mayagüez, en Puerto Rico.

Los taínos han influido en la América actual. ¿Te has columpiado alguna vez en una hamaca? Los taínos las inventaron. Aunque no tenían una lengua escrita, sus palabras han perdurado. Palabras como hamaca, barbacoa, canoa, tabaco, yuca y huracán se han incorporado al español y al inglés.

Por último, el propósito de mi investigación doctoral era centrarme en las técnicas narrativas que apoyan la liberación y la sanación de los jóvenes que han sido marginados por el racismo y la opresión sistémicos, y sin embargo esta novela dio un giro muy personal al apoyar mi propia liberación y sanación. Esta última fue inesperada. Hacía muchos años que no escribía de forma creativa y sumergirme en mi curiosidad e investigación para apoyar esta narración despertó el lado creativo de mi cerebro. Empecé a situar mi investigación en un contexto con personas, barrios y problemas sociales reales y actuales. *Claro de luna* describe cómo los temas que encontré en mi investigación se desarrollan en las escuelas, las comunidades y los hogares. El tema más importante que quería transmitir es que los jóvenes tienen poder. Pueden cambiar su trayectoria personal y la calidad de vida de sus comunidades. Por eso Taína, nuestra protagonista de catorce años, descubre y utiliza su poder a través de la comprensión de su historia. El despertar a su historia ancestral se traduce en la resistencia de su vida actual.

Para mí ha sido un honor darle vida a Taína. Ella no es sólo yo, sino también muchas muchachas jóvenes que veo en mi propia comunidad, que son hermosas, poderosas y capaces de hacer mucho más de lo que la sociedad les dice que es posible. Mi sobrina Tori me envió un mensaje después de leer un borrador del libro: "¡Taína es taaaan atrevida!". Sí, lo es, y crearla canalizó mi propia necesidad de ser audaz. Me llevó mucho tiempo volver a encontrar mi voz como escritora y como persona creativa, y tanto los increíbles taínos, mis antepasados, como mi personaje de ficción, Taína, me dieron poder personal. Espero que *Claro de luna* inspire a otros a reflexionar, actuar y ser audaces.

Ascendencia de Anacaona y Caonabo

(basada en esta historia ficticia)

Anacaona • Caonabo (1474-1503) Anacaona murió en 1503. Antes de morir, creó el cemí y el amuleto. Se los dio a Higüamota, que huyó a la isla de la Mona (Amoná).

Higüamota • Guaybana (1482-1540) Higüamota se despidió de su madre a los trece años y no volvió a verla. Murió en 1540, en la isla de la Mona. Tuvo dos hijos: Yayael (niño) y Guanina (niña). Le legó los objetos a Guanina.

Guanina • Cacimar (1507-1580) Guanina murió en 1580 en Yagüecax. Tuvo una hija, Casiguaya, y un hijo, Daguao. Le legó los objetos a Casiguaya.

Casiguaya • Hatuey (1526-1601) Casiguaya murió en 1601. Tuvo cuatro hijos: Agustín (Caonabo), Pedro (Guama), Jimena (Tinima) y Miguel (Hayuya). Le legó los objetos a Jimena (Tinima).

Tinima/Jimena • Cristóbal (1547-1620) Jimena murió en 1620. Tuvo tres hijos: (Yuisa) Luisa, (Guaynata) María y (Amanex) Hernán. Le legó los objetos a Guaynata.

Guaynata/María • Gabriel (1567-1634) Guaynata murió en 1634. Sólo tuvo un hijo, Mateo. Le legó los objetos a su nieta, Antonia.

Mateo • Quiteria (1589-1650) Mateo murió en 1650, pero él y Quiteria tuvieron dos hijos, Antonia y Mateo hijo. Guaynata le legó los objetos a Antonia, que nació en 1615.

Antonia • Hernán (1615-1715) Antonia vivió cien años y murió en 1715. Tuvo tres hijas: María, Clara y Luisa. Le legó los objetos a Luisa.

Luisa • Lorenzo (1638-1719) Luisa murió en 1719. Tuvo cinco hijos: Gaspar, Álvaro, Ana, Inés y Julia. Le legó los objetos a Inés.

Inés • Andrés (1665-1750) Inés murió en 1750. Tuvo una hija, Cristina, a la que le legó los objetos.

Cristina • Juan (1695-1783) Cristina murió en 1783 y tuvo tres hijos: Rosa, Magdalena y Diego. Le legó los objetos a Rosa.

Rosa • Francisco (1725-1808) Rosa murió en 1808 y tuvo cuatro hijos: María, Luisa, Francisco hijo y Antonio. Le legó los objetos a Luisa.

Luisa • Jorge (1760-1860) Luisa murió en 1860 y tuvo tres hijos: Alonso, Martín y Miguel. Guardó los objetos para legárselos a una de sus nietas.

Miguel • Julia (1795-1887) Miguel tuvo tres hijos: María, Anna y Martín. Luisa le legó los objetos a Anna.

Anna • Gonzalo (1843-1935) Anna murió en 1935. Tuvo tres hijos: Beatriz, Gonzalo hijo e Ides. Le legó los objetos a Ides.

Ides • Héctor (1885-1960) Ides murió en 1940. Tuvo cinco hijos: Clara, Jaime, Enrique, Cesario y Luisa. Le legó los objetos a Clara.

Clara • Rodrigo (1909-1986) Clara murió en 1986. Tuvo dos hijas, Juana e Isaura. Le legó los objetos a Isaura.

Isaura • Otilio (1950-2018) Isaura murió en 2018, pero no antes de legarle los objetos a su nieta, Taína. Tuvo dos hijos: Benito y Esmeralda.

Esmeralda • Alejandro (1978-presente) Isaura y Otilio se trasladaron a Estados Unidos en 1972 en busca de una vida mejor. Tuvieron a su hijo Benito en 1975 y a su hija Esmeralda en 1978. Esmeralda tiene tres hijos: Alex hijo, Taína y Luis.

Taína (2004-actualidad) Taína recibe los objetos cuando tiene catorce años.

Momentos clave de la historia de Puerto Rico

1474 Anacaona nace en Ayiti (actual Leogane, Haití).

1493 Los arawak (también conocidos como taínos) reciben a Colón. Se dice que Anacaona fue una de las primeras taínas en saludar a Colón y a su pueblo.

1496 Muere Caonabo.

1503 Anacaona es asesinada.

1508 España coloniza oficialmente Puerto Rico.

1513 Los africanos se ven obligados a entrar a Puerto Rico por primera vez (fecha estimada).

1760 Se funda Mayagüez.

1873 Queda abolida la esclavitud.

1898 Finaliza la Guerra Hispanoamericana y España cede Puerto Rico a Estados Unidos.

1917 Se firma la Ley Jones-Shafroth, que otorga a los puertorriqueños la ciudadanía estadounidense.

1950s Al ser más fácil viajar a Estados Unidos, se produce la mayor migración de puertorriqueños a la parte continental de Estados Unidos.

Borinqueños (puertorriqueños) inspiradores

Hayuya (nacido circa 1470) fue el cacique taíno que gobernó la zona de Puerto Rico que lleva su nombre (ahora se escribe "Jayuya"). Jayuya es un pueblo y municipio de Puerto Rico situado en la región montañosa del centro de la isla.

Mabodamaca (reinó en el siglo XVI) fue un cacique muy respetado. Se dice que condujo a su pueblo por el río Guajataca hasta la cordillera central para escapar de los invasores españoles. Luchó con valentía para mantener la seguridad y modo de vida de su pueblo.

María Bibiana Benítez (1783-1873?), poeta, nació en Aguadilla, Puerto Rico. En 1832 Benítez publicó su primer poema, "La ninfa de Puerto Rico". En 1862 escribió la primera obra dramática de un puertorriqueño, *La cruz del morro*, inspirada en la defensa de San Juan contra los holandeses en 1625.

Mariana Bracetti (1825-1903) nació en Añasco, Puerto Rico, y se cree que fue la mujer que confeccionó la primera bandera puertorriqueña. Bracetti fue una líder del movimiento independentista en la década de 1860 y participó en la organización del Grito de Lares de 1868, un intento de revolución en la ciudad de Lares. Fue detenida y liberada unos meses después, tras ser amnistiada por el gobierno español. La bandera que diseñó, conocida por muchos como la bandera de la revolución, es ahora la oficial de Lares.

Ramón Emeterio Betances (1827-1898), médico, activista y escritor, nació en Cabo Rojo, Puerto Rico. Se licenció en Medicina en la Universidad de París en 1855. Regresó a Puerto Rico y trabajó para salvar a la gente de una epidemia de cólera, que afectó especialmente a la ciudad de Mayagüez. Su negativa a dar un trato prioritario a los oficiales españoles, su creación de una organización que pretendía liberar a los esclavizados y su activismo en favor de la independencia de Puerto Rico crearon tensiones con el gobierno colonial, y fue exiliado en varias ocasiones. Sus obras literarias, que incluían ensayos y novelas, le valieron la concesión de la Legión de Honor del gobierno francés.

Ana Roqué de Duprey (1853-1933), educadora y activista, nació en Aguadilla, Puerto Rico. A los trece años creó una escuela en su casa. Luego dirigió o fundó más escuelas —entre ellas una academia de maestras, un instituto femenino y el Colegio de Mayagüez— y ayudó a fundar la Universidad de Puerto Rico. Creó varias publicaciones, entre ellas *La Mujer*, un periódico para mujeres, y cofundó la primera organización de sufragio femenino de Puerto Rico.

José Celso Barbosa (1857-1921), médico, sociólogo y político, nació en Bayamón, Puerto Rico. En 1880 se convirtió en el primer puertorriqueño en recibir un título de médico en Estados Unidos. Regresó a Bayamón, donde prestó atención médica. En 1899 formó un partido político a favor de la estadidad. Formó parte del gabinete ejecutivo del gobernador puertorriqueño Charles H. Allen (1900-1917) y del primer Senado de Puerto Rico (1917-1921). Creó *El Tiempo*, el primer periódico bilingüe de la isla, en 1907.

Pedro Albizu Campos (1891-1965), político, nació en Ponce, Puerto Rico. Tras servir en una unidad afroamericana durante la Primera Guerra Mundial, se convirtió en un defensor de la independencia de Puerto Rico. Se unió al Partido Nacionalista de Puerto Rico en 1924 y en 1930 fue elegido su presidente. Cuando los conflictos entre los nacionalistas y los gobernantes se volvieron violentos, fue detenido y encarcelado. Después de ser liberado, continuó agitando por la independencia, desafiando las nuevas leyes que limitaban la expresión contra el gobierno de Estados Unidos, y fue encarcelado de nuevo. Se lo recuerda por sus apasionados desafíos al *statu quo* del estado libre asociado.

Felisa Rincón de Gautier (1897-1994) nació en Ceiba, Puerto Rico. Fue una firme creyente en el movimiento sufragista y una de las primeras mujeres de la isla en registrarse para votar. Trabajó en muchas profesiones, como farmacéutica, florista y costurera, antes de entrar en la política y ayudar a fundar el Partido Popular Democrático. En 1946 fue nombrada alcaldesa de San Juan, lo que la convirtió en la primera mujer alcaldesa de una capital de las Américas; sería reelegida otras cuatro veces, hasta 1969.

Luis Muñoz Marín (1898-1980) nació en San Juan, Puerto Rico. Siguiendo los pasos de su padre, que había sido comisionado residente de Puerto Rico (1910-1916), Muñoz Marín entró en la política y fue elegido senador de Puerto Rico en 1932. Al principio abogaba por la independencia, pero con el tiempo cambió de opinión. Como presidente del Senado (1940-1948), trabajó con la administración de Roosevelt para llevar los programas del New Deal a Puerto Rico. Ganó las primeras elecciones a gobernador de Puerto Rico en 1948, y ocupó un total de cuatro mandatos. Durante este tiempo, consiguió cambiar el estatus de la isla de territorio a estado libre asociado.

Rita Moreno (1931-), actriz, nació en Humacao, Puerto Rico. Su papel de Anita en la película *West Side Story* (1961) de Robert Wise le dio fama y un Oscar (el primero para una mujer latina). Ganó un Tony en 1975 por su actuación en Broadway en *The Ritz*. Su trabajo en televisión incluyó un papel protagonista en *The Electric Company* (un disco de acompañamiento le valió un Grammy) y apariciones premiadas con un Emmy como invitada en *The Muppet Show* y *The Rockford Files*. Esto la convirtió en la primera mujer latina en ganar los cuatro premios más importantes del mundo del espectáculo estadounidense, el EGOT (Emmy, Grammy, Oscar y Tony).

Roberto Clemente (1934-1972), jugador de béisbol, nació en Carolina, Puerto Rico. Fue jugador de béisbol con los Pittsburgh Pirates (1955-1972) y fue famoso tanto por su bateo como por su destreza como jardinero defensivo. Clemente ganó cuatro títulos de bateo de la Liga Nacional (1961, 1964, 1965 y 1967), fue el Jugador Más Valioso de la liga en 1966 y ganó el Guante de Oro doce años seguidos (1961-1972). Tras su prematura muerte en un accidente de avión cuando se dirigía a Nicaragua para entregar suministros de socorro en caso de terremoto, el Salón de la Fama del Béisbol celebró una elección especial en la que se prescindió del habitual período de espera de cinco años y lo admitió en 1973.

Sila María Calderón (1942-) nació en San Juan, Puerto Rico, y ocupó varios cargos gubernamentales antes de ser elegida alcaldesa de San Juan en 1996. Se convirtió en jefa del Partido Popular Democrático y, en un referéndum celebrado en 1998, lideró con éxito la campaña para que Puerto Rico siguiera siendo un estado libre asociado en lugar de buscar la estadidad. Poco después, fue elegida la primera mujer gobernadora de Puerto Rico (2001-2005).

Richard L. Carrión (1952-), financiero, nació en San Juan, Puerto Rico. Siguiendo los pasos de su abuelo —que cofundó el banco comercial Banco Popular en 1923— y de su padre y su tío —que tomaron el relevo tras la jubilación de su abuelo—, se convirtió en presidente y consejero delegado del banco en 1990. Ahora es el presidente ejecutivo de su empresa matriz, Popular Inc. Preside el comité financiero del Comité Olímpico Internacional. Su Fundación Banco Popular ha becado a más de mil estudiantes.

Nydia M. Velázquez (1953-), política, nació en Yabucoa, Puerto Rico. Fue la primera mujer latina en formar parte del Municipio de Nueva York tras su nombramiento en 1984. En 1992, fue la primera mujer puertorriqueña elegida para el Congreso de Estados Unidos, convirtiéndose en representante de un distrito que abarca partes de Manhattan, Brooklyn y Queens en la ciudad de Nueva York. En 1998, se convirtió en la primera mujer latina en ser miembro principal de un comité de la Cámara de Representantes, el Comité de Pequeñas Empresas de la Cámara. En 2006, se convirtió en la primera latina en presidir una comisión del Congreso, la Comisión de la Pequeña Empresa de la Cámara de Representantes.

Sonia Sotomayor (1954-), jueza, nació en el Bronx, Nueva York. Sotomayor trabajó como asistente del fiscal de distrito y como abogada privada antes de ser nominada por el presidente George H. W. Bush como jueza de distrito en 1991. Posteriormente, formó parte del Tribunal de Apelación del Segundo Circuito de Estados Unidos a partir de 1998, tras ser nominada por el presidente Clinton. Finalmente, fue nominada por el presidente Barack Obama en 2009 como jueza asociada de la Corte Suprema. Se convirtió en la primera puertorriqueña en ser nombrada para este puesto.

Jennifer López (1969-), cantante, actriz y bailarina, nació en el Bronx, Nueva York. Saltó a la fama con su papel protagonista en la película *Selena* de 1997. En 2001 se convirtió en la primera mujer en tener un número 1 en una película y un álbum al mismo tiempo, con *The Wedding Planner* y *J.Lo*. Ha sido nombrada una de las personas más influyentes o poderosas del mundo por *Time* y *Forbes*.

Ivy Queen (1972-), cantante, rapera y compositora, nació en Añasco, Puerto Rico. Conocida como la Reina del Reguetón, fue una de las primeras estrellas femeninas del género dominado por hombres. Fue incluida en el Salón de la Fama de los Compositores Latinos en 2019.

Bad Bunny (1994-), rapero y cantante, nació en Vega Baja, Puerto Rico. En 2018 apareció en la exitosa canción de Cardi B "I Like It". Pasó a lanzar varios álbumes solistas exitosos, incluyendo *El último tour del mundo*, que en 2020 se convirtió en el primer álbum completamente en español en alcanzar el número 1 en la lista Billboard 200. Además de su música de trap y reguetón latino, ha luchado en combates de la WWE.

Laurie Hernández (2000-), gimnasta, nació en Old Bridge Township, Nueva Jersey. En los Juegos Olímpicos de Río de 2016, formó parte del equipo de gimnasia femenina de Estados Unidos, que ganó el oro y obtuvo una medalla de plata en la barra de equilibrio. Ese mismo año, también se convirtió en la ganadora más joven de *Dancing with the Stars*.

Referencias

Alexander, Kerri Lee. "Rita Moreno". National Women's History Museum. 2019. womenshistory.org/education-resources/biographies/rita-moreno.

Atlas Obscura. "Tumbo del Indio—Jayuya, Puerto Rico". Accedido el 21 de junio 3 de 2022. atlasobscura.com/places/tumba-del-indio.

Biblioteca del Congreso. "José Celso Barbosa". The World of 1898: The Spanish-American War. 14 de mayo de 2020. loc.gov/rr/hispanic/1898/barbosa.html.

"Biography: Nydia M. Velázquez". Congresista Nydia Velázquez. Accedido el 22 de junio de 2022. velazquez.house.gov/about/full-biography.

Brandman, Mariana. "Ana Roqué de Duprey". National Women's History Museum. 2020. womenshistory.org/education-resources/biographies/ana-roque-de-duprey.

———. "Felisa Rincón de Gautier". National Women's History Museum. 2020. womenshistory.org/education-resources/biographies/felisa-rincon-de-gautier.

Colón, Frances A. "The Untold History of Women in Science and Technology: Ana Roqué de Duprey". White House, 30 de marzo de 2016. obamawhitehouse.archives.gov/women-in-stem.

Danticat, Edwidge. *Anacaona: Golden Flower, Haiti, 1490*. Nueva York: Scholastic, 2005.

EnciclopediaPR. "María Bibiana Benítez". 15 de septiembre de 2014. enciclopediapr.org/content/maria-bibiana-benitez/.

Encyclopaedia Britannica Online. "History of Puerto Rico". Accedido el 2 de mayo de 2022. britannica.com/place/Puerto-Rico/History.

———. "Luis Muñoz Marín". Accedido el 21 de junio de 2022. britannica.com/biography/Luis-Munoz-Marin.

———. "Pedro Albizu Campos". Accedido el 21 de junio de 2022. britannica.com/biography/Pedro-Albizu-Campos.

———. "Rita Moreno". Accedido el 21 de junio de 2022. britannica.com/biography/Rita-Moreno.

———. "Sila María Calderón". Accedido el 21 de junio de 2022. britannica.com/biography/Sila-Maria-Calderon.

"Felisa Rincón de Gautier". Iowa State University Archives of Women's Political Communication. Accedido el 21 de junio de 2022. awpc.cattcenter.iastate.edu/directory/felisa-rincon-de-gautier/.

JT. "Biography—Pedro Albizu Campos". Latinopia.com. 13 de septiembre de 2010. latinopia.com/latino-history/biography-pedro-albizu-campos/.

Keegan, William F. *Taíno Indian Myth and Practice: The Arrival of the Stranger King*. Gainesville, FL: University Press de Florida, 2007.

"Laurie Hernandez". USA Gymnastics. Accedido el 22 de junio de 2022. usagym.org/pages/athletes/athleteListDetail.html?id=278528.

———. "Ramón Emeterio Betances". The World of 1898: The Spanish-American War. 22 de junio de 2011. loc.gov/rr/hispanic/1898/betances.html.

"Luis Muñoz Marín". National Governors Association. Accedido el 22 de junio de 2022. nga.org/governor/luis-munoz-marin/.

Olmo, M. C. "Hekití and the Moon: A Taíno Legend". Autopublicación, Smashwords, 2011.

Picó, Fernando. *History of Puerto Rico: A Panorama of Its People*. Princeton, NJ: Markus Wiener, 2006.

Poole, Robert M. "What became of the Taíno?" *Smithsonian*, octubre de 2011. smithsonianmag.com/travel/what-became-of-the-taino-73824867/.

Porrata, Richard. *Taino Genealogy and Revitalization*. Autopublicación, 2018.

PuertoRicoTravel.Guide. "Cacique Mabodamaca : A Taino Chieftain of Note". Accedido el 21 de junio de 2022. puertoricotravel.guide/blog/cacique-mabodamaca-a-taino-chieftain-of-note/.

———, "Monumento al Indio Mabodomaca—'Cara del Indio.'" Accedido el 21 de junio de 2022. puertoricotravelguide.com/cara-del-indio-mabodomaca/.

Reséndez, Andrés. *The Other Slavery: The Uncovered Story of Indian Enslavement in America*. Boston: Mariner Books, 2017.

Rivera, Magaly. "Famous Puerto Ricans". Welcome to Puerto Rico! History, Government, Geography, and Culture. Accedido el 21 de junio de 2022. welcome.topuertorico.org/culture/famouspr.shtml.

"Roberto Clemente". National Baseball Hall of Fame. Accedido el 22 de junio de 2022. baseballhall.org/hall-of-famers/clemente-roberto.

Rouse, Irving. *The Taínos: Rise and Decline of the People who Greeted Columbus*. New Haven, CT: Yale University Press, 1993.

Solly, Meilan. "Ancient DNA Contradicts Historical Narrative of 'Extinct' Caribbean Taíno Population," *Smithsonian*, 22 de febrero de 2018, smithsonianmag.com/smart-news/ancient-dna-contradicts-historical-narrative-extinctcaribbean-taino-population-180968221/

"Sonia Sotomayor". Oyez. Accedido el 22 de junio de 2022. oyez.org/justices/sonia_sotomayor.

Soulet Noemi Figueroa y Raquel Ortiz, dirs. *The Borinqueneers: A Documentary on the All-Puerto Rican 65th Infantry Regiment*. 2007. El Pozo Productions.

Wikipedia. "Bad Bunny". Última modificación el 19 de junio de 2022. en.wikipedia.org/wiki/Bad_Bunny.

———. "Ivy Queen". Última modificación el 18 de junio de 2022. en.wikipedia.org/wiki/Ivy_Queen.

———. "Jayura, Puerto Rico". Última modificación el 17 de marzo de 2022. en.wikipedia.org/wiki/Jayuya,_Puerto_Rico.

———. "José Celso Barbosa". Última modificación el 19 de febrero de 2022. en.wikipedia.org/wiki/Jos%C3%A9_Celso_Barbosa.

———. "Laurie Hernandez". Última modificación el 6 de junio de 2022. en.wikipedia.org/wiki/Laurie_Hernandez.

———. "Jennifer Lopez". Última modificación el 23 de junio de 2022. en.wikipedia.org/wiki/Jennifer_Lopez.

———. "María Bibiana Benítez". Última modificación el 19 de diciembre de 2021. en.wikipedia.org/wiki/Mar%C3%ADa_Bibiana_Ben%C3%ADtez.

———. "Mariana Bracetti". Última modificación el 21 de enero de 2022. en.wikipedia.org/wiki/Mariana_Bracetti.

———. "Ramón Emeterio Betances". Última modificación el 15 de junio de 2022. en.wikipedia.org/wiki/Ram%C3%B3n_Emeterio_Betances.

———. "Rafael Carrión Sr". Última modificación el 5 de marzo de 2022. en.wikipedia.org/wiki/Rafael_Carri%C3%B3n_Sr.

———. "Richard Carrión". Última modificación el 11 de mayo de 2022. en.wikipedia.org/wiki/Richard_Carri%C3%B3n.

———. "Sila María Calderón". Última modificación el 5 de abril de 2022. en.wikipedia.org/wiki/Sila_Mar%C3%ADa_Calder%C3%B3n.

Wilson, Samuel M. *The Indigenous People of the Caribbean*. Gainesville, FL: University Press de Florida, 1999.

Sobre la autora

ELIZABETH SANTIAGO se crio en Boston, Massachusetts, con padres que emigraron de San Sebastián, Puerto Rico, en la década de 1960. Elizabeth, la más joven de nueve hermanos, estaba fascinada por las historias que la rodeaban y, sobre todo, por las que no se contaban en la escuela. Eran las historias que le contaban su madre, su padre, sus tíos y los ancianos de la comunidad. Hoy en día trata de capturar y honrar esas historias y compartirlas con el mundo.

Elizabeth obtuvo una licenciatura en Escritura Creativa en Emerson College, un máster en Educación en Harvard University y un doctorado en Estudios Educativos en Lesley University. Sus primeros amores siguen siendo la escritura creativa y la enseñanza, donde crea personajes basados en su comunidad y apoya a los estudiantes para que aprendan a ser mejores narradores.

Todavía reside en Boston con su marido y su hijo, pero viaja a Puerto Rico siempre que puede para sentirse más cerca de sus antepasados, su cultura y su herencia.

RECURSOS PARA EDUCADORES

¡Visite nuestro sitio web, leeandlow.com, para obtener una guía completa para maestros de *Claro de luna*, así como preguntas de discusión, entrevistas con los autores y más!

Nuestras guías para maestros están desarrolladas por educadores profesionales y ofrecen amplias ideas didácticas, conexiones curriculares y actividades que se pueden adaptar a muchos entornos educativos diferentes.

Cómo LEE & LOW BOOKS apoya a los educadores:

LEE & LOW BOOKS es la editorial de libros infantiles más grande del país enfocada exclusivamente en libros diversos. Publicamos libros galardonados para lectores principiantes hasta adultos jóvenes, junto con recursos educativos gratuitos y de alta calidad para respaldar nuestros títulos.

Navegue por nuestro sitio web para descubrir guías para profesores de más de 600 libros junto con avances de libros, entrevistas y más.

Nos sentimos honrados de apoyar a los educadores en la preparación de la próxima generación de lectores, pensadores y ciudadanos del mundo.

LEE & LOW BOOKS

SOBRE TODOS Y PARA TODOS